『연애
때가 무르익었으니
나아감이 길하다』
소길
연애
때가 무르익었으니
나아감이 길하다
대길은 아니었지만
그래도 꽤 좋은 문구가 적혀 있었다.
때가 무르익었다…… 무르익었다는 건,
이대로 가도 좋다는 뜻이겠지.
특별한 옷을 입고 첫 참배 데이트!

업그레이드로 초호화 객실에 묵게 되다?!
"거짓말이지……?"
"현실이야……."
뺨을 꼬집으니 아팠다.
나나미도 내 볼을 꼬집고 있었다.

"……뭔가, 엄청난 방인데."
"……응, 노천탕 딸린 객실이네, 여기."
누가 봐도, 아무리 봐도 우리가 사전에 예약했던 객실보다 등급이 높았다. 높아도 너무 높았다.

달빛을 받아……
온천 수면에는 달빛과 그녀의 실루엣이
희미하게 비치고 있었다.
멍하니 그 모습을 올려다보고 있는데……
나나미가 손을,
자신의 몸에 감아둔 수건에 가져갔다.

아싸인 내게 벌칙 게임으로
고백해 온 갸루가
아무리 봐도
나한테 반한 것 같다
volume 12
글·유이시
그림·카가치 사쿠

커버 그림, 본문 일러스트 | **카가치 사쿠**

Contents

프롤로그 사랑을 키운다?

만날 수 없는 시간이 사랑을 키운다.

그런 말이 있다. 내가 어디서 이 말을 알게 되었는지, 그것에 대해서는 잘 기억나지 않는다. 오래된 곡의 가사에도 나오니 어쩌면 거기서 들은 것일지도 모른다.

하지만 이 말, 자세히 알아보니 영국의 오래된 속담이라고 한다. 그 영국 속담도, 기원이 된 더 오랜 이야기가 있고…….

조사하면 할수록 말의 기원이란 심오하다.

말 한마디에 대해 이런저런 생각을 하고 있는데, 이 말은 과연 현대에도 적용되는 것일까?

연인을 자주 만날 수 없는 시대였기에 이런 말이 생겨난 것이 아닐까?

어쩌면 현시대의 연락은 지나치게 쉬운 게 아닐까.

직접 만나기 어려울 때도 각자가 연락 수단을 갖고 있으니 바로 이야기를 나눌 수 있고, 카메라가 있으니 보고 싶을 때 얼굴을 보는 것도 가능하다.

물론 상대의 사정으로 못하는 경우도 있지만. 그래도 적어도 이런 속담이 태어났을 때보다는 좋아하는 사람을 부담 없이 만날 수 있는 시대가 된 것은 분명하다.

그러면, 지금은 사랑을 키울 수 없는 시대인가?

만날 수 없는 시간이 사랑을 키운다는 말은, 반대로 생각하면 만날 수 있는 시간은 사랑을 키울 수 없다는 말로 해석될 수도 있다.

즉 과거에 비해 연인을 만나기 쉬운 현대는 사랑을 키우기 어려운 시대라는 뜻이다.

……뭐, 물론 실상은 꼭 그렇다고 할 수 없지만.

애초에 이런 말이 생겨난 것도, 만날 수 없는 시간에도 그 마음을 소중히 여겨서 재회를 특별하게 만들기 위함이었을 테니까.

그러니 요즘에 맞추자면, 만날 수 없는 시간만큼이나 만나는 시간도 사랑을 키운다, 가 되지 않을까.

옛날에는 연락 수단이 적었으니 쉽게 만날 수도 없었고, 그만큼 그리움이 쌓일 수밖에 없었다. 분명 옛날 사람들도 부담 없이 만날 수 있었다면 그렇게 했을 것이다.

오히려 지금처럼 연락이 자유로운 환경에서는 연락하지 않으면 애정이 식을 수도 있다.

왜 연락하지 않는 거야! 하는 불평이 나오는 거다.

그러니 그 옛말을 요즘에 맞게 고친다면, '만날 수 없는 시간에는 서로 연락을 주고받으며 사랑을 키우자'라고 해야 할지도 모른다.

결국 중요한 것은 '상대를 향한 마음'이다. 그 부분은 과거나 지금이나 다르지 않을 거다.

이것이 바로 온고지신(溫故知新)…… 옛것을 익히고 그것을 통해 새로운 것을 안다는 뜻일까. 상황이 조금 다르지만.

결국 무슨 말이 하고 싶냐면, 과거의 표현이라도 현대에서는 말이 변할지언정 생각의 뿌리가 같다면 목적도 같다는 것이다.

"그런 거니까, 그쪽에 가서도 연락할게♡"

"음…… 설마 나나미 입에서 그런 말을 듣는 날이 올 줄이야."

이런 논리적인 주제는 보통 내가 먼저 시작하는데, 이번에는 드물게 나나미의 말이 계기가 되었다. 나에게는 없는 사고방식이라 신선했다.

어쩌면 내 논리적인 부분이 나나미에게 옮겨갔을지도 모른다.

기세등등한 얼굴로 가슴을 펴고 그렇게 말한 나나미는 내 옆에서 냄비를 휘젓고 있었다. 나는 옆에서 계란을 휘젓는 중이다.

우리 집 주방이 둘이 있어도 여유가 있을 정도로 넓어서 다행이었다.

우리가 지금 무엇을 하고 있느냐면, 아침을 만드는 중이다. 만든다고 해도 가벼운 메뉴들이지만.

오늘은 나나미가 우리 집에 머문 지 이틀째 되는 날, 기념할 만한 '한 침대에서 자기'를 이룬 크리스마스 다음 날이다.

조금 감회가 새로워서 잤다는 말을 강조해 보았다. 실제로는 같이 누워있었을 뿐 아무것도 하지 못했지만. 아니, 안 했다고 해야 하나.

다시 떠올리니 또 얼굴이 달아오른다.

아무튼 그런 기념적인 날의 다음 날이다. 기념을 또 강조해 버렸다. 이 정도면 내가 보기에도 좀 집요하게 느껴진다.

다르게 표현하면 같이 잤는데도 아무것도 못 한 한심한 날이기도 하니까, 이쯤에서 그만하자.

어쨌든 우리는 함께 아침을 맞이했다. 나는 산책도 할 겸 눈이 쌓인 바깥으로 나가 편의점에서 아침을 사자고 했다.

그래서 편의점에서 이것저것 사서 집에 돌아왔는데, 나나미가 슥 손을 들고 말했다.

『모처럼이니까 국이라도 끓이자.』

편의점에서 산 음식은 샌드위치 같은 것들뿐이었고, 어젯밤에 국물류는 다 먹었다.

하지만 일부러 만들게 하려니 좀 미안해서, 솔직하게 전하자…….

『내일부터 요신과 떨어져 있어야 하니까. 어떻게든 내

요리를 먹어줬으면 좋겠어.』

딱히 오늘이 마지막은 아니지만, 하고 나나미는 멋쩍게 웃었다.

그 수줍은 미소를 본 나는 뒤늦게 아차 싶었다.

듣고 보니 그렇다. 나는 현실을 완전히 잊고 있었다.

귀찮니 미안하니 할 문제가 아니었다. 내일부터 나나미가 만든 요리를 먹을 수 없는 것이다. 그야말로 국이라도 끓여야 했다.

좀 침울해진 나를 나나미가 다독여 주었고, 그녀는 곧 편의점에서 사 온 식재료로 국을 끓이기 시작했다.

나도 언제까지고 우울해하고 있을 수만은 없었다. 이대로 나나미를 혼자 주방에 세워둔 채 두 손 놓고 있는 것도 싫었고.

위기는 기회라고도 하지 않나.

『그럼 나는 계란말이를 할게.』

그렇게 말하며 냉장고에 남아있는 몇 안 되는 식재료 중에서 계란을 꺼냈다. 그것을 보고 나나미는 기쁜 얼굴로 웃었다.

그렇게 지금에 이른다.

편의점에 먹을 걸 사러 가놓고 결국은 요리하고 있으니 편의점에 다녀온 의미가 조금 바랜 것 같지만, 어차피 냉장고는 거의 비었고 빵도 없어서 결국 다녀왔어야 했을지도 모른다.

계란말이를 할 재료가 있어서 다행이었다. 양념을 넣고 계란을 푼 뒤 약간 달콤하게 만든 계란물을 계란말이용 팬에 부었다.

프라이팬에서 치익하는 소리가 나고, 프라이팬에 펼쳐진 계란물이 끓는 것처럼 보글보글 움직였다.

살짝만 저어서 익힌 후 앞에서 안쪽으로 접듯이 형태를 잡아나갔다. 이 프라이팬으로 하니까 생각보다 모양이 잘 잡혀서 편하네.

앞쪽에 작은 덩어리가 생기면 또 추가로 계란물을 넣고 똑같이 접어 나갔다.

"요신, 실력이 늘었네."

몇 번인가 반복하고 있으니, 나나미가 내 손을 들여다보며 칭찬을 건넸다.

그야 계속하다 보니 조금은 늘긴 했지만, 칭찬할 정도인지는 모르겠다.

"고마워. 내가 잘하게 된 것도 나나미 덕분 아닐까?"

"아니, 이것만큼은 난 정말 아무것도 안 했는데……."

나나미는 살짝 당황한 표정으로 그렇게 말했다.

난 나나미가 맛있게 먹어줬으면 하는 마음으로 노력한 거니까, 나나미 덕분이라고 전했다. 나나미는 굉장히 기쁘면서도 쑥스러운 얼굴로 양 볼을 감싸며 상체를 살짝 흔들었다.

응, 귀여워.

잘 구워진 계란을 모은 뒤 계란물을 붓는 것을 몇 번 정도 반복하자 프라이팬 안에서 훌륭한 계란말이가 서서히 완성되어 갔다.

계란물을 전부 넣어 완성한 후, 마지막으로 조금 더 불을 올렸다. 나는 표면이 약간 노릇한 걸 더 좋아한다. 본래는 탄 자국 없이 깨끗한 노란빛이 나오는 게 가장 이상적이지만, 나는 완전히 깔끔한 것보다는 조금 더 노릇하게 굽는 편이 더 맛있어 보인다.

음, 잘 나왔는데? 오늘 건 잘 구웠다. 가끔 마지막에 겉을 굽다가 태울 때가 있다.

키친타월 위에 놓고 잠시 식혔다. 언젠가 뜨거운 상태에서 썰려고 했다가 손을 덴 이후로는 항상 이렇게 한다.

나나미도 슬슬 다 됐으려나? 이제는 좀 먹어야지. 배고프다.

"난 아직 나나미처럼 한 손으로 계란을 깨지는 못하니까 멀었어."

"아니, 그건 별로 중요한 게……. 어떻게 깨도 맛은 똑같아. 나도 한 손으로 깰 수 있게 된 건 최근이고."

"그래? 내가 볼 때는 늘 자연스럽게 하던데……."

전에 보여줬을 때는 묘기처럼 화려한 움직임도 없이,

별거 아닌 것처럼 쉽게 해냈었다. 그 모습이 반대로 멋있었다.

다년간 요리하면서 자연스럽게 익숙해진 기술인 줄 알았는데 아니었다니, 좀 의외다.

음?

"왜 시선을 피해?"

갑자기 나나미가 내 눈을 피해버렸다. 뭔가 좀 어색한 것도 같고, 당황한 것도 같은 느낌이다.

보기 드문 반응이라 빤히 쳐다보자, 나나미는 그 시선을 오해한 것인지…… 내 얼굴을 보지 않고 대각선 위를 바라보면서 입을 열었다.

"실은 그…… 요신에게 멋있다는 말을 듣고 싶어서 연습했어……."

뭐야, 그 귀여운 자백은? 남자 초등학생 같은 이유다. 나나미의 얼굴이 서서히 빨개지고, 그와 비례하듯 내 얼굴의 미소는 서서히 짙어졌다.

체념한 얼굴로 날 바라본 나나미가 조금 토라진 얼굴로 입술을 삐죽 내밀었다.

"확실히 멋있었어."

"정말…… 왜 지금 그런 말을 하는 거야, 바보……."

민망함을 참지 못한 나나미가 힘없이 내 가슴을 두드렸다. 상당히 희귀한 그 반응에 히죽거리는 입꼬리가 도저히 내려가질 않았다.

'멋있다'라. 생각해 보면 예쁘다는 말은 많이 했어도 멋있다는 말은 거의 해본 적이 없다. 나나미가 원한다면 얼마든지 말해줄 수는 있지만.

"근데 왜 멋있어 보이고 싶었어?"

"어? 기억 안 나? 둘이 우리 집에서 놀고 있을 때, 요신이 요리 영상 보면서 그런 말 했었잖아."

"……내가 그런 말을 했다고?"

전혀 기억은 안 나지만, 아무래도 그런 계기가 있었던 모양이다. 나는 집에서 쉬고 있을 때 나누는 대화까지 세세하게 다 기억하지는 못하는데…….

나는 모르겠다는 표정을 보였지만 나나미는 딱히 추궁하지 않았다.

그래도 내가 한 말이 계기라면…… 가볍게 넘기는 건 너무 무책임한 거 아닐까.

"그렇다면 나나미에게 멋지다는 말을 더 많이 해 줘야겠네."

"아니, 나도 그렇게까지 진지하게 생각한 건 아니야. 가볍게 지나간 대화니까 기억 못 해도 이상하지 않지."

"하지만 내가 한 말 때문에 연습했잖아?"

"그렇다고 별거 아닌 대화 하나하나에 전부 다 책임지려고 하면 너무 피곤하지 않을까?"

뭐…… 그건 그렇지. 애초에 나는 기억도 못 하는걸. 나나미도 어렴풋이 떠올리고 한 말 같고.

책임은 다른 일…… 정말 중요한 순간에 집중하자. 매번 책임 얘기를 하다 보면 정작 중요한 것을 놓칠 수도 있으니까.

그래도 멋있다는 말을 들었을 때 기쁘다면, 그럴 땐 꼭 말로 전해주자.

"그리고 실제로 요신한테 멋있다는 말을 듣고 깨달은 게 있어."

검지를 세운 나나미가 조금 뜸을 들이듯이 입을 다물었다.

뭘 깨달았을까? 궁금하긴 했지만, 나는 나나미가 스스로 입을 열 때까지 조용히 기다렸다. 나나미는 그런 내 마음을 알았는지 충분히 시간을 두고.

그 검지를 나에게 겨눈 채 꽤 진지한 표정으로 중얼거렸다.

"……멋있다는 말보다 예쁘다는 말을 듣는 게 더 좋아."

응, 예쁘다는 말을 더 많이 해주자.

그런 결심을 한 아침이었다.

◇◇◇◇◇◇◇◇◇◇

그렇게 둘이 아침을 먹고 나니 아빠와 엄마가 돌아오셨

는데, 어째서인지 토모코 씨와 겐이치로 씨도 함께 오셨다.

아무래도 나나미를 데리러 온 모양이다. 밖으로 겐이치로 씨의 차가 보였다.

나머지는 뭐, 우리의 안부 확인 정도일까. 어젯밤에는 아무 일도 없었다는 보고였다. 정말 아무 일도 없었기에 가슴을 펴고 걱정하지 말라고 말했다. 다행히도 어른들은 모두 우리의 말을 믿어 주었다.

우리의 크리스마스는 이렇게 막을 내리게 되었다.

"그러면 요신, 나중에 보자."

"응. 조심해. 다음에 또…… 돌아와서 만나자."

"응…… 이번에는 온천 숙소에서 묵겠네."

나나미가 진심 어린 기대가 묻어나는 얼굴로 나에게 미소를 지어 보였다. ……그래. 여행을 가기로 했지. 이것저것 미리 잘 준비해야겠다.

나나미가 손을 흔들자, 차가 천천히 움직였다. 나는 나나미에게 손을 흔들고, 차가 보이지 않게 된 뒤에도 아쉬운 마음을 느끼며 한동안 그 방향을 바라보고 있었다.

이제 나나미와는 한동안 만날 수 없다. 가슴 한구석에 휑하니 구멍이 뚫린 듯한 허전함이 파고들었다. 이건 쉽게 메울 수 없는 구멍이겠지.

나나미가 없는 날들이 드디어 시작되어 버렸다.

"요신, 마치 이번 생에 영영 떨어지는 사람처럼 감상에 젖어 있는데, 못 만나는 건 일주일 정도야. 그렇게 긴 시간도 아니거든?"

엄마의 지적은 모른 척하기로 했다.

『그럼 요신, 다녀올게. 또 연락할게.』

"응, 조심해서 다녀와."

『선물은 뭐가 좋아? 과자류?』

"나나미가 무사히 돌아오는 게 제일 큰 선물인데?"

『그럼 남자애들이 좋아하는 드래곤 키홀더*로 할까?』

"왜 여기서 그게 튀어나와?!"

나나미 입에서 드래곤 키홀더라는 말이 나올 줄은 꿈에도 몰랐다. 여자애들도 실은 그런 거에 관심이 있나? 나도 모르게 지적을 날리자, 나나미가 즐거운 얼굴로 웃었다.

스마트폰 저편에서 손을 흔드는 나나미에게 나도 손을 흔들어 답했다. 주위에는 토모코 씨나 다른 사람들도 있었기에 아까 가볍게 인사를 드리기는 했다.

크리스마스 이후…… 아니, 크리스마스는 바로 어제였지. 그때도 만났는데, 스마트폰 너머로 보니까 굉장히 오랜만에 만나는 것 같은 기분이 들었다.

『형부. 바람피우면 안 돼. 언니는 내가 감시할 테니까 걱정하지 말고.』

"내가 그럴 리 없잖아? 나나미도 마찬가지고……."

*일본 각지에서 자주 판매되는 드래곤 모양의 기념품으로, 주로 남학생들이 사는 경우가 많다.

『뭐, 그것도 그렇지. 참고로 언니한테 드래곤 키홀더를 알려준 건 나니까 안심해.』

“범인은 너였냐?!”

안심해야 할지 걱정해야 할지 알 수 없는 뜻밖의 정보원이었다.

설마 사야에게 남자 친구가 생겼나?

그런 생각을 하고 있는데, 사야가 친구에게 들었다고 말했다.

걔는 왜 그런 걸 알고 있는데? 그 친구라는 여자애는 남친이 있을지도 모른다. 크리스마스도 같이 보냈다고 하고.

『사~야~, 너…… 요신한테 이상한 소리 하지 마……!』

『언니 아파, 머리 그렇게 잡지 마. 형부한테 이런 폭력적인 모습 보여도 괜찮아?』

『요신이라면 분명 어떤 모습의 나라도 받아줄 거야.』

『언니가 날라리 여주인공 같은 대사를 하고 있는데?!』

오오, 두 사람이 티격태격하는 모습은 오랜만이다. 그보다 나나미가 아이언 클로…… 뒤에서 하는 것도 그렇게 부르는지는 모르겠지만, 아무튼 신선했다.

이게 바로 한때 유행하던 폭력계 히로인인가?

뭐, 이걸 폭력이라고 해도 될지는 모르겠지만. 사야의 자업자득이기도 하고.

오, 사야가 바닥을 두드리고 있다. ‘전혀 의심하진 않지만,

이럴 때는 원래 이런 말을 하는 게 룰이잖아!'라는 소릴 하는 걸 보니 별로 미안해하는 기색은 없어 보였다.

나나미가 '그럴 리가 없잖아!'라고 말하며 팔에 힘을 준 탓에 더더욱 카오스한 상황이 되고 있었다.

바람…… 바람이라. 뭐, 서로 그럴 일은 절대 없겠지…… 그렇게 생각하는 건 교만일까, 아니면 자신감이 과한 걸까.

믿음은 훌륭하지만, 맹신은 배척받는다…… 구분하기 어려운 영역이라고 생각한다. 그러니 결국은 대화로 풀어 나갈 수밖에 없겠지.

"나나미, 사야의 머리가 깨질 것 같으니까 그 정도만 해."

일단은 혹시 몰라 사야의 머리를 걱정하는 멘트를 던져 두었다. 이렇게 말하면 굉장히 무례하게 느껴지지만, 물리적으로 걱정된다는 건 사실이었으니까.

『뭐어? 그치만 사야가 바람을 피운다느니 뭐니 하는 이상한 소릴 하잖아…….』

"그건 사야가 잘못했지만, 우리는 바람을 피우지 않을 거니까 괜찮아."

『그야 그렇긴 하지만…….』

"애초에 바람은 왜 피우는 건지, 그걸 제대로 생각해 본다면 걱정이 훨씬 줄어들지 않을까?"

『바람에 대해 생각한다고……?』

적을 알고 나를 알면 백전백승이라는 말이 있다. 즉 바람이라는 것을 두려워하지 않고, 멀리하지도 않고, 정면으로 마주하면 하지 않을 것이라는 말이다.

다만 무턱대고 안 한다고 단언하기만 하면 보기 싫은 것에서 눈을 돌리는 것과 다를 바가 없는 것처럼 느껴지기도 했다.

강하게 부정한다는 건 반대로 거기에 끌린다는 뜻이기도 하니까. 그러니 그것에 대해 생각하는 것도 중요하다. 모순되는 것 같지만 나는 절대 안 할 거라고 장담할 수 있으니까.

누군가에게 특별히 다정한 것도 나나미 한정이고.

본론으로 돌아와서, 실제로 바람을 피우는 사람의 심리는 잘 모르겠지만, 그래도 상상해 볼 수는 있다. 상상력은 중요하다.

어디까지나 내가 생각하는 건 '내가 상상하는 바람의 원인'이 되겠지만.

『뭘 복잡하게 생각해? 그냥 욕구를 안 풀어주니까 그렇겠지!』

『사야?!』

『아야야야야?! 언니, 진짜 나 죽어! 이대로 가면 진짜 죽는다아!』

뭔가…… 사야에게 조금의 꾸밈도 없는 적나라한 말을 듣고 말았다. 그리고 그에 반응한 나나미가 반사적으로 더 힘을 준 모양인지 엄청 아파했다.

다행히 나나미가 바로 사과하고 손을 뗐다. 사야는 머리 뒤를 만지면서 뒤통수가 사라지지 않았는지 확인했다. 괜찮아, 제대로 붙어있어.

사야의 말도 바람의 이유 중 하나일 것이다. 상대의 마음을 충족한다…… 다른 말로 욕망을 풀어주지 못하면 엇나가기 쉽다는 건가.

그렇지만 너무 만족시키기만 해도 문제일 것 같고, 균형점을 모르겠다.

하지만 그 관점으로 보자면 적어도 이번만큼은…….

"그 점은 괜찮겠지."

그러자 스마트폰 너머의 두 사람이 딱 멈췄다.

그야 크리스마스에 한 게 있으니까 말이지. 직접적인 접촉은 없었지만, 그래도 어쩐지 괜찮을 거라는 생각이 들었다.

『뭐…… 그렇지.』

나나미도 같은 생각인지 조금 안심한 미소를 짓고 있었다.

사야는 나와 나나미의 모습을 번갈아 바라보더니…….

『이 반응 뭐야……? 드디어 했어?』

안 했거든. 하지만 무슨 일이 있었는지는 비밀이라는 듯, 나와 나나미는 얼굴을 마주 보며 웃었다.

"그건 아니지만 이건 나와 나나미의 비밀이야."

『맞아맞아, 비밀, 비밀~.』

사야에게서 투덜대는 소리가 들려왔지만, 유감스럽게도 이것만큼은 정말로 말할 생각이 없다.

『그럼 요신, 또 보자.』

"응. 조심해. 재밌게 놀다 와."

정신을 차리고 보니 완전히 길게 통화하고 말았다. 이제 이동을 시작하는 것인지 사야가 허둥지둥 움직이는 것이 보였다.

좋아하는 작품의 마지막 화를 본 것 같은, 감동적인 영화의 엔딩 장면을 본 것 같은 애틋한 감정이 느껴졌다. 아쉽다…….

내가 그런 생각을 하면서 차마 통화를 끊지 못하고 있는데, 마치 그것을 알아차린 것처럼…….

『쪽♡』

나나미가 손 키스를 날렸고, 그 타이밍에 통화가 끊겼다. 너무 놀라서 리액션도 하지 못하고, 아까까지의 애틋한 감정도 훅 날아가 버렸다.

뭔가 말하려고 했지만 이미 통화는 끊어졌고, 너무 놀라서 몸이 굳어버린 탓에 다시 걸 수도 없었다.

그보다 다시 걸어봤자 할 이야기도 없지만. '아까 손 키스했지, 그거 뭐였어?'라고 태클이라도 걸어야 하나?

그거야말로 영문도 알 수 없고, 서로 민망해진다. 아마

나나미도 쑥스러워서 바로 끊었을 것이다.

……우와, 뭔가 얼굴이 뜨겁다. 아직 쌀쌀한데 몸도 좀 뜨겁다. 땀까지 나는 것 같다.

키스도 할 만큼 했는데, 게다가 그 이상도 했는데, 이제 와서 이런 걸로 부끄러워하는 것도 이상한 이야기다.

누가 봤다면 분명 놀림감이 됐겠지. 아마 평소에 안 하던 걸 해서 더 민망해진 것이 아닐까.

……아직도 이런 신선한 기분을 느낄 수 있다는 건가.

시선을 떨어뜨리자 새까맣게 꺼진 스마트폰 화면에는 내 얼굴이 비치고 있었다. 정말 바보 같은 얼굴을 하고 있네…….

"하아~……."

그런 얼굴을 보니 나나미가 가버렸다는 실감이 강하게 들었다. 드디어 나나미가 출발했구나…….

이걸로 당분간…… 약 일주일 정도는 나나미와 만나지 못한다.

이 작은 디바이스를 사용하면 금방이라도 나나미의 얼굴을 볼 수 있으니 그렇게까지 극단적으로 못 만나는 것은 아니다.

그래도 이상하게 마음이 가라앉는 것을 막을 수 없었다.

여름 방학에 아르바이트했을 때도 떨어져 있긴 했지만, 그때와는 또 다른 상황이었다. 말로 형용하기 어려운 이상한 기분이다.

나는 침대 위에서 이리저리 굴러다니다가 다시 한번 스마트폰을 바라보았다. 거기에는 현재 시각이 표시되어 있었다.

"그건 그렇고 새벽 4시는 너무 이르지 않나……?"

바깥은 아직 어두웠다. 이른 아침이라고 부르기에는 너무 빠르지만, 심야라고 하기에는 한참 늦은 시간. 길이 막힐 가능성도 있어서 일찍 출발한다고 듣긴 했지만…….

어쩐지 쌀쌀하게 느껴지는 것은 기온 때문일까, 아니면 내 기분 때문일까.

……아니, 실제로 춥다. 이불 좀 덮자.

나나미도 배웅했으니 다시 한숨 더 잘까……. 그렇게 생각했는데, 이대로 일어나 있어도 괜찮을 것 같았다.

더 정확히 말하면, 나나미의 손 키스로 잠이 확 달아났다는 말이 더 정확했다.

우선…… 좀 더 몸을 데우고 나서 이불 밖으로 나가자. 그런 생각을 하며 나는 이불 속에서 애벌레처럼 몸을 꿈틀거렸다.

◇◇◇◇◇◇◇◇◇◇

나나미 가족이 귀성한 것과 같은 날 우리도 외갓집에 귀성하게 되었다.

사실 우리 집의 출발 예정은 내일이었는데, 조금이라도 빨리 나나미와 만날 수 있도록 배려한 엄마가 출발을 앞당겨 주셨다.

물론 복귀가 나나미와 완전히 똑같지는 않다. 내가 조금 더 일찍 돌아온다. 그러니 돌아온다고 해서 바로 만날 수 있는 것은 아니지만, 그래도 나나미에게 '어서 와'라고 말해줄 수 있다는 것은 마음에 들었다.

물론 우리 집에 돌아오는 건 아니지만 말이다. 그래도 왠지 모르게 '어서 와'라는 말 자체가 좋았다.

우리 집의 귀성 목적은 할아버지 할머니에게 얼굴을 비추고, 친척끼리 인사를 나누고, 다 같이 어울려 밥을 먹는 것. 그리고 눈 치우는 것을 도와주는 일도 있다.

엄마도 설 준비나 명절 음식 준비가 있어서 나름대로 바쁜 귀성길이 될 것 같았다.

할아버지도 할머니도 늘 '돌아왔으니까 푹 쉬어라'라고 말씀하시지만, 아빠와 엄마는 아무것도 하지 않고 있는 것이 더 좀이 쑤신다면서 늘 뭐라도 하신다.

나는 도와주면 그만큼 세뱃돈이 늘어나기 때문에 사실상 그것을 목적으로 돕는 것에 가깝다. 뭐, 다 그런 거 아니겠나.

……고등학생까지는 세뱃돈 받아도 되는 거겠지?

올해는 아르바이트해서 알바비를 따로 받고 있으니, 세뱃돈을 받아도 될지 어떨지 잘 모르겠다. 일단 쓸데없는 말은 하지 말고 주시면 감사히 받기로 하자.

참고로 귀성하는 곳은 외가댁이다. 아빠의 본가는 비교적 가까워서 작년까지는 가끔 가서 눈을 치운 적도 있었다.

거기서도 용돈을 받았다. 그러니 아르바이트하지 않아도 어느 정도의 저축이 있었다.

어쨌든 그런 이유로 겨울에 귀성하는 것은 외가뿐이다.

참고로 여친이 생겼다는 말은 친가나 외가에 모두 말하지 않았다. 이유는 단순히 부끄러워서다. 다만…….

"……혹시 할아버지와 할머니한테 말했어?"

"여자 친구 생긴 거? 물어보시길래 말했지."

엄마는 대수롭지 않게 말씀하셨다. 하긴, 그건 그렇지. 말을 안 했을 리가 없지…….

실제로도…… 할아버지와 할머니는 작년 정도부터 '여자 친구 생겼냐?'라고 계속 물어보셨으니까…….

중학교 때까지는 잘 지냈느냐, 잘 왔다, 별거 없지만 편히 쉬다 가라…… 그런 말밖에 듣지 못했는데.

고등학생이 되자마자 바로 여친 질문 공세. 그때는 '생겼을 리가 없잖아'라고 했는데, 1년이 지나기가 무섭게 여친이 생겼다.

게다가 귀성 일정까지 평소와 다르게 바뀌었으니 설명할

수밖에 없었겠지……?

그러니 그걸 왜 함부로 말했냐며 화를 낼 수도 없었다. 일단 제일 궁금한 것만 확인하자.

“할아버지, 할머니가 뭐래?”

“내년에는 증손자를 볼 수 있는 거냐고 하시더라. 그리고 결혼 비용은 전부 준비해 놨으니 걱정하지 말라고.”

너무 성급하잖아! 그리고 느닷없이 돈 이야기가 튀어나오니까 단번에 현실감이 들어서 무서워! 할아버지, 할머니의 머릿속은 이미 저 멀리 가 계신 것 같았다.

……증손자 운운하는 멘트는 엄마의 부모님답다는 생각이 들어 납득이 갔지만.

“엄청나게 기대하시는 모양이야.”

“어쩔 수 없지. 어, 잠깐? 올해는 다른 친척들도 오나?”

“그렇지. 하지만 할아버지도 할머니도 올해의 주인공은 요신이라면서 몹시 들떠 계셨어.”

할아버지, 할머니…… 너무 들뜨지 말아요…… 부담스럽다고.

1년에 한 번 보는, 얼굴도 이름도 가물가물한 친척까지 오다니……. 아니, 매년 오긴 하지만. 역시 올해만 안 오지는 않겠지?

동년배가 적다는 게 그나마 유일한 구원이었다.

“……뭐, 일단은 적당히 지낼까.”

나나미도 없는데 고민이 무슨 의미가 있나 싶은 느낌이었다.

최악의 경우 게임이라도 하면서 보내자. 작년에도 친척들은 엄마, 아빠랑 대화하느라 정신없어서 나는 게임을 하면서 보냈었다.

어른들은 어른들의 이야기가 있을 테고, 고등학생처럼 연애 이야기에 관심을 보일 나이도 아닐 테니까.

할아버지와 할머니에게 설명하고 나면 아마 그 뒤로는 별로 할 말도 없을 것이다.

응, 그렇게 생각하니까 괜찮을 것 같기도 하다.

조금 매정한 말처럼 들릴지도 모르지만, 내가 할 일만 끝내고 후딱 돌아가자.

……이때의 나는 안일하게 생각하고 있었다.

나는 간과했다. 어른은 내 생각 이상으로 자녀 세대의 연애 이야기에 관심이 많다는 것을…… 친척이라면 더더욱 관심이 폭발한다는 것을.

이때의 나는 그런 것도 모른 채, 태평하게 차 안에 몸을 싣고 있었다.

◇◇◇◇◇◇◇◇◇◇

차로 장시간 이동하기도 쉬운 일이 아니다. 몸이 뻣뻣하게 굳는 느낌이랄까…….

내리고 나서 몸 여기저기를 움직이자, 오랫동안 움직이지 않은 탓인지 우득 하는 소리가 났다.

조금 더 큰 차라면 그나마 나으려나, 아니면 차를 타면 어떤 차든 다 똑같은가. 나중에 차를 갖게 된다면 그런 점도 고려해야 할 것 같았다.

나나미와 함께 드라이브도 해 보고 싶고……. 하지만 우선은 렌터카가 먼저겠지.

그리하여 우리는 목적지인 조부모 댁에 도착했다.

차가 도착하자마자 할아버지와 할머니가 기다렸다는 듯이 마중을 나오셨다. 바닥에 눈이 쌓여있어서 넘어지진 않을지 좀 조마조마했다.

오랜만에 두 분을 뵙는 건데, 두 분 다 별 차이는 없어 보였다. 허리도 굽지 않았고 발걸음도 기운차다.

……지금 알아차린 건데, 두 분 다 같은 스웨터를 입고 있으시네. 나름 커플룩이다. 저 나이에도 금실이 좋다는 건가.

스웨터 자체는 낯이 익은 걸 보면 전에는 단순히 내가 눈치채지 못한 것뿐인가?

두 분이 환하게 웃는 얼굴로 우리를 맞이해 주셨다. 오랜만이지만 두 분 다 건강해 보여서 다행이다.

차에서 내려 가볍게 스트레칭하고 있는데, 할아버지가 말을 걸어오셨다.

별일이네. 늘 처음엔 아빠 쪽으로 가셨는데.

"왔구나, 요우."

"네, 할아버지. 다녀왔어요."

언뜻 보기엔 무뚝뚝해 보이는 인사였지만 표정은 매우 기뻐 보였다. 할아버지는 기본적으로 과묵하신 편이니까.

"……굳이 안 와도 됐을 텐데 말이야."

"?!"

그렇게 생각하자마자, 기쁘게 미소 지은 할아버지에게서 나온 첫마디가 '굳이 안 와도 됐을 텐데'. 표정이랑 대사랑 전혀 안 맞는데요.

"가, 갑자기 그게 무슨 말이에요, 할아버지?"

내가 당황하며 묻자, 할아버지는 그대로 휙 몸을 돌려 아빠 쪽으로 가버리셨다. 엄청나게 기대하고 있다는 말을 들었는데, 그런 말을 듣자 김이 쭉 빠졌다.

아빠는…… 아, 트렁크에서 짐을 꺼내고 있구나. 그걸 도와주러 가신 모양이다. 나도 도와야겠다.

할머니는 엄마와 대화 중이었다. 아빠는 할아버지께도 짐을 건네주고 있었다. 꽤 무거워 보이는데 가뿐하게 드신다.

나도 트렁크의 짐을 들고 할아버지의 집에 들어갔다.

……참 큰 집이다. 예전에 '시골이라 땅이 남아돈다'라고 하셨던 것 같다.

집에 들어서자, 1년 만에 보는 할아버지 댁 현관 풍경에 그리움이 들었다. 처음 왔을 땐 넓은 집이라고 외치며 탐험했던 일이 떠올랐다.

그때는 혼자가 아니었다. 그때는 분명…….

그리운 기분에 젖어 있는데 갑자기 집 안에서 낯선 목소리가 들려왔다. 할아버지 할머니의 목소리는 아니다. 젊은 여성의 목소리다.

"오, 요신이네. 너도 왔구나."

고개를 번쩍 들자, 그곳에는 한 여자가 서 있었다. 날씬하고 쭉 뻗은 키. 내가 조금 구부정한 자세이긴 했지만, 그것과 무관하게 그녀가 위에서 내려다보고 있었다.

키가 크고 팔다리도 그와 비슷하게 가늘고 길었다. 키 때문에 언뜻 보면 농구 선수처럼 보이지만, 근육질이 아니라 가녀린 인상이었다.

다만 육체적으로는 가늘어 보여도, 강한 의지가 엿보이는 날카로운 눈빛에서는 나약함이 전혀 느껴지지 않았다.

그렇긴커녕 사냥감을 응시하듯이 똑바로 나를 꿰뚫어 보는 탓에, 공격당하는 줄 알고 순간 자세를 잡을 뻔했다.

아니…… 누구지?

얼굴을 마주친 순간 내 머릿속을 잠식한 말은 이것뿐이

었다. 아니, 이 맹금류 같은 눈은 어쩐지 낯이 익었다.

그래, 분명…… 아까 떠올리려던 집 탐험 때…….

"아…… 누나 왔구나."

뒤늦게 떠올린 나는 그 여자를 누나라고 불렀다.

당연한 말이지만, 누나라고 불렀다고 해서 내 친누나라는 뜻은 아니다. 할아버지 집에 있으니까 당연히 사촌 누나이다.

엄마의 여동생── 이모의 딸이다. 나보다 조금 나이가 많고, 대학생이었나 사회인이었나 그랬을 거다.

마지막으로 만난 게 언제였더라…… 최근 몇 년간 얼굴을 본 적이 없었으니 굉장히 오랜만이다.

내가 누나라고 부르자 그녀는 내 대답이 기쁜지 슬쩍 웃었다. 자세히 보니 담배 같은 걸 물고 있었고, 그 끝에서 연기가 나고 있었다.

전자 담배인지 담배 특유의 냄새는 나지 않았다.

"뭐야, 오랜만인데 얼굴 기억하고 있네. 이 누나는 감동했다."

"아니 뭐, 잠깐 누구인가 생각하긴 했지. 오랜만이야."

"여전히 바보처럼 정직하구나. 그럴 때는 '잊을 리가 없잖아'라고 말해야 상대가 기뻐하는 법이야."

불성실한 건지 다정한 건지 모를 조언이 돌아왔다. 하지만 거기서 거짓말해도 내게 득 될 게 없는데.

당장 지금도 이름이 기억나질 않는다.

이제 와서 이름이 뭐였는지 물어볼 수도 없었고, 누나라고 부르면 부르는 데 별로 지장도 없으니 그냥 넘어가자.

"다른 사람들은 벌써 왔어? 얼마나 오는지 알아?"

"올해는 뭐, 오기도 하고 안 오기도 하고. 애들이 다 커서 안 오는 케이스가 많아."

그렇구나. 그럼 할아버지와 할머니가 외롭지 않을까? 혹시 아까 '안 와도 됐을 텐데'라는 발언은 그런 의미로 하신 말씀이었던 걸까?

그렇다면 반대로 나 정도는 오는 게 좋을 것 같았다. 적어도 할아버지와 할머니가 외로우시지 않게…….

그대로 짐을 들고 안으로 들어가자, 먼저 온 친척들이 모여서 대화를 나누고 있었다.

……누나가 뒤에서 따라오는데, 한가한가? 뭐, 상관없지만.

친척들과는 제대로 대화해 본 적이 거의 없어서, 이럴 때 어떻게 해야 할지 몰라 조금 어색하다. 뭐, 일단 인사는 해야겠지.

"안녕하세요."

인사를 했더니 왠지 다들 놀란 눈치다. 아니, 왜? 어쩐지 누나는 히죽히죽 웃고 있고.

잘은 모르겠지만 대화의 흐름을 막은 것 같아 다시 한

번 고개를 숙이고 적당히 짐을 내려놓았다. 아빠와 엄마는…… 할아버지와 대화 중이다.

저번에는…… 난 뭐 했더라. 작년에는 도착하자마자 게임을 했었나? 별로 기억이 안 나네.

우선 자리에 앉아 나나미에게 무사히 도착했다고 연락하고 싶어서 스마트폰을 꺼냈는데…….

"……여기 전파가 원래 이랬던가?"

권외는 아니다. 다만 전파가 미약해서 매우 느렸다.

생각났다. 작년에도 분명 전파가 약한 상태에서 어렵게 게임을 했었다. 너무 느린 속도에 스트레스를 받아서 후반에는 거의 포기했었지.

그러나 이번에는 게임을 못 해도 연락만 할 수 있으면 상관없다. 우선은 나나미에게 연락하고, 바론 씨 일행에게도 연락할까.

"왜 그러냐, 요우, 전화가 잘 안 터지냐?"

헉, 깜짝이야! 어느새 할아버지가 뒤에 서 계셨다. 그보다, 할아버지가 그런 걸 신경 쓸 줄은 예상하지 못했다. 이런 기기에는 좀 어두운 줄 알았는데.

"아, 예. 좀 약하네요. 뭐, 어떻게든 되겠죠."

"그러면 와이파이를 쓰거라. 제법 빠르다."

"네? 여기 와이파이도 있어요?!"

할아버지 입에서 절대 나오지 않을 것 같은 말 상위권에 드는 단어가 튀어나왔다. 와이파이를 알고 계셨어?

대체 할아버지께 무슨 필요가 있나 싶어 와이파이를 두셨나 고개를 갸우뚱하니.

"요즘에는 치매 예방으로 FPS를 하고 있거든. 젊은이들이랑 노는 것도 꽤 재미있더구나."

할아버지가 FPS 게임을?!

말을 잃은 나에게 할아버지는 얼른 설정하라며 비밀번호를 알려주셨다. 나는 얼떨결에 와이파이에 연결했다.

오오…… 심지어 생각보다 좋다. 집에 있는 것보다 더 빠른 것 같다.

집에서 해도 가끔 지연이 생기는데, 여긴 몹시 매끄럽게 움직인다. 엄청 원활하다. 설마 우리 집보다 쾌적한 인터넷 환경이 있을 줄이야.

어서 난 잘 도착했다고 나나미에게 연락하자. 여기 오는 도중에 나나미한테 연락이 오긴 했었는데 그쪽도 친척과 함께 있어서 전화 통화는 못 했다.

바로 답장이 왔다. '밤에 잠깐 얘기하자'…… 응, 기대하고 있을게.

"……여자 친구가 생겼다면서?"

"아…… 네, 뭐 그렇죠."

나나미와 연락이 닿아 조금 칠칠치 못한 미소를 짓고 있었는데…… 어느샌가 내 옆에 앉은 할아버지가 상냥한 미소를 지으며 나를 보고 계셨다.

옆에서는 누나가 '뭐?! 요신에게 여친이 생겼어?!'라면서 경악했다. 조금 시끄러웠지만, 할아버지는 그런 누나를 무시했다.

"착한 아이냐?"

"네, 엄청 착해요. 정말 멋진 여자예요."

"그렇구먼……."

할아버지는 많은 말을 하진 않고, 그저 감상에 젖은 얼굴로 중얼거렸다. 이렇게 기뻐하실 줄은 몰랐는데…….

그보다 엄마의 말투로 봤을 때는 좀 더 거침없이 달려들 거라 생각했는데, 할아버지는 의외로 그렇지 않았다. 혹시 할머니 쪽이 더 적극적인가……?

"……굳이 여기 오지 말고 여친이랑 지내도 됐을 텐데 말이야."

"네?"

"이런 아무것도 없는 시골에 오는 것보다, 여친과 보내는 편이 더 즐겁지 않겠느냐?"

그렇게 말하며 할아버지는 조금 쓸쓸한 표정을 지었다. 아, 그렇구나. 아까는 그런 뜻으로 한 말이었구나.

환영받지 못한 것이 아니라, 나를 생각해서 배려해 주신 것이었다.

"이 녀석은 한동안 통 오질 않더니, 남친에게 차이고 나서야 겨우 오더구나.”

“어어?! 갑자기 불똥이 왜 나한테 튀어요?!”

뒤에서 시끄럽게 떠들던 누나가 큰 소리로 항의했지만, 할아버지는 조금도 아랑곳하지 않았다.

아니, 몇 년 동안 만나지 못한 이유가 그거였어? 우와, 진짜로……?

살짝 안쓰럽다는 눈으로 쳐다보자, 동정하지 말라며 소리치고는 어딘가로 가버렸다. 누나…… 차였구나…….

“혹시 다른 친척들이 안 온 것도 그 이유인가요?”

“그렇지. 다들 애인이랑 설을 보내야 한다느니 뭐니 하면서 안 오는 게 태반이다.”

“우와……. 외롭지는 않으세요?”

아까 할아버지의 쓸쓸한 미소가 떠올라 나도 모르게 그렇게 묻고 말았다. 하지만 할아버지는 호쾌하게 웃으며 내 머리에 툭 손을 얹으셨다.

“우리는 손주 녀석들이 행복하면 그걸로 됐어. 다음부터 무리해서 올 필요 없다.”

이런 말까지 듣는 일은 흔치 않아서 좀 민망했다.

할아버지의 손은 상당히 투박하고 컸다. 여기저기 난 상처가 살아온 세월을 말해주는 것 같았지만…… 무척 따뜻했다.

“그나저나 요우가 벌써 그런 생각을 한다니, 좋은 아가

씨와 만나서 성장한 걸까?"

"으음, 저는 딱히 자각이 없는데 말이죠……."

왠지 나나미가 칭찬받는 것 같아서 기뻤지만, 정작 난 내 변화를 잘 모르겠다. 할아버지는 변했다고 하며 웃으셨지만.

하지만 그래…… 아마, 그런 면에서도 난 달라진 거겠지.

"지금부터 아키라랑 쌓인 눈을 녹이고 올 테니까 넌 푹 쉬고 있어라."

"아뇨, 이왕 왔으니까 도와드릴게요."

"그러냐? 그럼 세뱃돈은 기대해라."

"고등학생도 받아도 되나요……?"

"대학생도 받아 갈 생각 만만인데 그게 대수더냐. 신경 쓰지 마라."

누나…… 대학생이었구나. 그리고 세뱃돈은 야무지게 챙길 생각이구나. 당차다고 해야 하나, 뭐라고 해야 하나.

천천히 몸을 일으킨 나는 더 좋아진 모습을 보여드리자고 생각하며 남몰래 의욕을 끌어올렸다.

◇◇◇◇◇◇◇◇◇◇

"요신~ 여친 사진 좀 보여줘~."

"적어도 맨정신으로 찾아와, 주정뱅이."

"요신의 대응이 차가운데?!"

아니, 진짜로 술 냄새가 진동한다. 뭐야, 이 불량 대학생은. 대체 몇 살이야?

나도 모르게 험한 말이 나오긴 했지만, 누나의 대사는 여기 있는 사람들의 마음을 대변한 것인지 다들 눈을 빛내며 이쪽을 보고 있었다.

누나가 혼자 '그렇게 귀여웠던…… 적은 별로 없지만, 요신이 평범한 인간이 되어버렸어……'라는 말을 중얼거렸다. 진짜 무례하네.

"정말로. 요신 군에게 인사를 받고 나도 깜짝 놀랐잖니."

"해가 갈수록 얌전하고 말수도 적은 아이가 되어갔는데, 이렇게 이런저런 이야기를 나눌 수 있게 돼서 좋구나."

"역시 남자애들은 여자 생겨야 변하는 거야."

어느샌가 자신들만의 수다로 들어가버렸다. 괜히 끼어들지 말자.

아까 내가 인사했을 때 다들 놀랐던 건, 작년과는 내 반응이 달랐기 때문이었다. 작년의 난 얼마나 과묵했던 거지?

대충 어땠을지 짐작은 간다. 또래 친구들도 없으니 말도 없이 게임만 하거나 할아버지의 일을 돕거나 했겠지.

"사귄 지 얼마나 됐어~?"

끈질긴 주정뱅이가 또! 다른 어른들은 술을 마셔도 멀쩡한데, 왜 이 사람만 이 모양이야?

미래를 향한 예습이라고 생각해 둘까?

"대략 9개월 정도 됐어. 올해 봄부터 사귀기 시작했으니까."

"이야~ 좋네, 좋아…… 하지만 뭐든 오래 가면 식어버리는 법이지…… 나처럼 말이야."

"……무슨 대답이 듣고 싶은데?"

누나는 양손 엄지손가락을 번쩍 치켜세우더니 그것으로 자기 자신을 가리킨다. 손을 높이 들고 있는 탓에 승리자의 포즈처럼 보이기도 했다.

아, 취한 누나를 아주머니들이 양옆에서 부축해 끌고 갔다. 듣자니 4년간 사귄 남자에게 차였다고.

펑펑 울면서도 술병은 죽어도 안 놓는다. 저대로 계속 마실 생각인가.

4년이나 사귀었는데도 헤어질 수 있는 거구나. 조금 걱정이다.

나는 우롱차를 마셔 기분을 바꾸고 음식을 먹었다. 오늘은 현지에서 잡은 해산물…… 겨울 제철 해산물이 가득했다.

평소에는 볼 수 없는 생선조림이나 튀김, 생선회가 나왔다. 살이 탄력 있어서 아주 맛있었다.

한 번도 들어본 적 없는 이름의 생선도 있었다. 노랑볼락이 대체 뭐야? 생선 이름에 색깔도 붙나?

어른들은 요리에 맥주나 일본 술을 곁들여 먹고 있고, 미성년자인 나는 혼자서 우롱차를 마시고 있었다. 할아버지도 일본 술을 홀짝이고 계셨다.

아빠랑 엄마도 술을 드신다. 음, 뭔가 질문 공세를 당하고 계시네.

"요우, 이것도 맛있어. 먹어보렴."

"아, 할머니…… 고마워요."

문득 정신을 차리니 할머니가 내 옆에 앉아 계셨다.

건네받은 그릇은 따뜻했고, 안에는 하얀 김이 모락모락 나는 국이 들어 있었다. 생선 살과 뼈…… 혹시 아라지루* 인가? 맛있어 보인다.

한 모금 마시자 따뜻한 액체가 입을 가득 채우고, 된장의 향과 생선의 고소한 향이 코를 스쳤다. 비린내는 전혀 없고, 산뜻함이 느껴졌다.

"오, 맛있다."

이건 당근과 무…… 곤약인가? 된장을 쓰는 건 산페이지루**라고 해야 하나? 아라지루는 소금이 베이스인가……?

뭐, 맛있으면 뭐든 상관없다. 할머니한테 레시피를 배워서 다음에 나나미에게도 먹여주고 싶다.

내가 맛있게 먹는 모습을 보고 할머니는 환하게 웃으며 기뻐하셨다.

---

*생선 머리와 뼈을 넣고 끓인 국.

**소금에 절인 생선을 넣고 만든 홋카이도 향토 요리.

낮에는 할아버지나 아빠의 일을 돕느라 할머니와는 거의 대화하지 못했다.

다만 할머니가 이렇게 내 옆에 앉아서 웃고 계신 모습을 보는 것도 좀 드물었다. 보통은 부모님들과 대화하고 계셨던 것 같은데…….

“그래서, 어떤 여자애니?”

역시 그게 궁금하신가…….

나도 모르게 그릇을 움직이던 손이 딱 멈춰버렸다. 할머니는 더 묻지 않고 내가 스스로 말하기를 기다리셨다. 아마 내가 말할 때까지 기다리실 모양.

뭐, 나나미를 조금 소개하는 정도는 괜찮겠지.

“정말 멋지고 사랑스러운 사람이에요. 저한테는 과분할 정도라, 그녀 이상의 존재는 생각할 수 없을 정도로.”

“어머나, 그렇게나 멋진 사람이니? 사랑스러울 정도로?”

나나미를 표현하기에는 이런 말로도 한참 부족하다. 그러나 내 표현력으로는 평범한 말밖에 나오지 않는다.

빈약한 어휘력이 원망스러운 동시에, 어떻게 표현하면 좋을지 망설여졌다.

나에게는 세계 제일의 여성이라고 말해두는 편이 좋았을까.

그건 그렇고, 할머니가 엄청 기뻐 보이신다. 기쁜 것도 같고, 즐거운 것도 같고. 오랫동안 애타게 기다리던 무언가가 마침내 찾아온 사람 같은 분위기를 풍기고 계셨다.

나 역시 할머니가 기뻐하는 모습을 보는 것은 나쁘지 않았다. 할머니도 연애 이야기를 좋아하시는 걸까? 하지만 누나의 실연담은 별로 관심 없어 보이셨는데.

"혹시 사진 같은 거 없니? 영상 통화도 나쁘지 않구나. SNS 같은 건 안 하니?"

"사진은 있는데…… 잠깐, 할머니 스마트폰 쓸 수 있어요?"

영상 통화라는 단어에 심장이 순간 철렁했다. 나중에 몰래 하려고 했는데. 할머니도 그런 걸 잘 알고 계시는구나.

설마 하던 SNS라는 단어까지 나와서 놀라고 있는데, 더 더욱 놀라운 한마디가 튀어나왔다.

"그야 덕질에 스마트폰은 필수니까."

……네?

갑자기 단어에 나도 모르게 얼어붙고 말았다. 어? 할머니가 덕질을 하고 있어? 뭐를?

물어보기는 무서워서 그 주제는 모른 척 넘어가기로 했다.

"할머니도 그 아이랑 대화해 보고 싶구나."

우후후, 하고 점잖게 웃고 계시지만, 엄청나게 적극적이다.

"……왜 그렇게 보고 싶어 하시는 거예요."

"그야 요우가 변했을 정도라면 아주 좋은 아가씨겠지?

가능하면 직접 보고 싶지만 그건 어려우니까, 적어도 영상 통화라도…….”

할아버지가 하신 말씀도 그렇고, 내가 그렇게 변했나?

“착한 아이지만 너무 어른스럽게 구는 게 걱정이었단다. 이성관계에서는 조금 더 호쾌하게 밀고 가도 될 텐데 말이야.”

“호쾌…….”

연애에서는 거의 쓰이지 않는 단어이지만, 할머니의 말로는 그게 엄마의 방식이었다는 모양이다. 당연히 그 아들인 나도 그런 식일 줄 아셨다고.

엄마는 어떤 연애를 하셨던 걸까……. 아니, 별로 생각하고 싶지 않다.

나는 우선 화제를 나나미 이야기로 되돌렸다.

“……그 애한테 먼저 물어볼게요.”

“그래, 그거면 충분해. 싫다면 억지로는 안 할게.”

기쁘게 두 손을 모은 할머니는 그대로 일어나 할아버지가 있는 쪽으로 돌아갔다. 어쩌면 지금의 이야기를 보고하러 가신 걸지도 모른다.

나나미가 어떻게 대답할지도 아직 모르는데.

하지만 개인적으로는 영상 통화를 하게 될 것 같다는 예감이 든다.

그런 생각을 하며, 나는 회 한 점을 입에 집어넣었다.

◇◇◇◇◇◇◇◇◇◇

『정말?! 나도 요신의 조부모님과 대화해 보고 싶어!』

"그래? 사실 나나미라면 그렇게 말할 줄 알았어……."

잔치가 한창 무르익었을 즈음…… 일단 자리를 빠져나와 우리 가족이 배정받은 방에 혼자 들어가 나나미에게 전화를 걸었다.

예상대로 나나미는 두말없이 허락해 주었다.

대화하고 싶다고 말해주는 것은 정말 고맙지만, 나로서는 굉장히 부끄러웠다. 아니, 나나미가 창피하다는 뜻은 아니니까 오해하지 말기를.

『사실 우리 쪽도 요신이랑 대화해 보고 싶다는 얘기가 나오고 있었거든.』

"어, 거기도……?!"

그것도 그렇겠다 싶으면서도, 그 말을 듣고 잠시 머리를 싸맸다. 그도 그럴 게, 갑자기 상견례가 되어버린 느낌이잖아. 너무 허들 높은 이벤트 아닌가?

"……근데 그쪽 어르신들은 내가 왜 궁금하시대?"

『남자를 싫어했던 날 바꿨을 정도라면 아주 좋은 남자 아니겠냐면서, 꼭 만나서 감사의 말을 하고 싶으시대.』

"좋은 남자라니…… 게다가 그런 감사 인사들을 만한 일도 아니고."

『세계 최고로 멋진 남자라고 말했어.』

"무슨 소릴 한 거야?!"

부담감이 치솟는다! 나나미는 사실이라고 말하며 당당하다는 듯 가슴을 쭉 내밀었다.

난 세계 최고라는 말은 입에 담지 못했다. 나도 부끄러움 없이 그 정도의 말은 할 수 있게 되면 좋겠는데…….

어쨌든 허락을 받았으니, 조부모님을 모셔 올까.

"그럼 통화는 할아버지와 할머니까지만 하자. 다른 친척들은 제외하는 게 좋을 것 같아……."

『에엥? 이왕이면 요신의 친척 전원 앞에서 '약혼자인 나나미입니다'라고 말하고 싶었는데!』

"무시무시한 폭탄을 던지려고 했구나. 돌아갈 때까지 친척들 입방아에 오르게 될 테니까 그것만은 참아줘."

그럼 두 분을 모셔 올까. 그렇게 생각하며 일어서려던 찰나, 문이 갑자기 벌컥 열렸다.

"요신~ 뭐 하는 거야? 누나만 혼자 두고 뭐 해? 여친한테 전화하는 거야? 연하 남친 갖고 싶으니까 나도 남고생 소개해 줘."

누나였다. 욕망이 철철 넘치는 발언을 하며 들어왔다. 여전히 손에는 술병을 쥐고 있다.

『어?! 요신, 누나가 있었어?!』

"사촌 누나야."

지금까지는 '친척'이라고만 불러서 정확히는 모르겠지만, 아마 사촌일 거다.

"오…… 진짜 여친이랑 통화 중이네. 영상 통화? 나도 인사하고 싶은데!"

"아니, 이번은 할머니랑 할아버지만이야. 누나는……."

『아, 저…… 요신 군과 사귀고 있는 바라토 나나미입니다. 잘 부탁드립니다.』

"오홍~ 그래, 나나미구나~. 목소리가 귀엽네! 어떤 아이일까……."

스마트폰 너머에서 들려오는 목소리를 들은 누나는 눈꼬리를 한껏 늘어뜨리며 칠칠치 못한 미소를 지어 보였다.

웃는 얼굴이 딱 조카를 바라보는 할머니 같다. 말하면 맞아 죽을 것 같으니까 안 하겠지만.

하는 수 없이 나는 전화를 영상 통화로 돌려 누나에게 화면을 보여주었다. 활짝 웃고 있던 누나가 나나미의 모습을 보자마자, 누나의 눈이 확 커지며 얼굴이 굳었다.

그리고 나와 나나미 사이를 번갈아 바라보더니, 마치 연못의 잉어처럼 입을 뻐끔거렸다.

대체 뭐가 문젠데?

누나가 지옥 저편에서 울리는 것 같은 낮은 목소리로 중얼거렸다.

"……엄청난 미소녀잖아! 아니, 진짜……? 얘가 니 여친이라고? 페이크 영상 아니야? 사람 맞아……?!"

남의 여친의 존재를 의심하지 마라.

누나는 크리티컬 히트를 맞은 복서처럼 머리를 흔들더니, 그대로 천천히 주저앉았다.

그리고 어째서인지 나나미를 향해 무릎을 꿇고 자세를 바로잡는다. 술병은 옆에 얌전히 놔두고.

"요신의 사촌인 토베츠 토우카입니다. 잘 부탁드립니다."

무릎을 꿇은 채 깊이 머리를 숙였다. 나나미도 어쩔 줄 몰라 하며 공손히 고개를 숙이고 있다.

갑자기 뭐 하는 거야.

"누나, 너무 취했어."

"취하기는커녕 다 깼다. 이런 미소녀 앞에서는 바른 자세를 취하지 않으면 벌을 받아."

뭔 소리야.

누나는 분명 조금 전까지 취해 있었는데, 언제 그랬냐는 듯 멀쩡해졌다.

어른의 기술이냐? 아니면 누나의 특기인가.

『다시 한번 인사할게요, 바라토 나나미입니다. 잘 부탁드립니다, 토우카 씨.』

"미소녀께서 내 이름을 기억하시다니……!"

이제는 혼자 감격하기 시작했다. 역시 취했잖아.

두 사람은 간단한 자기소개와 잡담을 나누기 시작했다.

『네? 4년이나 사귀었는데도요?』

"그래…… 차였어…… 들어보니까 아무리 지나도 자주 지 않아서…… 그랬대…… 그래서……."

이번엔 인생 상담인가. 아니, 연애 상담인가? 내가 들으면 곤란한 이야기인 것 같으니까 자리를 비켜줘야겠다.

그래, 할아버지와 할머니를 이틈에 모셔오자.

주정뱅이를 나나미에게 떠넘기는 것 같아 조금 미안하긴 했지만 어쩔 수 없다. 나는 그대로 조용히 방을 나가 할아버지와 할머니에게 말을 걸었다.

마침 잔치도 거의 끝났는지 조금씩 정리를 하는 분위기였다. 그래서 나중에 해야 하나 싶었는데…….

"뭐?! 지금 여친이랑 연결됐어?!"

"다녀와! 다녀와! 정리는 놔두고!"

"아빠, 잘해! 실수하지 말고!"

친척 일동이 지나치게 협조적이다. 할아버지, 할머니도 나나미와 이야기해 보고 싶으신지 흔쾌히 그 호의를 받아들이셨다. 기분 탓인지 들떠 계신 것 같기도 하고.

할아버지, 할머니를 데리고 방에 들어가려고 하는데…… 누나가 막 나오고 있었다.

그 얼굴은 환하고, 밝고, 희망에 가득 차 있었다. 아까까지 죽어 있던 눈이 다시 살아난 것처럼 보이기도 했다.

"요신, 고마워…… 나나미랑 오래오래 사이좋게 지내."

눈부신 미소를 지어 보인 누나는 그대로 한 손을 번쩍 들고 떠나갔다. 진짜로 뭔데?

"뭐냐? 저 녀석은 왜 저러는 거야?"

할아버지와 할머니는 어리둥절한 얼굴을 하셨지만, 아마…… 나나미와 했던 연애 상담이 좋은 방향으로 잘 정리된 모양이었다. 고등학생과 상담한 (술 취한) 대학생이라는 게 좀 마음에 걸렸지만.

방에 들어가자 아직 스마트폰은 통화 상태였고, 나나미가 나를 보고 미소를 지어 보였다. 그리고 할아버지, 할머니를 보고 조금 긴장한 표정을 지었다.

"나나미, 갑작스럽지만 우리 할아버지와 할머니야. 할아버지, 할머니…… 제가 사귀고 있는 바라토 나나미예요."

『처, 처음뵙겠습니다, 요신 군과 사귀고 있는 바라토 나나미입니다.』

나나미의 자기소개를 듣고 할아버지와 할머니는 흐뭇한 미소를 지어 보이셨다. 심지어 할아버지는 평소에는 좀처럼 보기 드문 미소를 짓고 계셨다.

늘 입 모양만 살짝 움직여 미소를 지으셨는데, 지금은 얼굴 전체로 미소를 짓고 있다.

그 정도로 기쁘신 건가 싶어서 나도 좀 기분이 들떴다.

"바라토 나나미…… 인사 잘 받았네. 요신의 할아버지인

시노리라네."

"할머니인 노부카란다. 어머나, 정말 멋진 아가씨구나. 잘 부탁한단다."

자리에 앉으신 할아버지와 할머니가 기쁜 얼굴로 인사를 건네셨고…… 나는 거기서 남몰래 두 분의 이름이 그런 이름이었구나 생각하며 기억 속에 새겨넣었다.

계속 할아버지와 할머니라고만 불러서…… 솔직히 기억이 가물가물했다. 보통은 다들 기억하나?

"이거 정말…… 요우에게 이렇게 멋진 여자 친구가 생길 줄이야……. 1년 동안 안 본 사이에 다 컸구나……."

"정말. 그 요우에게 여자 친구가 생겼다는 말을 듣고 놀랐지만, 직접 얼굴을 보니 더더욱 놀라워……."

『……요우.』

……아차, 호칭에 대해 할아버지, 할머니에게 미리 말씀을 드리는 걸 깜빡했다. 나를 '요우'라고만 부르는 사람은 거의 없기 때문에 미처 생각 못 했다.

나나미가 나를 힐끔 보더니 미소를 지었다. 이거, 다음에 만났을 때 거의 확실하게 요우라고 부를지도 모르겠네.

할아버지와 할머니는 나나미와 잠시 소소한 이야기를 주고받았는데, 서로 아직 친해지지 못한 탓인지 대화는 드문드문 끊기기도 했다.

할아버지는 말수도 적은 편이니까. 그런 것치고는 나나

미와는 제법 많은 말을 하는 것 같았다.

잠시 후 다시 대화가 끊기고…… 갑자기 할아버지와 할머니의 목소리가 떨리기 시작했다.

"다행이구나, 요우…… 네 좋은 점을 제대로 봐주는 사람이 생겨서……."

"정말…… 이런 멋진 아가씨를 데려오다니……."

"잠깐…… 두 분 다…… 울지 마세요."

갑자기 울음을 터뜨린 두 사람은 나란히 '나이가 들면 눈물샘이 약해져서 큰일이야'라고 말했다.

그렇게 눈물을 흘릴 만한 일인가 싶으면서도, 과거의 나를 향해 좀 더 사람을 사귀어! 라고 소리치고 싶은 심정이었다.

분명…… 두 분 다 나를 몹시 걱정하셨던 거겠지.

할아버지는 자기 무릎을 꽉 잡더니 그 자리에서 나나미에게 깊이 고개를 숙였다.

"나나미, 요우를…… 잘 부탁하네."

"나도…… 잘 부탁해."

할머니도 고개를 깊이 숙였다. 갑자기 이러면 나나미가 당황하지 않을까 싶었는데, 나나미는 예상외로 침착했다.

그리고 부드러운 미소를 지으며 똑같이 깊이 고개를 숙였다.

『저야말로 오래오래 잘 부탁드립니다.』

……왠지, 할아버지와 할머니에게 하는 말 같으면서 내게 하는 말 같기도 했다. 나나미는 고개를 들더니 나를 향해 살짝 윙크했다.

드디어 할아버지, 할머니와 인사한다는 단계까지 마쳤다. 애초에 각오는 정해져 있었지만, 한 걸음 더 앞으로 나아간 기분이었다.

감격한 할아버지, 할머니가 내 등을 탁탁 두드렸다. 꽤 아프다.

"요우, 절대 놓치지 마라……. 이런 좋은 아가씨…… 쉽게 못 찾는다."

"우리가 도울 수 있는 일이 있다면 뭐든 상의하렴. 힘이 되어줄게. 아, SNS 같은 건 안 하니? 나 하고 있는데……."

할아버지가 이렇게까지 극찬하다니, 나나미가 그런 평가를 받았다는 것에 대한 기쁨과 놀라움이 동시에 찾아왔다. 할머니는 연락처 교환을 시도하고 있고.

우리 할머니이긴 하지만 너무 적극적인 거 아닌가?

일단 첫인사 자리는 잘 끝났다…….

그렇다 치더라도 할머니의 말…… 힘이 된다…… 인가.

"아…… 그러면 곧바로 부탁 하나 해도 될까요?"

고개를 갸우뚱하던 할아버지 할머니, 그리고 나나미는…… 조용히 내가 방금 떠올린 것을 들어주었다.

설마 귀성한 요신의 할아버지와 할머니를 이런 식으로 뵙게 될 줄은 몰랐다. 그뿐만이 아니라 설마 요신이 그런 부탁을 한다니…….

그런 건 생각은 전혀 하지 못했던 나는 다음 날 요신과 영상 통화를 하고 있었다.

"요신, 여기가…… 우리 할아버지와 할머니야. 두 분, 제가 사귀고 있는 미스마이 요신 군이에요."

『처, 처음 뵙겠습니다, 나나미와 사귀고 있는 미스마이 요신입니다.』

요신은 조금 긴장한 얼굴로 우리 할아버지, 할머니에게 인사를 했다. 뭔가 어제의 나를 보는 기분이다.

할아버지, 할머니는 환하게 웃으시며 요신의 인사를 지켜보았다.

"그래, 그래…… 네가 나나미의 남자 친구구나……. 그렇게나 어리던 나나미가…… 벌써 시집을 가다니……."

"어머, 여보, 그건 아직 이르잖아요? 이르……죠……? 게다가 우리도 소개해야죠, 남자 친구…… 미스마이 군이 곤란해하고 있잖아요."

할아버지, 감격한 나머지 감정이 벅차오르는 마음은 이해하지만, 너무 앞서가셨어요. 장래에는 그렇게 될 가능성도 없지는 않지만, 지금은 아직…….

아니…… 왜 거기까지 비약한 거지? 내가 말한 말은 '사귀고 있다'는 것뿐인데. 사야나 엄마가 혹시 또 이상한 소리라도 한 건가……?

"나나미의 할애비인 코타로라네."

"나나미 할머니 치즈루란다. 치즈루라고 불러도 괜찮아."

할머니?!

아, 거봐! 요신이 곤란해하잖아. 그야 갑자기 여친 할머니한테 그런 말을 들으면 누구든 곤란하겠지.

"그래서…… 요신이 우리한테 부탁할 게 있다고?"

아, 할아버지가 구해주셨다. 요신이 안도한 표정을 짓고 있다.

마음을 다시 가다듬는 것처럼 요신이 자세를 바로잡았다.

『사실은…… 이번 겨울 방학 때 나나미와 여행을 가고 싶습니다.』

"호오, 여행이라……."

요신은 그렇게 말하며 대략의 경위를 설명했다.

우리는 요전에 운 좋게 온천 여행 페어 티켓을 얻었고, 겨울 방학에 여행을 가기로 했다. 숙소 같은 것도 요신이 알아봐줬다.

거기서 문제가 된 것이…… 바로 부모님의 설득이다. 과연 둘만의 외박을 부모님이 허락해 줄 것인가.

처음에는 술이 들어가면 판단력이 좀 흐려지니까, 그 자리의 기세를 빌어 승낙을 얻어낼 계획이었다.

하지만 그건 상당히 허술한 계획이었다. 술이 깬 뒤에 '역시 안 돼'라고 하면 거기서 끝이니까.

또 하나 생각한 것은 친구들에게 부탁하는 것. 얼마 전에 하츠미 일행에게도 알리바이라면 맡겨달라는 말을 듣기도 했으니, 그것을 의지하는 방법이었다.

다만 그러기엔 리스크가 높았다. 1박 2일이긴 하지만 외박…… 온천 료칸에서 하는 숙박이다. 만일 들키면 료칸 쪽에 폐를 끼치게 될 가능성이 있었다.

자신들에게만 리스크가 있다면 그나마 낫지만, 주위에 폐를 끼치는 것은 피하고 싶었다.

그래서 이 방법도 탈락.

포기하고 그냥 정면 승부로 가는 수밖에 없다. 크리스마스 때 둘만의 외박했는데도 아무 일도 없었으니 분명 허락해 줄 것이다.

그렇게 생각했는데, 요신이 마지막 남은 방법 하나를 제안했다.

『할아버지, 할머니를 아군으로 만들자.』

요신도 나도 귀성이 끝나고 부모님을 설득할 생각이었

는데, 요신은 이 귀성 중에 설득하자는 생각을 떠올린 모양이었다.

참고로 떠올린 것은 어제. 요신의 할머니가 '힘이 되어주겠다'고 한 말을 듣고 떠올린 것 같았다.

……참고로 요신의 할머니가 말씀하셨던 힘이 되어주겠다는 말의 의미는 조금 다른 쪽이었지만, 흔쾌히 도와주겠다고 하셨다.

『결혼 자금이나 육아 같은 걸로 힘이 되어줄 생각이었는데 말이야.』

그런 말을 들으니 아무 말도 할 수 없었다. 아까 우리 할아버지와 할머니가 했던 말에 웃을 처지가 아니었네.

하지만 그런 의미에서도 협력자가 생긴 것은 매우 든든한 일이었다. 아직 이르긴 해도 그렇게 멀지 않은 이야기일 수도 있으니까…….

하지만 요즘은 어떨까? 결혼식은 비싸다고도 하고, 그래서 조촐하게 하는 대신 여행에 돈을 쓰는 경우도 있다고 하던데…….

『……그런 사정입니다. 그래서 설득을 도와주셨으면 좋겠습니다.』

"그렇구나……."

"어머, 어머, 좋지 않니?"

이런…… 내가 생각에 잠겨 있는 사이 요신의 설명이 끝난 모양이다. 할아버지는 복잡한 표정으로 팔짱을 끼고 계셨고, 할머니는 볼에 손을 얹고 계셨다.

역시…… 어려운가?

요신도 화면 너머로 그 기류를 감지했는지 그대로 입을 다물었다. 이 이상은 더 설명해 봤자 집요하게 느껴질 뿐이고, 이제는 판단을 기다릴 수밖에 없었다.

침묵이…… 침묵이 괴롭다. 왜 할아버지가 아무 말씀도 안 하시는 거지? 조금 전까지 생글생글 웃고 계셨는데, 갑자기 팔짱을 끼고…… 골똘히 생각에 잠겨 계신다.

혹시 외박은 안 된다며 혼나는 건 아닐까……. 아니, 하지만 그에 비해 할머니는 생글생글 웃으며 할아버지를 보고 계셨다.

보통 혼날 때는 두 사람이 동시에 화를 내시는데…… 이렇게 반응이 나뉘는 건 드문 일이다.

"미스마이 군…… 한 가지만 물어봐도 되겠나?"

『……! 네, 넵! 몇 가지든 물어보셔도 됩니다.』

한쪽 눈을 찡긋 감고 검지를 곧게 세운 할아버지는 무척 진지한 눈빛으로 요신을 바라보셨다. 마치 요신이라는 한 인간을 꿰뚫어 보는 듯한 시선이었다.

대체 무엇을 물어볼 생각인지, 할아버지가 침묵하는 시간이 너무 길게 느껴져서 나도 모르게 마른침을 삼키고 말았다.

어쩐지 땀도 나기 시작했다. 땀이 뺨을 타고 흐르는 것이 느껴졌다.

그리고…… 한참 동안 뜸을 들인 할아버지가 입을 열었다.

"그 여행에서…… 증손자를 만들 셈이냐?"

말이 끝나기가 무섭게 할머니의 주먹이 할아버지에게 떨어졌다. 머리에서 탁 소리가 울리고, 나도 요신도 말문이 막히고 말았다.

너무나도 빠른 손놀림에 요신은 순간 무슨 일이 벌어진 건지 모르고 눈을 비비고 있었다.

그리고 한 박자 늦게…….

"할아버지, 무슨 말씀을 하시는 거예요?!"

아픔을 참고 머리를 싸매고 있는 할아버지에게 나는 항의의 소리를 질렀다. 요신은 아예 화면 저편에서 입을 떡 벌리고 있잖아!

"엄청 아픈데, 뭐 하는 거지?"

"당신이 오랜만에 천박한 소리를 하니까 그렇죠."

"무슨 소리야, 우리가 내년에 증손자를 볼 수 있느냐 없느냐 하는 아주 중요한 문제라고."

"아직 학생이에요."

"열다섯이 넘었으면 이제 어른이지. 결혼할 돈이 없는 것도 아닌데 걱정할 게 뭐 있어."

당사자인 우리를 제쳐두고 할아버지와 할머니의 싸움이

시작되고 말았다. 요신은 화면 저쪽에서 당황하다가…… 그 싸움을 말리려는 듯 입을 열었다.

『저, 저기……! 저희는 아직 그…… 그런 건…….』

"……안 했다고? 진심이냐?"

"……어……? 아무것도?"

할아버지와 할머니는 놀란 목소리로 나를 쳐다보았다. 거기서 나는 조금 수줍어하면서도 조용히 고개를 끄덕였다.

네, 아무것도 안 했어요. 키스까지만 했어요. 할아버지도 할머니도 요신과 내 얼굴을 번갈아 보며 눈을 끔뻑이고 계셨다.

"……자네, 달려있긴 한가?"

아, 또 할아버지가 맞았다.

게다가 이번에도 꽤 경쾌한 소리가 났다. 설마 할아버지와 할머니가 이런 대화를 나누는 모습을 보게 될 줄은 몰랐는데, 조금 놀랐다.

아니, 평소에도 그런 느낌은 가끔 있었는데. 이렇게까지 노골적인 대화는…….

"허, 참. 이것도 시대 문제인가. 우리가 고등학생이었을 땐 남자든 여자든 누가 더 빨리하느냐로 경쟁하던 분위기였는데……."

"당신 주위만 지나치게 문란했던 거겠죠."

"아가씨 학교 출신은 역시 대사가 다르군……. 그런 나한테 홀랑 넘어와놓고선."

"그렇죠. 당신에게 넘어간 게 제 인생의 큰 실수였죠."

말다툼의 내용은 엄청난데 서로 험악한 분위기는 느껴지지 않았다. 웃으면서 가벼운 농담을 주고받는 느낌이었다.

그보다 할아버지와 할머니의 옛날이야기는 들어본 적이 없었는데, 어떤 만남이었는지 살짝 궁금해졌다.

한참을 우리를 놔두고 티격태격하고 있기에, 나는 결국 곤란해하는 요신을 도와주기로 했다.

"제대로 한 방 먹었네."

『이게 바로 세대 차이라는 건가…….』

"요신이 빨리 날 덮쳤으면 이런 일은 없었을 텐데……."

『잠깐, 나 지금 손 안 댔다고 혼나는 거야?』

맞아~. 그렇게 생각하면서도…… 뭐, 그때의 선택에 후회는 없으니까 딱히 상관없다. 하지만 그건 그거고 이건 이거다.

놀릴 수 있는 포인트가 있다면 마음껏 놀려줘야지. 놀린다고 하니까 생각난 건데, '요우'라고 부르기로 한 건 까맣게 잊고 있었네. 그건 또 다음 데이트 때 써먹어야지.

요신은 요신대로 옛날 사람들의 적극성에 몸을 떨고 있었다. 다 그렇진 않을걸? 이야기를 듣는 한 우리 할아버지가 좀 특별한 케이스 같았다.

한동안 두 사람의 말다툼을 들으며 나도 오랜만에 요신을 마음껏 놀렸다. 잠시 후 할아버지가 요신을 향해 몸을 돌렸다.

“흠, 뭐…… 결론부터 말하면 협력하는 건 어려울 게 없다.”

『정말요……? 감사합니다.』

“다만 그 전에…… 한 가지 더 묻고 싶은 게 있구나.”

아, 할머니가 주먹을 쥐었다. 요신은…… 이번에는 뭐가 나올지 싶어 긴장하면서도, 할아버지에게 뭐든 말씀하시라며 고개를 끄덕였다.

“아까는 결혼이니 뭐니 말하긴 했지만…… 어쨌든 학생의 연애인 만큼 앞으로 어떻게 될지는 장담할 수 없다. 솔직히 그 나이라면 대부분은 금세 헤어지는 법이지.”

아까보다도 한층 더 허물없고, 평소보다 더 날카로운 말투였다. 저런 할아버지의 모습은 처음 본다.

할머니는 아무 말도 하지 않고 쥔 주먹을 조용히 풀었다.

“그런 고등학생의 연애에서, 1박 여행을 가서…… 넌 나나미와 어쩌고 싶은 거냐?”

『계속 같이 있고 싶습니다. 장래적인 의미도 포함해서.』

즉답.

할아버지도 예상 밖이었는지 눈을 동그랗게 뜨며 놀라셨다. 좀 더 망설임이 있을 거라고 생각했는지 그대로 말문이 막혀버린다.

그렇게 잠시 놀라는가 싶더니…… 곧 씨익 하고 의미심장한 미소를 짓는다.

"나는 구닥다리 인간이라서 말이다. 남자는 말로 조잘거리는 게 아니라 행동으로 보여주는 걸 좋아하지."

『나나미를 위해서라면 뭐든 할 각오가 되어 있습니다.』

"바보 녀석, 남자가 함부로 그런 말 입에 담는 거 아니다. 그래도 배짱 하나는 마음에 드는구나."

엄청 즐거워 보이신다. 어쩌면 이런 식의 대화를 좋아하시는 게 아닐까. 아빠랑은 어떤 대화를 해 오셨을까?

압박 면접 같은 분위기였지만, 요신은 시종 진지한 표정을 잃지 않았다. 그런 태도를 보고 할아버지는 점점 더 활짝 웃으셨다.

"뭐, 사람 마음이라는 건 어떻게 변할지 모르는 법이지. 다만 헤어지더라도 아름답게 헤어져라. 제대로 된 실연의 경험은 사람을 정신적으로 크게 성장시키는 법이니까."

『그건, 곤란하겠는데요…….』

응? 곤란하다고?

갑자기 곤란하다는 말을 꺼낸 요신의 말에 나는 미간을 좁혔다. 뭐가 곤란하다는 걸까 고민하고 있는데…….

『저는 나나미와 헤어질 마음이 없어서, 이 이상의 정신적인 성장은 없을 것 같습니다.』

거기서 처음으로 요신은 진지한 표정을 풀고, 어딘가 즐거운 미소를 지었다. 약간 연극적인 느낌도 났지만, 그 모습이 묘하게 멋있어서…….

나도 할아버지도 할머니도 그런 요신의 말을 듣고 입을 다물고 말았다.

역시 수줍어졌는지, 요신이 작은 목소리로 '입이 방정이네요……'라며 수줍게 덧붙이는 말이 또 귀여웠다.

분명 이 자리에 요신이 있었다면, 와락 끌어안고 그대로 밀어 넘어뜨렸을 것이다.

잠시 침묵이 지나가고…….

할아버지와 할머니는 폭소를 터뜨리셨다. 온 집안에 울려 퍼질 정도로 큰 웃음. 보는 이가 다 알 수 있을 정도로 즐겁고 기쁜, 행복에 찬 웃음이었다.

웃음거리가 된 요신은 한층 더 수줍어하고 있었지만…….

"이거 참, 재미있는 친구구먼. 하지만 난 아까도 말했듯이 말뿐인 사람은 신용하지 않아. 앞으로 행동으로 보여주도록 해."

『네! 알겠습니다.』

"여행에서 나나미에게 어떻게 행동했는지…… 돌아와서 들려주길 기대하고 있으마."

할아버지의 그 말에 요신은 기쁜 얼굴로 감사를 전하고 고개를 숙였다. 할머니도 무척 기뻐하셨지만…….

어라?

이거 혹시, 여행담을 두 분께 전해드려야 하는 건가?

◇◇◇◇◇◇◇◇◇◇◇

그리하여 우리는 무사히 할아버지, 할머니를 아군으로 만들었지만, 당연하게도 부모님을 설득할 때는 상당히 고생했다.

그래도 마지막에는 엄마, 아빠도 납득해 주셨고, 우여곡절이 있긴 했지만…… 무사히 온천 여행의 허락을 받아낼 수 있었다.

귀성하고 며칠, 드디어 새해가 밝아오는 순간이 성큼 다가왔다.

평소에도 날짜가 넘어갈 때까지 깨어 있는 일은 흔했는데, 연말인 것만으로 뭔가 더 특별한 기분이 들었다.

시간이 흐르면 내년이 되고, 새로운 해가 된다. 딱히 새해라고 해서 뭔가가 달라지는 것도 아닌데, 마음만은 신선해진다.

어렸을 때는 새해가 되기 전까지 잠들지 않겠다고 버티다가 늘 중간에 자버린 것 같은데. 지금은 이렇게…… 늦게까지 깨어 있는 게 일상이 되었다.

카운트다운 소리가 들려왔다.

5…… 4…… 3…… 2…… 1…….

0이 되는 순간, 건배사와 함께 큰 소리로 축하를 주고받는 어른들의 목소리가 들려왔다.

나도 함께 축하하자고 했지만, 이 순간만은 혼자 있겠다며 정중히 거절했다.

왜냐하면…….

"새해 복 많이 받아, 올해도 잘 부탁해."

『새해 복 많이 받아, 나야말로 잘 부탁해.』

스마트폰 너머의 나나미에게 나는 꾸벅 고개를 숙였다. 나나미도 나에게 맞춰 고개를 숙이고, 그리고 둘이 함께 웃었다.

그래, 이 순간만큼은…… 단둘이서 축하하고 싶었기 때문이었다.

우롱차가 담긴 잔을 스마트폰 화면에 가볍게 부딪히자, 나나미도 손에 든 컵을 스마트폰에 톡 가져갔다.

소리는 울리지 않았지만, 화면 너머로 하는 건배다.

『그건 그렇고…… 새해네…….』

"응, 정말 눈 깜짝할 사이였어……."

나이가 들면 1년이 빨리 간다고 들었는데, 고등학생인 우리도 1년이 순식간처럼 느껴졌다.

순식간이라고 할까, 폭풍 같은 한 해였다고 할까…….

"올해는……이 아니라 작년이지. 작년은 이런저런 변화가 많은 해였지."

『맞아. 나도 여러모로…… 정말 많이 바뀌었어.』

무엇보다 나와 나나미가 사귀게 되었으니까, 엄청난 변화가 있었던 셈이다. 게임으로 비유한다면 한계 돌파를 통해 존재 자체가 바뀐 느낌이랄까.

적절한 표현인지는 모르겠지만, 어쨌든 그 정도로 크게 변화한 해였다.

『가장 큰 변화는…… 뭔가요~?』

갑자기 나나미가 무언가 기대하는 얼굴로 눈을 반짝이며 내게 물었다. 화면을 향해서 눈을 올려 뜬 모습이 얄미울 정도로 귀여웠다.

어떤 대답을 기대하고 있는지, 알 것 같으면서도 잘 모르겠는 기분……. 아마 그 말을 듣고 싶은 거겠지.

아니라면 바로 사과하자.

“물론, 나에게 좋아하는 여성이 생겼다는 거겠지.”

『흐음~ 그렇구나~?』

어라? 기뻐할 줄 알았는데 의외의 반응인데? 하지만 기분이 언짢아 보이지는 않았다. 미소를 짓고 있고 기분도 좋아 보였다.

『그 여자는 예쁜 사람인가요?』

“어? 으, 응…… 엄청 예쁜 사람이야.”

그 본인이 눈앞에 있는 걸 넘어 지금 나와 대화 중이다. 무슨 생각인지는 모르겠지만, 나나미는 계속해서 질문 공세를 이어갔다.

『그 여자의 어떤 점이 좋은가요?』

“눈…… 아주 예쁜 눈이고, 날 똑바로 봐주는 게 좋아.”

『좋아하는 곳은 눈뿐인가요?』

“눈뿐만 아니라…… 응, 흔한 말이긴 하지만, 배려심 있는 여성이야. 언제나 날 생각해 줘서, 함께 있으면 마음이 따뜻해져.”

『가슴은 큰가요?』

“질문이 갑자기 노골적이네……. 뭐, 크긴 해…… 응, 아주 크지…….”

『큰 가슴은 좋아하세요?』

“무슨 의도로 하는 질문이야?! 아니, 그…… 좋아해.”

……잠깐, 본인이 물어보고 본인이 부끄러워하면 어떡해. 갑자기 나만 혼자 붕 떠버린 느낌이잖아. 봐, 나도 얼굴 새빨개졌어.

『저…… 그럼…… 야한 건 하고 싶은가요?』

“……솔직히 말하면, 응.”

뭐지, 이거? 뭔가 그런 게임인가? 그런 거 있었지, 램프의 마인에게 질문*하는 거. 도대체 뭐지.

아, 거봐, 이제 한계잖아. 그만하자.

『……그 사람과는 지금도 이야기하고 있나요?』

나나미는 헛기침하고 다시 정신을 차린 모습이었지만, 여전히 귀는 새빨갛게 된 채로 나에게 질문을 했다.

좋아, 조금만 더 놀아줄까.

“맞아, 지금도 나에게 질문 공세를 퍼붓고 있지.”

『지금 살짝 그 질문 공세가 짜증 난다고 생각했나요?』

“그거 ‘네’라고 답하는 순간 화낼 질문이잖아. 아니, 그런 점도 귀엽지만…….”

---

*게임 Akinator. 유저가 던진 질문을 바탕으로 화면 속 캐릭터가 정답을 맞히는 게임.

아, 볼을 살짝 부풀렸다. 어떤 의미에서는 본인도 그렇게 생각하고 있었던 거겠지. 그럼 어디, 나도 하고 싶은 말을 해볼까?

"가끔은 날 놀리는 걸 좋아하고, 야한 일에 관심은 많지만, 막상 그런 순간이 오면 부끄러워하고…… 그런 멋지고 귀여운 여자 친구가 생긴 게 바로 작년에 있었던 가장 최고의 사건 아닐까."

나나미는 행복한지 헤실거리는 미소를 짓고 있었다. 그런 그녀를 보고 나도 모르게 미소가 지어졌다.

『에헤헤, 나도 요신 같은 멋진 남자 친구가 생긴 게 작년 최고의 사건이야.』

……솔직하게 들으니 생각보다 더 민망하다. 아까처럼 질문 형식일 땐 그나마 덜 부끄러웠는데, 어째서일까.

내가 수줍어하는 것을 눈치챈 것인지 나나미는 더더욱 즐거워 보였다.

『올 연말은 단둘이 보내고 싶다.』

"내년 일을 말하면 귀신이 웃는다*고 하던데. ……응? 아닌가?"

『뭐 어때. 다 같이 웃으면서 즐겁게 보내자. 그리고 올해 이야기잖아.』

하긴 그것도 그렇다. 올해의 이야기이니 귀신도 웃지 않고 지켜봐 줄 것이다.

---

*일본의 속담.

그러고 보니 나는 할아버지한테 무리해서 올 필요 없이 여자 친구랑 보내도 된다는 말을 들었는데, 나나미는 어떨까?

혹시 나나미 쪽은 반대하고 있지는 않을까?

『아, 우리 할아버지도 같은 말씀을 하셨어.』

"그래? 근데 나나미가 안 가면 서운해하지 않으실까?"

『오히려 남자 친구와 함께 연말연시를 보내고, 그 이야기를 들려달라고 하셨어.』

그러고 보니…… 나도 처음 이야기했을 때 다녀와서 여행 이야기를 들려달라고 하셨었지. 그런 걸 좋아하시는 모양이다.

그렇지만, 그렇게 되면 올해 연말은 함께…… 단둘이 지내도 된다는 뜻인가……?

"요~신~……! 나나미랑 그만 꽁냥대고 여기에도 인사 좀 해~!"

갑자기 방 밖에서 누나의 목소리가 들려왔다.

나나미도 뒤를 돌아보는 것을 보니 아무래도 인사하라는 말을 들은 모양이다. 타이밍이 똑같네…….

『설마 요신에게 저런 미인 누나가 있었을 줄이야…….』

"정작 오늘 보기 전까지 존재 자체를 잊고 있었지만 말이지. 아 이런 사람 있었지, 했어."

『어떻게 보면 안심이지만, 그건 그거대로 좀 그렇지 않아……?』

어쩔 수 없잖아. 왜냐하면 거의 집에 오지 않았던 사람이니까. 오늘도 아주 오랜만에…… 뭐, 남자 친구에게 차였다는 게 그 이유라 뭐라 말하기는 좀 애매하지만.

"그러고 보니 나나미한테 고맙다고 하던데, 뭐라고 했던 거야?"

『사소한 거였는데, 중요한 일이었던 것 같아. 역시 뭐든 제대로 말하지 않으면 오해가 생기는 법이니까.』

"그런 건가……."

난 오히려 그런 게 싫어서 뭐든 솔직하게 이야기하려고 하는데, 어쩌면 그게 생각보다 더 어려운 일일지도 모른다.

자, 그럼…… 친척분들한테도 인사를 하러 가볼까? 아쉽지만 통화를 끊어야 한다…….

세뱃돈도 받아야 하고…… 그건 내일인가.

『요신은 이제 곧 돌아오지?』

"응, 모레…… 아니 날짜상으로는 내일인가. 아빠와 엄마도 출근하셔야 하니까……."

『그렇구나, 나는 하루 늦게 가니까…… 정월 데이트하자. 지금 당장 보고 싶지만 조금 더 참아야겠네.』

"그래…… 나도 보고 싶어. 조심히 돌아와."

그리고 내가 스마트폰 통화를 끊으려는 순간이었다.

『그리고 이건 새해 선물.』

"뭐?"

나나미는 옷깃 부분을 살짝 잡아당겨 가슴골을 크게 드러냈다. 속옷은 보이지 않았지만 눈부신 피부가 훤히 드러났다.

그것도 한순간뿐, 곧바로 스마트폰의 통화가 종료되었고……. 남은 것은 스마트폰 화면에 반사된 얼빠진 내 얼굴뿐.

순간 잘못 본 건가 생각했지만……. 아니, 물론 전부 보인 건 아니지만…….

"그러지 마세요, 제발……."

어째서인지 존댓말로, 나는 화면 너머에 더 이상 없는 나나미를 향해 주의를 주었다. 새해 선물이라니, 완전 아재 개그잖아…….

새해니까 카가미모치* 같은 것도 하지 않을까 생각하면서…… 나는 뜨거워지는 얼굴을 필사적으로 식히며 방에서 나갔다.

◇◇◇◇◇◇◇◇◇◇

우리 집……이라기보단, 우리 친척 전체에는 좀 특이한 풍습이 있다. 그것은 세뱃돈을 주는 날이 1월 1일이 아니라 2일이라는 것.

---

*연말연시에 장식해두는 떡 장식.

들어보니 1월 1일에 돈을 꺼내면 그 해 내내 돈이 빠져나간다는 미신에서 온 풍습이라나. 어디서 온 미신일까?

딱히 그 미신을 믿는 것은 아니지만, 계속 이어진 것이라 나도 1일에는 돈을 아예 쓰지 않는다.

스마트폰 게임 과금조차 하지 않는다.

돈을 쓰는 것은 2일 이후…… 그래서 우리도 돌아가기 직전 세뱃돈을 받게 되었다.

"받아라, 세뱃돈이다. 조금 더 보탰으니까 여행 갈 때 경비로 쓰렴."

"감사합니다, 할아버지, 할머니."

알록달록한 세뱃돈 봉투를 받고 그대로 짐 가방에 쏙 넣었다. 눈앞에서 바로 열어보는 건 좀 그러니까 나중에 확인해야지.

그 후에도 친척들에게 차례차례 세뱃돈을 받았는데…….

다들 여자 친구와의 여행에 쓰라는 한마디를 꼭 곁들이면서 건네주셨다. 결국 모두에게 알려지고 말았다.

하긴 어제 부모님을 설득한다고 떠들어댔으니 금방 퍼졌겠지.

우선 어제의 결론을 말하자면…… 나와 나나미의 둘만의 여행에 대해서는, 몇 가지 조건을 포함해서 긍정적으로 검토해 보겠다는 대답을 얻어낼 수 있었다.

역시 할아버지, 할머니를 아군으로 만들어 준 것이 큰

도움이 된 것 같았다.

"하여간…… 부모를 아군으로 포섭할 줄은……."

엄마는 여전히 살짝 못마땅한 얼굴을 하고 있었고, 아빠가 그런 엄마를 달래주고 있었다.

"무슨 소리니, 시노부. 단둘이 여행가는 정도는 귀여운 수준이지, 뭐. 네가 학생일 때는 아키라 군과 더 심한 짓을……."

"그 이상은 말하지 마……!"

역시 과거를 아는 사람이 있다는 건 엄청나게 든든하구나. 설마 천하의 엄마가 한마디도 못 할 줄은 몰랐다.

그보다 우리의 여행이 귀여운 수준이라니, 엄마는 옛날에 무슨 짓을 하셨던 걸까? 궁금하긴 하지만 부모님의 그런 얘기는 듣고 싶지 않았다.

"……아무튼 자세한 건 돌아가서 얘기하자."

"알아, 그게 최종 조건이기도 하니까."

이것이 어제 바로 허락을 받지 못한 가장 큰 이유였다. 할아버지, 할머니의 뒷받침, 친척들의 보조 지원도 있었지만, 최종 판단은 당사자들에게 이야기를 듣고 나서 하겠다는 것이었다.

나로서는 어제 완전히 허락받고 싶었지만, 나나미 쪽과 아무런 대화도 하지 못한 상황에서 결정하기는 어렵다는 말도 이해는 갔다.

크리스마스 때 일을 생각하면 아무 일도 없을 거라는 건 부모님도 알고 계시겠지만.

……그렇다기보단 크리스마스 때는 술이 들어간 탓인지 '그냥 해버려!'라는 느낌이었는데, 이성이 있으면 이렇게나 강적이 되는구나.

차라리 어제 처음 계획했던 대로 술이 들어갔을 때 허락을 받는 편이 나았으려나……. 술과 할아버지의 도움이 있었다면 됐을 것도 같은데.

뭐, 후회해도 소용없다. 일단 성과가 있었다는 것을 기뻐하자.

그리고 세뱃돈에 대해서는 놀라운 일도 벌어지기도 했다.

"요신, 이거 세뱃돈이야."

"……엥?"

생각지도 못했던 누나에게서 세뱃돈을 받았다. 누나한테 세뱃돈을 받는 건 처음 아닌가? 뭐, 학생이니까 당연하다면 당연하지만.

아니, 지금도 대학생이다. 할아버지께 세뱃돈 달라고 조르지 않았었나.

"적지만, 나나미와의 여행비에 보태. 즐겁게 놀다 와."

"……갑자기 무슨 바람이 분 거야?"

"별로…… 여기서 너한테 세뱃돈을 쥐여주면 나중에 너도 내 아이한테 세뱃돈을 줄 거 아냐. 물론 나도 너희 애들한테 줄 거고."

무슨 소리를 하는 거야, 이 사람은?

갑자기 장래의 아이에 대한 이야기를 꺼냈다. 성급한 것도 정도가 있지. 나는 그 말에 대체 어떻게 반응하면 좋단 말인가.

"그래…… 그럼 감사히 받을게."

"나나미에게 안부 전해줘. 고맙다는 말도 전해주고."

머뭇거리며 받아들자, 누나는 어딘가 홀가분한 미소를 짓고 있었다. 주변 친척들도 나나미에 대한 얘기를 듣자마자 다들 입이 마르도록 칭찬했고…….

나나미…… 정말 무슨 말을 했던 걸까. 누나의 마음을 제대로 사로잡았다. 그리고 친척들에게도 이런저런 이야기가 들려왔다.

"요우…… 다음에는 무리해서 안 와도 괜찮다."

"할아버지, 또 그 얘기예요?"

"몇 번이라도 해줄 수 있어. 여자 친구랑 연말을 보내. 이제는 어른이잖아. 굳이 부모님이랑 같이 여기에 올 필요는 없다."

할아버지도 고집이 세다니까. 여기서 나까지 안 오면 손주 없는 연말이 될 텐데. 이번에 온 것도 나랑 누나뿐이었고.

하지만 여기서 실랑이를 벌여봤자 소용없을 테니까…… 그래.

"내년에는 영상 통화가 아니라 직접…… 나나미를 소개하러 올게요. 면허를 따서 차로 직접."

"……그러냐."

그렇게 말하자 할아버지는 기쁘게 웃으셨다. 이번 연말은 나나미랑 보내고, 수능이 끝나면 면허를 따서 차를 타고 오자. 그게 분명 더 즐거울 것이다.

"그때는 증손자도 같이 오는 거냐?"

"그건 너무 급하고요."

내가 즉답하자 조금 흥이 깨졌다는 얼굴로 한숨 섞인 웃음을 지으신다. 이런 반응은 또 신선하네.

엄마, 아빠가 부르는 소리가 들려왔다. 슬슬 가야 할 시간이었다. 차를 타야 하니까.

"그럼 또 봬요, 할아버지."

"그래, 조심해서 가라."

어쩐지 이번 귀성으로 할아버지와 전보다 더 가까워진 기분이 들었다. 그 후 우리는 친척들의 배웅을 받으며 집으로 돌아가게 되었다.

작년에도 비슷하게 배웅받았을 텐데 전혀 기억나지 않는다……. 반대로 올해 귀성길은 오래오래 잊을 수 없을 것 같았다.

모두가 손을 흔들어 배웅해 주는 것을 보고 나도 따라서 손을 흔들자 다들 살짝 놀란 표정을 지었다.

아마 작년에 나는 손도 흔들지 않았던 모양이다.

"……요신, 여행 일 말인데."

"아, 응."

"좀 더 빨리 말해줬으면 좋았잖니……."

그건 미안. 정신이 없어서 말할 타이밍을 놓쳤어. 가고 싶다는 이야기는 나왔었는데…….

부모로서 생각이 많아질 수밖에 없겠지.

"여기까지 온 이상 가는 것 자체는 반대하지 않을게. 하지만 자세한 내용에 대해서는 나나미네 가족과 함께 확인하는 걸로 하자."

……어라, 예상외로 선뜻 엄마의 허락을 받았다. 운전 중인 아빠 쪽을 보니 쓴웃음을 짓고 계셨다.

"조건 같은 건 없어?"

"일단 고등학생다운 범위 안에서…… 그보다 당신은 왜 그렇게 웃어?"

"아니, 새삼스럽게…… 시노부의 입에서 고등학생답게 하라는 말을 들으니까 조금 웃겨서……."

운전 중인 아빠의 뺨을 엄마가 살짝 잡아당기셨다. 갑자기 눈앞에서 부모님이 꽁냥거리기 시작했다.

역시 허락해 준 건 아까 할아버지가 말씀하셨던 부모님의 고등학교 시절과도 관련이 있겠지. 물어보진 않을 거지만.

어쨌든 우리 부모님은 설득 완료다. 나나미 쪽은 어떨까?

빨리 보고 싶다. 그렇게 생각하면서 나는 지루함을 달래듯이 차의 뒷좌석에 몸을 기댔다.

◇◇◇◇◇◇◇◇◇◇

집에 도착했을 땐 이미 완전히 어두워져 있었다. 오는 길에 다행히 눈은 내리지 않았지만, 집 주변에는 눈이 쌓여있었다.

아마 귀성길에 쌓인 눈이겠지. 조금은 치워둬야겠다 싶어서 아빠와 함께 눈을 치우고 목욕을 하고 몸을 데웠다.

편하게 누워서 오랜만에 게임을 켰다. 귀성 중에는 이런 저런 이유로 많이 못 했으니까.

"누구 있으려나?"

『어라, 캐니언 군 아냐? 새해 복 많이 받아.』

「새해 복 많이 받으세요, 바론 씨. 어? 바론 씨뿐인가요?」

『응, 역시 정월이라 그런지 사람도 별로 없네.』

정월 이벤트도 있지만, 우리 팀은 가볍게 즐기는 사람들이 많기 때문에 신년 3일 동안은 대체로 사람이 적었다. 피치 씨도 거의 로그인만 하고 나갔다.

일단 나도 정월 이벤트는 최소한은 돌아볼까.

「그러고 보니…… 바론 씨는 본가에 다녀오셨나요?」

『응? 우리는 따로 귀성은 안 하고 있어. 내가 아내를 만나러 한번 돌아간 정도야.』

아, 그렇구나. 그러고 보니 바론 씨는 혼자 타지에 근무 중이라고 했지. 그렇다는 건, 어떤 의미로는 지금 본가에 귀성해 있는 셈일까?

「……잠깐 보이스 채팅할 수 있을까요?」

『좋아. 오랜만에 대화나 나눌까?』

게임을 잠시 멈추고 나는 앱에서 보이스 채팅을 걸었다. 이내 통화가 연결되고, 바론 씨의 목소리가 들려왔다.

"죄송합니다. 상담하고 싶은 것도 있고 물어보고 싶은 것도 있어서요."

『어쩐지 오랜만이네. 이제는 내가 조언할 게 있을까 싶긴 한데.』

아니, 그렇지 않다. 아주 많이 의지하고 있다. 그래서 나는 겨울 방학 때 나나미와 온천 여행을 가는 것에 대해 상담했다.

『오, 좋지, 온천! 나도 휴가 내고 아내랑 가고 싶다…….』

"그래서, 그…… 여친과 단둘이 가는 여행에서 뭔가 조심해야 할 부분이 있을까요? 단둘이서만 가는 여행은 처음이라……."

『음…… 1박 2일 여행이라면 거의 평소대로 하면 문제없을 거라 생각하지만…… 그래, 가장 중요한 건 예산과 숙소 확인이겠지.』

……그게 무슨 뜻인가 싶어 고개를 갸우뚱하고 있는데, 바론 씨가 묘하게 씁쓸하고 낮은 신음 소리를 냈다. 갑자기 무슨 일이지……? 잠시 신음 소리가 이어지더니, 갑자기 목소리를 확 낮춘다.

『숙소 예약은 말이지…… 제대로 하는 편이 좋아…… 날짜가 다르진 않은지, 장소가 다르진 않은지, 비슷한 이름이 없지는 않은지…….』

"……혹시, 경험인가요?"

『응……. 그러니까 현지에서 뭘 볼지, 뭘 먹을지는 어느 정도 즉흥적으로 정해도 괜찮아. 문제는 진짜, 숙소야. 정말로 이것만은 조심해야 해.』

굉장히 감정이 실린 말이었다. 숙소 예약…… 확실히 그건 쉽게 웃어넘길 일은 아닌 것 같았다.

응, 진짜 여러모로 조심하자. 인터넷 예약보다는 전화로 하는 게 더 확실하려나? 아니면 둘 다 하거나……. 지금부터 찾아볼까.

『어? 근데 두 사람 아직 고등학생이지? 부모님의 허락은 받는 거야? 아니면 몰래 가려고?』

"다행히 허락은 받아서 몰래 가지는 않을 것 같아요."

『오…… 아주 착실하네. 난 몰래 갔다가 그 뒤에 후폭풍이 엄청났지…….』

뭘 하셨던 거예요. 그보다 그쪽이 실패담으로는 더 무겁지 않나……. 옛날이라 용서받은 케이스겠지만…… 응, 몰래는 절대 가지 말아야겠다.

그 후에도 바론 씨에게서 몇 가지 주의점이나 실패담을 들었는데…….

"바론 씨, 아내분을 만나지 못했을 때는 어떤 방법으로 참으셨나요?"

『못 참았지.』

한 가지 더 궁금했던 것을 물어보니 즉답이 나왔다. 못 참았다…… 무척 흥미로운 대답이다.

『나만 그런 게 아니라 아내도 그랬다는 말을 들었을 때는 기뻤어. 그래서 매일 전화하고, 사진도 보내고, 가끔 휴일에는 만나러 가기도 하고…….』

"그럴 때는 역시 차를 타고 가셨나요?"

『응. 지금 생각하면 꽤 무모한 짓도 많이 했던 것 같아. 하루 쉬는 날이 있으면 심야에 차를 몰고 가서 새벽에 만나기도 하고…….』

정말로 무모하다. 피로를 감수하고서라도 보고 싶었다는 뜻이겠지? 그 마음은 이해가 갔다.

나도 귀성 중에 차를 운전할 수 있었다면 나나미를 만나러 갔을지도 모른다.

『흔히들 만나지 못하는 시간이 사랑을 키운다고 하잖아.』

그 말을 듣고 나는 가슴이 철렁했다. 나나미한테도 들은 말이고 나도 생각했던 거니까. 설마 그 말을 지금 여기서 또 듣게 될 줄은 몰랐다.

『만나고 안 만나고의 문제가 아니라, 키우겠다는 의지가 없으면 사랑은 키울 수 없어…… 정말로 그걸 실감했어.』

"……키울 수 없나요?"

『애초에 키운다는 행위 자체를 의식적으로 해야 하는 거니까. 그러니까 캐니언 군도 보고 싶으면 언제든 만날 수 있는 시기를 소중히 여기도록 해.』

그건 학창시절에나 할 수 있는 일이라며 바론 씨는 조금 쓸쓸하게 말했다. 이어서 고등학생의 여행도 대찬성이라고 말해주었다.

어른의 보증을 받으면 내가 틀리지 않았다는 확신을 얻을 수 있어서 든든했다.

그 후에도 나는 바론 씨에게 여행과 관련된 이런저런 상담을 했다. 도중에 잠깐 들어온 피치 씨에게 인사도 하고, 이벤트도 돌고…….

드디어 정말 집에 돌아왔다는 실감이 들었다.

……뭔가 이렇게 대화를 나누고 있으니 나나미가 보고 싶어졌다. 여기서는 바론 씨를 본받아야지.

"여친이 보고 싶으니까 전화 좀 하고 올게요."

『오, 좋네. 마음껏 하고 와.』

『시치미에게 안부 전해주세요.』

통화를 끊고 나나미에게 전화를 걸었다. 이 시간이라면…… 아마 아직 일어나 있을 것이다. 내일 돌아오니까, 만날 수 있으면 잠깐이라도 만나고 싶다고 생각하면서.

잠시 신호음이 가고, 나나미가 전화를 받았다.

『여보세요? 왜, 요신? 집에 잘 도착했어?』

“응. 아까 도착했어. 지금은 침대에서 뒹구는 중이야.”

『좋겠다…… 돌아가면 나도 침대에서 뒹굴고 싶다……. 요신이랑 같이…….』

“같이……?”

상상해 보는데, 같이 뒹구는 건 어떻게 하는 거지? 누워서 수다를 떠는 건가? 아니면 뭔가 다른 걸 하는 건가?

같이 잔 적은 있지만, 같이 뒹군 적은 없었다. 각자 누워서 뭔가를 하는 것인지, 아니면 함께 뭔가를…….

아니, 함께 뭔가를 한다고 하면 그런 쪽밖에 떠오르지 않는다. 침대에서 뒹구는 건 아무것도 하지 않고 늘어져 있는 거라고 생각하자.

“그럼, 돌아오면 같이 침대에서 뒹굴까?”

『히웨엑?!』

반응이 이상한데. 같이 뒹굴자고 말한 건 나나미잖아. 그렇게 생각하고 있는데, 조금 멀리 떨어진 곳에서 다른 여자들 목소리가 들려왔다.

대담하다느니 뭐니 하는, 여성의 목소리다. 혹시 이거…….

"나나미, 혹시…… 스피커폰으로 통화하는 거야……?"

『응, 아니 그…… 어쩌다 보니…….』

아…… 아아, 그래. 상대의 상태를 알 수 없다는 것이 전화의 단점이긴 하지. 근데 이거, 내 잘못은 아니지……?

모두 함께 있는 자리에서 스피커폰으로 통화를 한 것인지, 나나미가 여러 사람에게 놀림을 받는 소리도 들려왔다. 아직도 안 했냐느니, 농담 아니냐느니……. 아니요, 그건 사실이에요.

『괘, 괜찮아! 엄마, 아빠는 안 계시고, 마지막으로 친척 여자들끼리 모여서 하는 작은 모임이었으니까!』

그건 과연 정말 괜찮은 것일까. 그리고 뭐야, 그 여자 모임은. 아, 사야의 목소리도 들린다.

"뭐, 자세한 이야기는 돌아와서 듣는 걸로 할까. 그래서 내일은 몇 시쯤에 도착해?"

『내일? 아마도…… 오후 2시쯤 도착할 것 같아. 또 일찍 출발할 테니까.』

"그렇구나. 아니, 만약 피곤하지만 않으면 잠깐이라도 만날 수 없을까 싶어서……."

『만날래!』

오, 엄청 적극적이다. 나도 보고 싶다고 생각하긴 했지만,

나나미도 같은 마음이라고 생각하니 기쁘다.

뒤에서 들려오는 환호성도 엄청나고…….

『오히려 피곤하니까 요신을 만나서 충전하고 싶어. 꼭 안고 싶어. 뽀뽀하고 싶어. 그 이상의 일도 하고 싶어.』

욕망이…… 욕망이 너무 새어 나오고 있잖아……! 게다가 큰 소리도 아니고, 담담하게 쉬지도 않고 여러 말들이 한꺼번에 쏟아졌다.

“그럼, 어서 오라고 인사하러 갈게.”

『응, 기대할게.』

들뜬 나나미의 목소리 뒤로 휘휘 하는 휘파람 소리가 들려왔다. 아, 나나미의 화난 목소리도 들려온다.

여자 모임을 방해하면 미안하니까 통화를 끊어야겠다고 생각했는데…… 갑자기 참여한 사람들에게서 질문이 날아왔다.

거기에 조금씩 대답하는 사이, 부끄러움을 참지 못한 나나미에 의해 강제로 통화가 끊겨버렸다.

『내일 기대하고 있을게! 또 연락할게!』

이런, 내가 대답하기도 전에 끊겨버렸네.

“나도 기대하고 있을게.”

그 말은 나나미에게 닿지는 않았지만, 그래도 나는 스마트폰을 바라보며 미소를 지었다.

◇◇◇◇◇◇◇◇◇◇

오랜만에 나나미를 만나는 그날, 나는 아침부터 아르바이트하고 있었다.

정월은 가게도 휴일이었지만, 3일부터는 정월 영업이라고 해서 조금 특수한 영업을 하고 있었다. 뭐, 특수한 건 유우 선배뿐이지만.

이 페어는 7일까지 계속된다고 해서 나도 약간의 일본식 유니폼을 입고 근무했다. 일본 옷을 입는 건 유카타 데이트 이후로 처음이다.

나나미를 만난다는 생각에 심장이 두근거렸지만, 일하는 중이었기에 그 마음은 꼭 눌러 담았다.

다만 주위에서는 내 들뜬 분위기를 알아차린 것인지 점장님이나 선배들에게 조금 놀림을 받았다.

아, 참고로 가게는 정월이지만 대성황이었다. 유우 선배와 쇼이치 선배의 일본식 복장을 보러 온 손님들 덕분에.

"그럼, 먼저 실례하겠습니다."

"응, 나미에게 안부 전해줘."

점심 영업도 끝났으니 오늘 아르바이트는 여기까지. 선배들의 배웅을 받은 나는 가게를 뒤로하고 나나미의 집으로 향했다.

오랜만에 나나미를 만난다는 생각 때문인지 발걸음이

가벼웠다. 이럴 때일수록 방심하다 사고가 나기 쉬우니 더 조심하자.

엄청 들떴네, 나.

아르바이트가 끝나서 이제부터 가겠다고 연락하자 이미 집에 도착했다는 연락을 받았다. 다만…….

『지금부터 준비할 거니까 천천히 와~.』

준비라니 무슨 준비? 그렇게 생각하면서도 나는 그녀의 말대로 천천히 나나미네로 향했다. ……뭐 두고 온 건 없겠지? 나나미한테 줄 기념품도 제대로 챙겼고, 옷차림도…… 단정하다. 응, 괜찮아. 잊은 게 있다면 한번 집에 들릴 생각이었는데, 이 정도면 문제없을 것 같았다.

겨울이라 낮이 짧지만, 아직 밖은 환하니까…… 산책도 할 겸 나나미네로 가자.

그리고 얼마 지나지 않아 나나미에게 연락이 왔다.

『준비 끝났어, 언제든지 와도 돼.』

그 연락이 왔을 무렵엔 이미 나나미의 집 근처였다. 완벽한 타이밍이다.

오랜만에 나나미를 만날 수 있다는 생각에 갑자기 가슴 언저리가 꽉 조였다.

이 감각, 기억난다. 처음 아르바이트했을 때와 같은 긴장감이다. 왜 새삼스럽게 긴장하고 있는 걸까, 나는.

일주일 정도 만나지 못한 것뿐인데. 그렇게 생각하면서

도 역시 일주일은 너무 길었다는 마음도 있다.

한 걸음 한 걸음, 걸음을 옮길 때마다 심장의 고동이 점점 더 강해졌다. 체온이 식어가는 느낌이 드는 것은 바깥 공기 때문만은 아닐 것이다.

나나미 집 앞에 섰을 때 심장 소리가 가장 커졌다. 하지만 그것을 마지막으로, 점차 평소의 템포로 돌아왔다.

한 번 심호흡하고, 천천히 초인종을 눌렀다.

『어머나, 요신. 어서 오렴. 열려있으니까 들어와.』

인터폰에서 토모코 씨의 목소리가 들려왔다. 어? 당연히 나나미가 줄 알았는데…….

문고리를 잡고 손에 힘을 주자 철컥 소리와 함께 문이 열렸다.

"실례합니다."

그 목소리에 대답은 따로 들려오지 않았지만, 현관에 들어선 순간…… 나는 눈을 무릎 뜨며 놀라고 말았다.

"……나나미?!"

"어서 오세요."

거기에는 정좌 자세를 하고, 손등은 바깥쪽으로 향한 채, 검지, 중지, 약지만 바닥에 붙이고 공손히 고개를 숙이고 있는 나나미의 모습이 있었다.

그 자체는 그나마 정중한 인사구나 생각하고 넘길 수 있었지만, 내가 가장 놀란 것은 그녀의 복장이었다.

그녀는 새빨간 기모노를 입고 있었다.

정열적인 색깔임에도 어딘가 차분한 분위기가 감도는, 흰색과 노란색 무늬가 수놓아진 그 기모노는 나나미와 무척 잘 어울렸다.

머리도 뒤로 한데 올려 묶은 뒤 기모노 색에 맞춘 꽃장식을 꽂고 있었다. 품위 있는 미소를 지은 채 가볍게 고개를 기울이며 나를 맞이한다.

"……실례합니다."

"에헤헤, 놀랐어?"

나도 모르게 아까 했던 똑같은 대사가 튀어나오고 말았다. 아니, 놀랐다. 진짜 엄청 놀랐다. 이렇게 맞이해 줄 거라고는 생각도 못 했으니까.

나나미는 천천히 몸을 일으켜 전체를 보여주었다. 자세히 보니 약간의 금빛도 들어가 있고, 군데군데 나비무늬와 꽃무늬가 박혀있는 기모노였다.

나나미는 내게 보여주듯 팔을 조금 올리고 제자리에서 빙글빙글 돌았다. 거기에 따라 소매가 은은하게 흔들리자 마치 정말 나비가 하늘을 나는 것 같았다.

사랑스럽고 화려했다. 진부한 표현이지만 나나미와 아주 잘 어울리는 기모노였다.

"……어때?"

나를 올려다보며 감상을 조르는 나나미. 어쩌지, 너무

예뻐서 안고 싶어. 기모노가 흐트러질 수도 있으니 안아도 될지는 모르겠지만.

"굉장해. 너무 잘 어울리고 엄청 예뻐."

"뭔가 좀 딱딱한데……?"

너무 아름다운 나머지 어휘력이 증발했다. 그리고 조금만 방심하면 당장이라도 끌어안을 것 같아서 참는 중이다.

혹시 오늘은 바라토의 가족 전부가 기모노를 입고 있는 건가? 나만 평상복이라면 엄청 튈 텐데.

그런 걱정을 하고 있었는데…….

"현관에서 뭐 하는 거니? 빨리 데리고 들어오렴."

"형부~ 새해 복 많이 받아~."

토모코 씨는 평상복에 앞치마다. 사야도 평범하고……. 어? 기모노 차림을 한 건 나나미뿐인가? 내가 조금 고개를 갸우뚱하고 있는데, 토모코 씨가 나나미를 힐끔 보며 못 말린다는 얼굴로 미간을 좁혔다.

나나미는 그 시선을 받고 시선을 슬쩍 돌렸다.

"나나미가 말이지, 할머니께 기모노를 선물 받았거든. 요신에게 보여주겠다며 어찌나 난리를 치던지. 그냥 데이트 때 입으라고 했는데 말이야."

"나도 옷 입는 거 도와줬어."

"두 사람 다! 쓸데없는 소리하지 마!"

사야가 기세등등한 얼굴로 가슴을 쭉 내밀었고, 나나미

는 두 사람에게 소리치며 항의했다. 아아…… 평소와 같은 대화에 마음이 안정된다.

조금 전까지의 긴장이 거짓말처럼 풀어졌다.

"새해 복 많이 받으세요. 올해도 잘 부탁드립니다."

인사는 중요하다, 특히 친한 사람일수록 인사는 더더욱 잊지 말아야 한다. 나나미에게 넋을 빼놓고 있느라 늦긴 했지만, 늦게라도 하는 게 맞겠지.

그래서 순서가 조금 꼬이긴 했지만, 나도 다시 한번 바라토네 사람들에게 새해 인사를 건넸고, 다들 웃는 얼굴로 올해도 잘 부탁한다고 인사해 주었다.

……어? 한 사람이 부족한데?

"저기, 겐이치로 씨는요?"

"그이는 잠시 외출 중이란다. 곧 돌아올 거야."

그랬구나. 그럼, 겐이치로 씨에게는 나중에 다시 인사하기로 할까.

"이거 기념품이에요. 저희 고향 동네 과자인데……."

"어머나, 고마워. 이따 방에 가져다줄게."

선물을 건네주고 나와 나나미는 그대로 그녀의 방으로 이동했다. 먼저 올라가는 나나미의 뒤를 따라가는데, 집 안에서 기모노 차림을 보니 뭔가 신기한 기분이었다.

다만 계단을 올라 2층의 나나미의 방에 갈 때…… 계단 단차가 있는 탓에…… 하반신 부분이 내 시야에 고스란히 들어오는 구도가 되어버렸다.

그…… 엉덩이 같은 게…… 아니, 정말 어쩌다 눈에 들어온 거지만. 노린 게 아니다. 정말로.

걸을 때마다 좌우로 탐스럽게 흔들렸고, 기모노라서 그런지 속옷의 선이 보이지 않았다.

일단 눈치채진 못한 것 같으니 이대로 나나미의 방에 가자…… 그렇게 생각했는데, 그녀가 스윽 뒤를 돌아보며 말했다.

"변태."

씨익 치아를 드러내며 짓는 미소에 나도 모르게 얼굴이 화끈 달아올랐다. 보란 듯이 엉덩이를 손으로 가리니까 괜히 더 야해 보이는 건 어째서일까.

그보다 나나미, 분명 알고 일부러 이러는 거지?

"아, 맞아. 유카타 때랑 마찬가지로 속옷은 입고 있어."

"거기까지는 걱정 안 했어……."

그런 지식은 필요 없다고 생각하는 사이, 계단은 그리 길지 않았기에 순식간에 나나미의 방에 도착했다.

……실망 같은 거 안 했다? 진짜로.

"자, 들어와~."

"실례합니다~."

오늘 세 번째 '실례합니다'다. 매번 나나미의 방에 들어갈 때 말하긴 하지만, 몇 번을 말해도 역시 조금 긴장되는 것은 여전했다.

일주일 만에 본 나나미의 방은 평소와 같은 나나미의 방이었다. 마음이 편해졌다.

나나미는 기모노를 입은 채로 방에 들어가, 평소와 같이 침대에 걸터앉……을 줄 알았는데, 앉지 않고 그대로 나를 손짓해 부른다.

"……안 앉아?"

"아무래도 집 안에서까지 기모노를 입고 있기는 꽤 불편해서……. 이제 벗을까 하고……."

그것도 그렇다. 듣고 보니 절로 고개가 끄덕여졌다. 기모노는 비교적 단단한 편이고, 조금만 잘못 움직여도 옷이 금세 무너지니까.

응? 근데 왜 여전히 기모노 차림인 거지?

"그럼 나는 일단 밖에 나가 있을게."

"그게, 사실은…… 벗기 전에 좀 해보고 싶은 게 있는데……."

해보고 싶은 거? 기모노가 아니면 할 수 없는 건가? 기모노를 입고…… 뭔가 일본의 전통 놀이를 한다거나? 정월이니까.

그런 훈훈한 상상을 떠올리고 있었는데, 나나미의 입에서 나온 것은 생각지도 못한 말이었다.

"오비* 빙글빙글해 보고 싶지 않아?"

---

*기모노의 허리띠.

……오비 빙글빙글? 나나미에게서 들려온 낯선 단어에 고개를 갸우뚱하는데, 나나미는 내가 모른다는 것에 의외라는 표정을 지었다.

"어? 몰라? 그거 있잖아, 오비를 잡아당겨서 돌리는 거."

"아, 혹시 옛날 콩트 같은 데서 나온 그거 말하는 거야?"

"맞아, 맞아. '어머나~'라면서 빙글빙글 돌아가는 그거."

언젠가 TV에서 본 것 같다. 여자 기모노의 오비를 잡아당겨서 빙글빙글 돌려 팽이처럼 회전시키는 장면. 어디 애니메이션에서도 본 것 같고.

그렇구나. 그걸 하려고 나나미가 기모노를 입고 있었…… 아니, 잠깐만.

"나나미는 왜 그걸 하고 싶은 건데?"

"본가에 가 있을 때 할아버지가 옛날 방송 보시는 걸 보고, 요신이 당겨주면 재미있겠다 싶어서."

"왜 그런 발상이 된 거야?"

"음…… 어쩌다 보니?"

이거, 해도 되는 건가? 이거 당기면 옷이 벗겨지는 구조잖아?

나나미는 즐거운 얼굴로 벌써 오비 끝을 살짝 풀어서 준비하고 있었다. 아니, 진짜?

옷은 원래 구기고 싶지 않을 땐 구겨지고, 막상 구기려고 하면 쉽게 구겨지지 않는 법인데…… 나나미는 나에게 등을 돌린 채, 딱 한 마디, 유혹하듯 속삭였다.

"해보고 싶지 않아?"

솔직히 해보고 싶기도 했다.

아니, 선정적인 의미를 포함하지 않더라도, 한 번은 해보고 싶지 않아? 뭔가 이렇게…… 묘하게 바보스러운 느낌이 있다고 할까. 콩트에서 자주 쓰일 정도니까.

왜냐하면 보통 그런 걸 할 때는 일부러 오비를 잡고 빙글빙글 돌지는 않잖아. 아무리 생각해도 목적이 다르다.

그래서 나는 나나미의 그 유혹에 넘어가 보기로 했다.

"간다."

"그렇게 나와야지~."

나나미가 조금 사악한 느낌으로 씨익 미소 지었다. 나도 그에 화답하듯 최대한의 미소를 지었다.

오비의 끝부분이 어디인지 살피다가 곧 찾아낸 나는, 그 장소를 딱 잡았다.

"아, 당길 때는 '좋지 아니한가'라고 말해줘."

"굳이……?"

"그게 클리셰래."

그렇구나. 그렇다면 조금 부끄럽지만 해볼까? 부끄럽지만. 클리셰라면 어쩔 수 없지.

"조…… 좋지 아니한가~."

아차, 목소리가 좀 작았다. 나나미도 만족스럽지 않은지 오비를 잡아당겼는데 꿈쩍도 하지 않는다.

잠깐만, 이거 나 혼자 하려면 꽤 힘을 많이 줘야 돌아가겠는데. 어떻게 해도 여성 쪽의 협조가 필요하다. 본인이 직접 돌아야 하니까.

……어쩔 수 없다, 한 번 더.

“좋지 아니한가~.”

“어머나~.”

갑자기 하면 다칠 수도 있었기에 천천히 시도했는데, 오비를 잡아당기자 나나미가 천천히 움직이기 시작했다.

아까와 같은 저항감도 없이 오비는 스르륵 풀렸다.

항복하는 것처럼 양손을 높이 들고, 내가 당기는 움직임에 맞춰 몸을 천천히 회전시켰다.

대사는 살짝 바보 같긴 한데, 빙글빙글 도는 나나미는 정말로 즐거워 보였다.

응, 나도 좀 재밌다. 아니, 꽤 많이 재밌다.

나나미가 회전하는 것에 맞춰 오비를 풀어갔다. 마치 줄다리기 밧줄을 당길 때와 비슷한 감각…….

어떤 의미에서는 호흡이 잘 맞지 않으면 제대로 할 수 없을 것 같았다. 중간중간 걸리는 느낌도 있어서 회전이 살짝 느려지기도 했다.

게다가 당기는 동작은 평소에 잘 하지 않는 동작이었기에 운동적인 의미에서도 꽤 손에 힘이 들어갔다. 근력 운

동을 하고 있음에도 여전히 단련이 부족한 곳이 많구나 싶었다.

점점 재미가 붙어서 한 번 더…… 하려고 했는데, 어라?

"어? 끝이야?"

대략 세 바퀴 정도 돌았을 때, 오비는 완전히 나나미의 몸에서 떨어져 버렸다. 내 손에는 조금 긴 천…… 오비만 남아있을 뿐.

나나미도 이런 상황은 예상 밖이었는지 살짝 멍한 얼굴이었다.

오비 아래에 끈을 한 겹 더 두르고 있었기에 기모노는 흐트러지지 않고 여전히 단단히 나나미의 몸을 감싸고 있었다. 그것에 조금 실망…….

아니, 안 했다. 실망 같은 건 안 했다.

그보다 이 공기 어떻게 하지. 생각보다 빙글빙글이 빨리 끝나버렸다.

"어머나~."

그랬는데, 나나미가 다시 빙글빙글 돌기 시작했다. 오비는 더 없는데, 자발적으로. 이 상황에서는 어떻게 반응해야 하나 고민하고 있는데…… 회전하던 나나미는 그대로 침대까지 이동하더니…….

침대에 풀썩 누웠다.

"응? 안 와?"

"오라고? 옷 갈아입는 거 아니었어?"

기모노 차림의 나나미가 침대 위에서 손짓으로 나를 불렀다. 난 이 이상 뭘 어쩌면 좋을지 몰라, 일단 오비를 들고 나나미의 옆으로 다가갔다.

나나미가 자신의 옆자리를 톡톡 두드리는 것을 보고, 나는 한숨을 한번 쉬고 그대로 기모노 차림의 나나미 옆에 누웠다.

기모노 상태에서 이래도 되는 걸까 하는 죄책감이 조금 들었다. 하지만…… 나나미의 미소를 보니 전부 괜찮다고 느껴지는 것을 보면 참 신기하다.

"에헤헤, 드디어 침대에서 뒹굴었다."

"아, 어제 말했던 그거?"

"응, 오랜만이니까……. 이렇게 가까이서 느끼고 싶었어."

나는 조심스럽게 나나미의 뺨을 손으로 만졌다. ……나도 모르게 만져버렸지만, 화장했으니 뺨은 만지지 않는 편이 좋으려나.

그런 내 걱정과는 상관없이, 나나미는 내 손을 잡고 거기에 볼을 비볐다. 부드럽고 촉촉한 볼의 감촉이 전해졌다.

그러고 보니 어제는, 다른 것들도 하고 싶다고 했었지…….

"껴안을래?"

"음…… 그건…… 옷을 갈아입고 나서 할까……."

나나미는 상체를 일으키더니 그대로 기모노를 고정하고 있는 끈을 풀었다. 그렇게 하면 기모노가 풀리는 거 아닌가……?

나나미는 그대로 옷을 벗……지는 않고, 옷을 살짝 헐렁하게 만들었다. 뭘 하는 걸까 싶어서 나도 몸을 일으켜서 그런 나나미를 바라보았다.

"뭐 하는 거야……?"

"아니, 전에 요신이 했던 게임에서 기모노를 이런 느낌으로 입은 여자 캐릭터가 있었던 것 같은데…… 실제로 해보려니 어렵네……."

아…… 하긴 기모노 사이로 가슴골이 크게 드러나거나, 조금 야한 느낌을 내는 캐릭터가 있었다.

그런 차림이 실제로 어렵다는 것은 지금의 나나미를 보면 잘 알 수 있었다.

"칫, 요신에게 새해 선물 이어서 주려고 했는데."

"……마음만 받을게."

나에게 서비스를 해주려던 모양이었다. 하지만 어려워서 포기했는지 나나미는 그 상태 그대로 몸을 일으켰다.

"옷 갈아입고 올 테니까 기다려."

그렇게 말하며 나나미는 방 밖으로 향했고…….

문을 여는 순간 토모코 씨와 딱 마주쳤다.

노크하려던 자세 그대로 굳어버린 토모코 씨와 기모노

앞섬이 풀어진 상태의 나나미, 게다가 오비를 들고 있는 나…….

……오비, 나나미한테 돌려주는 걸 잊고 있었다.

토모코 씨는 나나미를 보고, 나를 보고, 그리고 조금 생각에 잠긴 얼굴을 하더니…… 생글생글 웃으시며 검지를 들고 말했다.

"……새해 첫날밤?"

"아니야!"

그 외침을 듣는 순간, 왠지 모르게 평소의 일상으로 돌아왔다는 실감을 강하게 느꼈다.

◇◇◇◇◇◇◇◇◇◇

모순되는 말일지도 모르지만, 어제는 오랜만에 나나미를 만난다는, 내 기준의 첫 경험을 했다.

무슨 소린가 싶을 텐데, 지금까지 나는 거의 매일 나나미를 만났다. 만나지 않는 날이 있다고 해도 하루나 길어도 이틀이었다.

그런데 이번에는 무려 일주일. 굉장히 신선한 기분이었다. 새삼스럽게 자신이 나나미를 얼마나 좋아하는지를 깨달았다.

뭐, 기모노로 마중한 임팩트로 인해 처음엔 좀 놀랐지

만……. 설마 그렇게 격식을 차려서 맞이해 줄 줄은 꿈에도 몰랐다.

그리고 오늘은 데이트다.

오랜만의 데이트는 어디로 갈지 얘기하다가, 귀성 중에는 첫 참배를 가지 못했으니 함께 첫 참배 데이트를 하게 되었다.

신사도 굉장히 오랜만이다. 벌칙 고백의 기한이 다 되어 마지막으로 데이트를 왔을 때 이후로 처음이다.

이것도 '오랜만'이다. 요즘 이런 식으로 과거의 경험을 다시 겪는 일이 많았다.

이렇게 생각하면 오랜만이라는 감각은 참 신기하다. 이미 경험해 본 것인데도 마치 처음 경험하는 것 같은 느낌이 드니까.

그래서 이번 데이트는 그런 오랜만 대축제. 그리고 오랜만의 대미를 장식하는 것은, 약속 장소에서 만나기.

요즘 데이트는 서로의 집으로 데리러 가거나 처음부터 함께 행동하는 경우가 많았다.

그래서 이번에는 오랜만에 시간을 잡아 따로 만나기로 했다.

그리고 또 하나 새로운 것이 있다. 오늘의 데이트는 바로…… 기모노 데이트다.

여기에는 조금 사정이 있다. 내가 이번 귀성 중에……

어쩌다 보니 기모노를 받았기 때문이다. 나나미에게 그 말을 하자 꼭 기모노 데이트를 해보고 싶다고 했다.

할아버지와 할머니가 나에게 여자 친구가 생긴 기념으로 한 벌 선물해 주셨다. 예전에 할아버지가 쓰시던 기모노라고 했다.

설마 그런 선물을 받을 줄은 생각도 못 했는데……. 뿐만 아니라 생일 선물을 챙겨주지 못했다는 핑계를 대며 다른 옷 한 벌까지 더 선물해 주셨다.

솔직히 이렇게 비싼 것은 받기 어렵다고 말했는데, 반쯤 강제로 떠안겨서 보내셨다. 감사하지만 죄송했다.

그런 게 설마 이런 형태로 도움이 될 줄은 몰랐다…….
할아버지한테 다음에 감사 전화를 드려야지.

그래서 나는 지금 기모노를 차려입고 나나미를 기다리고 있었다.

하카마*는 입지 않았고, 짙은 회색 기모노에 흰색에 가까운 오비, 짙은 남색의 하오리** 차림이다. 그리고 역시 이것만으로는 추웠기에 일본풍 코트와 겨울용 셋타***…….

설마 이번 귀성으로 전신 코디를 다 갖추게 될 줄은 꿈에도 몰랐다.

익숙하지 않은 일본 옷은 움직이기도 어렵고 불편해서, 뭔가 어깨가 결리는 느낌이었다.

나나미, 어제 그 옷을 입고 잘도 움직였구나. 중간에 벗

---

*기모노 위에 입는 바지형 겉옷.

**기모노 위에 걸치는 짧은 겉옷.

***눈이 올 때 신는 일본식 조리.

긴 했지만.

그나저나 약속 시간보다 조금 빨리 왔는데…… 나나미는 아직 오지 않았다. 헌팅 걱정은 덜었네. 요즘에는 여러모로 어수선하니까, 불안 요소는 적은 편이 좋겠지.

역 안에서 기다리고 있는데, 나와 마찬가지로 기모노 차림을 한 남성이나 여성이 드문드문 보였다. 다들 우리처럼 기모노 데이트를 하는 걸까.

거리에 기모노를 입고 나오면 괜히 더 눈에 띄지 않을까 걱정했는데, 큰 위화감은 없을 것 같다.

확실히 평소라면 절대로 할 수 없는…… 지금밖에 할 수 없는 데이트네.

나나미도 슬슬 올 때가 됐겠지…… 그렇게 생각하고 있는데, 인파 속에서 한층 눈길을 끄는 여성이 나에게 다가왔다.

어제 본 것과는 다른, 꽃무늬가 들어간 푸른색 기모노에 은은한 흰색 오비, 하얗고 보송해 보이는 머플러를 두르고 있었다.

기모노 아래에도 방한을 단단히 했는지 코트는 따로 입고 있지 않았다.

긴 머리를 땋아내려 꽃장식을 달고 어깨 옆으로 길게 늘어뜨렸다. 그리고 평소에는 쓰지 않았던 커다란 둥근 안경을 쓰고 있었다.

테두리가 없는 동그랗고 커다란 안경이 기모노와 묘하게 어우러져 나나미의 아름다움을 더욱 돋보이게 했다.

주위를 스윽 지나쳐서 걸어오는 모습만 보면 도도한 미소녀 느낌이다. 그런 그녀가, 나를 발견하자 표정이 단숨에 바뀌었다.

태양처럼, 꽃처럼 환하게 웃는 그 모습에 심장이 크게 두근거렸다. 그래서 가볍게 손을 들어 대답하는 것이 고작이었다.

셋타를 신고 종종걸음으로 내게 다가온 나나미는 감격한 얼굴로 내 손을 잡았다.

"요신, 기모노 잘 어울린다. 멋져."

처음부터 칭찬받을 줄은 몰랐던 나는 조금 당황했다. 원래는 내가 먼저 칭찬해야 하는데, 선수를 빼앗긴 기분이었다.

"나나미도 정말 예뻐. 기모노…… 어제랑 다른 거지?"

한 박자 늦게 내가 칭찬하자 나나미는 기쁜 얼굴로 두 손을 가슴 앞에 대고 웃었다. 후리소데*라서 그런지 손의 움직임에 따라 소매가 살랑살랑 흔들렸다.

머리는 올림머리일 줄 알았는데, 오늘은 땋은 머리네. 땋은 머리도 나나미의 움직임에 따라 살랑살랑 흔들렸다.

"응, 몇 벌 받았어. 모처럼이니까 이것저것 입어보고 싶어서……."

어제 입은 빨간색 기모노도 나나미와 잘 어울렸는데, 오

*일본 여성들이 입는 전통 예복. 소매가 긴 것이 특징.

늘 입은 파란색 기모노도 정말 잘 어울렸다. 소품은…… 나나미의 취향인가?

안경을 쓴 나나미도 오랜만이다. 여기서도 또 '오랜만'이네.

"그러고 보니 요신, 오래 기다리지 않았어?"

"그렇게 많이 안 기다렸어. 나도 조금 전에 막 온 거라."

"정말? 그런 것 치고는…… 손이 좀 차가운데?"

나나미는 잡은 손을 들어 그대로 손가락을 감았다. 눈앞에서 우리의 손가락이 서로 감기며 다른 생물처럼 꿈틀거렸다.

나나미의 손은 촉촉하면서도 보드라워서 걸리는 부분 없이 매끄러웠다. 혹시 손에 뭔가 바르나?

"봐, 귀도 차갑고."

"그, 그렇게 오래 기다리지는 않았는데."

손을 놓은 나나미가 그대로 내 귀에 손을 가져갔다. 나나미의 체온이 내 귓불에 전해지자, 나는 살짝 몸을 떨었다.

나나미가 나에게 다가와 귀를 어루만졌다. 나와 나나미의 키 차이는 그리 크지 않았기에 필연적으로 그녀의 얼굴이 바로 지척에 다가와 있었다.

가까이서 보니까…… 정말 예쁘다……. 오늘은 속눈썹을 좀 더 올렸나? 평소보다 조금 더 길어 보였다.

안경은 패션용 안경이겠지. 내가 좋아하는 예쁜 눈동자

도 본래의 크기 그대로 나를 바라보고 있었다.

연하게 화장했는지 복숭앗빛 입술에 시선을 떨어뜨리자 은은한 윤기가 감돌았다. ……늘 이런 입술과 키스하고 있었던 건가. 새삼 실감하자 볼이 뜨거워졌다.

나의 그 시선을 눈치챘는지, 나나미의 눈동자와 시선이 교차했다.

나나미는 내 귀에서 손을 떼더니 그 손가락으로 자기 입술을 톡 건드렸다. 눈을 동그랗게 뜬 나를 보고 그녀는 주변에 들리지 않을 정도의 작은 목소리로 속삭였다.

"나중에."

조금 전까지만 해도 천진난만한 소녀 같은 미소였는데, 지금은 마치 유혹하는 것 같은 요염한 미소로 바뀌어 있었다.

색기의 스펙트럼이 장난 아니다……. 그보다 여자는 정말 표정 하나로 다른 사람이 되는구나.

기모노라서 더 그런 것일지도 모른다. 뭔가 기모노는 노출은 적은데 묘하게 관능적인 느낌이 든단 말이지.

"……무슨 말일까?"

"응? 아무것도 아니야."

시치미를 떼는 내 대답에 나나미도 아무렇지 않은 척 받아쳤다. 이런 부분은 아마 평생 못 이기겠지…….

다만 정도가 지나치면 자폭하는 것이 나나미이긴 하지만.

어제 새해 첫날밤이라는 말을 들었을 때처럼.

어제는 나나미가 자폭한 탓에 그대로 넘어갔는데, 잘 생각해 보니 토모코 씨에게 새해 첫날밤이라는 말을 듣는 건 또 처음이었다.

뭐, 그런 소리를 했다가는 나나미가 또 당황할 테니 굳이 건드리지 말자.

"그럼 갈까?"

에스코트하듯 나나미에게 손을 내밀자 나나미가 기쁜 얼굴로 내 손을 잡았다. 주위 사람들도 마침 기다리던 이가 도착했는지 우리와 마찬가지로 이동을 시작했다.

아마, 다들 목적지는 같겠지…… 신사에 첫 참배를 하러 갈 것이다.

약속 장소인 역에서 밖으로 나오자 푸른 하늘이 펼쳐졌다. 주위에는 눈도 쌓여있어 서늘한 공기 속에서도 어쩐지 따스함이 느껴졌다.

"날씨가 좋아서 다행이다."

"그러게, 햇살이 기분 좋다."

산책하는 기분으로 우리는 겨울 길을 걸어갔다. 노면이 얼어 있지 않을까 걱정했는데, 눈으로 다져져 있어서 그렇게까지 미끄럽지는 않았다.

뭐, 겨울용 셋타를 신었으니까 괜찮을 것 같지만 방심은 금물이다. 눈길에 미끄러져서 옷이 망가지는 것은 사양이다.

"그러고 보니 여행 건은…… 요신은 허락받은 거지?"

"응. 부모님은 허락해 주셨어. 그래도 역시 나나미네 가족과도 같이 이야기해 보자고 하시더라."

"아, 우리도 아빠와 엄마가 같은 말씀을 하셨어."

"아마 서로 연락하고 계실 테니까…… 이미 의논하고 있겠지."

그러게, 라고 말하며 나나미는 쓴웃음을 지었다. 그래, 지금 생각하면 연락처도 알고 있으니 이미 정보 교환은 끝났을 것이다.

"……근데 여행 이야기는 어느 타이밍에 꺼냈어?"

"나? 할아버지, 할머니가 협력해 주신다고 말한 직후에."

이건 나도 깜빡한 부분인데, 말할 타이밍을 맞추지 못했다. 나나미는 곧바로 얘기했고 나는 이튿날 얘기했다.

그 탓에 정보가 살짝 틀어지는 일도 있었다. 반대로 내가 엄마한테 '나나미랑…… 여행 가니?'라는 질문을 받아 버린 것이다.

그 뒤에 설명하느라…… 좀 애를 먹었다. 더 빨리 말해 줬어야 하는 거 아니냐고…….

"오랜만에 부모님한테 혼났지……. 아니, 완전히 내 잘못이지만."

"그렇게 따지면 나도 잘못이지. 너무 빨리 말해서……."

그때 일이 떠오르자 조금 민망해졌다. 아니, 혼나는 일은 가끔 있지만, 그 정도로 혼난 건…….

떠올리며 풀이 죽은 나를 위로해 주듯 나나미가 머리를 쓰다듬어 주었다.

걷다가 그런 짓을 당하면 좀 부끄러운데, 그래도 좀 기쁘다.

"괜찮아, 요신은 아무 잘못 없어……. 내 잘못이야……."

"아니, 그걸 전부 나나미 탓으로 돌리면 안 되지……."

어리광 부리고 싶은 마음이 치솟았지만, 마음 한구석에 남은 자제력을 발휘해 간신히 버텼다. 자, 언제까지고 반성만 하고 있을 순 없으니, 슬슬 화제를 바꿀까?

"일단 여행 허락을 받은 건 솔직하게 기뻐하자."

"그렇지. 숙소는 어떻게 할까?"

"몇 개 추려놓긴 했는데, 다음에 같이 고르자. 겨울 방학 후반이라 아직 예약이 가능한 건 확인했어."

"벌써 그렇게나 알아봐 준 거야?"

우선은 숙소. 바론 씨의 조언도 있어서 미리 할 수 있는 것은 해 놓았다. 물론 기대되는 마음에 그런 것도 있지만.

그리고 교통편은 어떻게 할지, 주변 볼거리는 뭐가 있을지, 뭘 보고 싶은지, 정할 것은 많았지만 차근차근 확인해서 정해 나가면 될 것 같았다.

이런 계획을 짜는 것도 여행의 재미 중 하나니까.

"나는…… 요신과 함께라면 어디를 가도 즐거울 것 같아."

"그건 나도 마찬가지야……."

"게다가 온천 여행에 연인과 가면……."

가면…… 그 뒷말이 들려오지 않았다. 어? 왜 그러지? 의아함을 느끼고 있는데, 나나미가 고개를 푹 숙이고 있다.

내가 이상한 말이라도 했나?

"요신은 첫 참배 때, 뭐 하고 싶어?"

"대놓고 화제를 바꿨네……."

나도 모르게 태클을 걸어 버렸다. 아니, 갑자기 첫 참배 때 뭐 하고 싶냐는 질문을 받으면 당연히 이런 말이 나올 수밖에 없잖아.

나나미도 그걸 알았는지 분위기를 얼버무리듯 어색하게 웃고 있었다.

무슨 말을 하려고 했는지 궁금하긴 한데, 나나미가 말하기 싫으면 굳이 캐묻지 않는 편이 좋겠지.

그렇게 생각하고 있었는데, 나나미가 체념한 얼굴로 한숨을 내쉬었다.

"저기…… 나 친척 여자들끼리 모임 했었잖아. 조금 나이 있는 분들도 많이 계신 자리였는데……."

"아, 그러고 보니 그랬지. 나도 의도치 않게 끼기도 했고……."

거기서 무슨 일이라도 있었던 걸까? 고개를 갸우뚱하자,

나나미가 살짝 머리를 감쌌다. 그렇게나 이상한 얘기가 나왔던 건가……?

"그때 말이지…… 대학생 사촌이…… '커플이 온천 여행을 가면 거의 방에서 나올 일이 없지 않냐'라고 말해서……."

"어째서?"

"그게……."

말하기 곤란한지 뜸을 들이며 더듬더듬 말을 잇는다.

"온천 료칸에서 단둘이 있으면…… 계속 그…… 그걸 하느라 바쁘다고……."

예상치 못한 말이 나왔다. 이거 반응하기 어려운 주제잖아. 어? 잠깐만. 대학생 사촌이라고 했지……. 대학생은 그게 보통인가? 좀 무서운데…….

"그다음엔……."

"또 있어?!"

틀림없이 거기서 끝일 줄 알았는데, 그 후에도 이야기들이 줄줄이 나오기 시작했고…… 이제는 말하고 있는 나나미가 덜덜 몸을 떨기 시작했다.

어쩐지 불쌍하기도 하고 귀엽기도 한 상태라서, 도중에 보다 못한 내가 '이 얘기는 그만할까' 하고 잘라버렸다.

속마음을 말하자면 좀 더 듣고 싶긴 했지만, 여러 사람이 오가는 길바닥에서 하기엔 곤란한 이야기도 점점 나오기 시작했으니까.

"뭐, 그런 이야기가 귀에 들어가면 여행 허락은 물 건너 갈 것 같으니까…… 그 이야기는 봉인하자."

"그, 그러게…… 그렇지. 응, 그 자리에 안 계셔서 다행이었어."

그건 정말로 다행이다. 만약 화제가 그쪽으로 갔다면 여행은…… 아니, 토모코 씨라면 그래도 허락해 줄 가능성이 있었을까……?

응…… 부질없는 상상은 이쯤 하자.

"그러고 보니 아까의 이야기로 돌아가서, 첫 참배는 난 보통 참배만 하면 끝이었는데…… 나나미는 그 밖에 따로 하는 게 있어?"

"음…… 보통 참배는 다 비슷하지만, 그 후에 쇼핑 가는 재미가 있었지."

"쇼핑이라……. 근데 쇼핑은 2일이 하츠우리* 아니야? 나나미는 그런 거 안 가?"

"아~ 하츠우리는 사람이 너무 많아서 거의 안 가. 뭐, 귀성 날짜랑 겹쳐서 못 가는 것도 있지만."

그렇구나. 확실히 혼잡한 것은 나도 별로 좋아하지 않는다. 크리스마스 때도 꽤 붐볐지만, 그건 짧은 시간이라 버틸 수 있었고…….

그렇게 생각하면, 지금 첫 참배를 가는 것도 상당히 좋

---

*일본에서 새해에 하는 첫 세일.

은 타이밍이라고 할 수 있지 않을까. 사람도 별로 많지 않을 것 같다.

잠시 걸어가자 목적지인 신사의 토리이가 보이기 시작했다.

전에 왔을 때는 봄이었다. 여름 전이었기 때문에 나무들에도 벚꽃이 피어 있었고, 토리이가 햇빛을 받아 아름다웠던 추억이 있다.

그 벚꽃 속에서 둘이 천천히 걸었었지. 그립다.

그랬는데 몇 달이 지나자마자 이렇게 다른 풍경이 펼쳐지다니. 여름이나 가을에 와도 좋았을지도 모른다.

"있지, 요신…… 기억나?"

"응? 기억나. 이 길은 신사에 데이트하러 왔을 때도 지나갔잖아."

"맞아, 맞아. 그때 동물원에도 가고, 공원에 들렀다가 요신이 연못에 빠질 뻔하기도 하고…… 여러 일이 있었지."

"잘 기억하고 있네……. 나 빠질 뻔했나? 전혀 기억이 안 나."

그때 일은 선명히 기억난다면서, 나나미는 어딘가 그리운 얼굴로 눈을 가늘게 뜨고 먼 곳을 바라보았다. 시선의 끝에는…… 토리이가 서 있었다.

그때도 이 토리이를 지나갔었지.

"분명 절연의 토리이라고 했었지."

맞다. 저 토리이를 지날 때는 조심해야 한다. 절연의 토리이…… 따로 지나가지 않으면 인연이 끊어진다는 일화가 있는 토리이다.

그래서 저기를 지나갈 때는 각자 따로 지나가야 하는데…… 꽤 유명한 이야기인지 커플은 다들 따로따로 지나가고 있었다.

두 사람이 함께 통과하고 있는 사람은…… 보이는 한 없네.

"지난번에는 요신부터 갔으니까, 이번에는 내가 먼저 갈게."

"어? 저번에는 나부터 했구나. 그럼 이번에는 부탁할게."

토리이 앞에 서서 올려다보니 위쪽에는 눈이 쌓여있었다. 붉은 토리이 위에 하얀 눈이 쌓여 있고, 설경 속 토리이가 빛을 반사했다.

봄에 봤을 때도 빛에 반짝이고 있었는데, 지금은 눈 덕분에 반짝반짝 빛나고 있었다.

토리이 앞까지 오자 나나미가 나를 떠나 한 걸음을 걸어갔다. 천천히 토리이의 끝을 지나 그대로 몇 걸음 더 나아가서 걸음을 멈춘다.

그 자리에서 천천히 돌아본 그녀가 토리이 저편에서 나를 손짓해 부른다.

토리이 너머에서 손짓하자, 어쩐지 비일상처럼 느껴지

기도 하고, 일본 옷을 입고 있어서 그런지 더욱 환상적인 분위기가 느껴졌다.

만약 지금이 저녁이나 해 질 녘이었다면 더 신비롭게 보였을까.

마치 전혀 모르는 세계에 발을 내딛는 것처럼, 토리이에 발을 들여놓았다. 지나갈 때 어쩐지 묘하게 신성한 기분이 들었다.

이 토리이를 통과하는 것은 두 번째인데, 이걸로 또 우리 주위의 악연이 끊어진다면 좋겠다.

만약 이세계 전생물이었다면, 이렇게 토리이를 지나가는 순간 다른 세계가 나오는 판타지스러운 전개가 되지 않았을까.

하지만 이곳은 현실이고, 토리이를 지나가도 다른 세계에는 가지 않는다……. 눈앞에는 나나미가 있다. 두 팔을 벌려 기다려 주고 있는 그녀가.

그 손을 잡자, 나나미는 조금 신기한 표정을 지었다.

"어라? 이상한데?"

"왜? 무슨 일 있었어……?"

갑자기 이상하다는 말이 들려와서 혹시 내 예절에 문제라도 있었나 싶었는데…… 아니었다. 나나미는 내 발목 근처를 손으로 더듬고 있었다.

왜 그러는 건가 싶어 당황하고 있는데, 나나미가 '안 넘어졌네'라고 중얼거렸다.

알고 보니 나나미는 내가 넘어지는 줄 알고 두 팔을 벌린 채 기다리고 있었다고 한다. 아니, 만약 넘어졌다고 해도 받기 힘들지 않았을까?

물론 겨울 길이니까 미끄러져서 넘어지지 않는다고 장담할 수는 없지만, 설마 여기에서까지…….

아니다. 그러고 보니 떠올랐다.

"전에는 나나미가 넘어졌었나? 뭔가에 발목이 걸려서."

"맞아. 그때는 신께서 서로 껴안으라고 일부러 그러신 건가 했는데…… 오늘은 없네?"

"그때랑은 상황도 다르고, 정월이니까 신도 배려해 주신 거 아닐까?"

그렇다면 어쩔 수 없다며, 나나미는 조금 아쉬운 얼굴로 말했다. 그 후 둘이 본전으로 가는데, 그곳에는 전에 왔을 때와는 다른 풍경이 펼쳐져 있었다.

본전까지 곧장 이어지는 길은 예전과 다름없는데, 주위에 있는 나무들에는 있어야 할 잎도 꽃도 사라지고 앙상한 가지만 남아있었다.

그 가지 위에 눈이 소복이 쌓여있어서, 마치 그 눈들이 꽃송이처럼 보였다. 이따금 그 눈이 땅에 떨어지며 마치 꽃잎처럼 흩어진다.

떨어진 꽃잎 같은 눈은 햇빛을 반사해 길을 반짝반짝 비추고 있었다. 오늘은 구름 한 점 없는 푸른 하늘이 펼쳐져 있어서 더욱 그렇게 보였다.

파란색과 흰색, 나무색으로 채색된 풍경은 어쩐지 몽환적인 종교화 같기도, 풍경화 같기도 한 분위기를 풍기고 있었다.

전에 왔을 때는 벚꽃이 피어 있었지. 지금은 겨울인데 꽃이 가득 피어 있는 풍경처럼 보인다…….

그런 길을 나와 나나미는 천천히 걸었다. 다른 커플도 주위를 감상하면서, 그리고 눈길이라 그런지 느긋하게 걸음을 옮기고 있었다.

"이렇게나 풍경이 다를 줄 알았으면 여름이나 가을에도 올 걸 그랬다."

"나도 아까 그 생각했는데. 올해는 몇 번 더 와 볼까?"

데이트 코스라기엔 너무 투박할지도 모르지만, 여름이나 가을에도…… 수험이나 여러 가지 것들을 기원하러 오는 것도 좋겠다 싶었다.

중간중간 다른 커플들처럼 설경을 배경으로 사진을 찍기도 하면서…… 우리는 본전으로 향했다. 그때, 나나미가 스마트폰으로 새해 첫날의 신사 사진을 찾아냈다.

"우와…… 정월에는 사람이 어마어마하게 오는 것 같아……."

"진짜 길이 사람으로 꽉 차 있네…… 그렇게 생각하면

오늘 온 게 신의 한 수였을지도 몰라…….”

이날에 비하면 참배객 수가 상당히 적어서, 주위는 고요함으로 가득했다. 눈이 쌓여있을 때는 유난히 더 조용하게 느껴졌다.

눈이 소리를 흡수한다는 말을 들은 적이 있는데, 그것 때문일까.

완전한 무음은 아니라 바람 소리나 나뭇가지 스치는 소리, 눈이 떨어지는 소리 같은 것은 들려왔다.

주위에도 커플들은 있지만 그들의 목소리는 우리에게 닿지 않았다. 그렇다는 건 우리의 목소리도 저쪽에는 들리지 않는다는 거겠지.

그대로 나아가자 새하얀 눈 속에 장엄한 본전이 보였다. 눈 속의 본전도 운치가 있네.

“그러고 보니…… 전에 참배할 때 서로 소원을 알려줬잖아.”

“아, 그랬지. 서로 알려줬었어…….”

분명 그때는 우리 둘 다 ‘계속 함께 지낼 수 있게 해주세요’라고 말했었지. 정확히는 ‘행복해질 수 있게 노력할 테니까 지켜봐주세요’였지만.

그때의 맹세 덕분인지, 지금도 나는 이렇게 나나미와 함께 있다…….

“사실, 소원은 입 밖으로 말하면 이뤄지지 않는다고 하더라."

진짜로?!

놀라서 눈을 동그랗게 뜨자 나나미도 살짝 쓴웃음을 짓고 있었다. 들어보니 그 뒤에 좀 더 찾아보다가 그 사실을 알게 된 모양이었다.

그때의 나는 참배 예절이나 방법 같은 건 조사해 보긴 했는데, 거기까지는 신경을 쓰지 못했다…… 하지만, 어?

"어? 우리 소원 다 이뤄지지 않았어?"

그때의 소원은 둘 다 '계속 함께 있게 해주세요'였다. 그 소원은 이루어졌고, 우리는 지금 함께 이곳에 있다.

그렇다는 건 소원은 이뤄졌다는 건데, 그러면 말해도 이뤄진다는 건가. 아니면 애초에 그런 건 미신이라 그런 건가…….

"사실은 말이지…… 그때의 내 소원은, 정확하게는 좀 달랐어."

"그래?"

"응. 나는 요신에게 모든 걸 털어놓고, 다시 한번 고백하고, 계속 함께 할 수 있게 노력할 테니까 지켜봐달라고 부탁했어."

에헤헤 하고 웃었지만, 당시의 일을 떠올린 것인지 나나미는 미간을 조금 찡그리고 있었다. 그때의 감정이 떠오른 것일지도 모른다.

나도 새삼스럽게 본전으로 시선을 돌렸다. 그때 여기서 내가 빌었던 것은…….

"그런 의미라면, 나도…… 똑같아. 나나미에게 다시 고백할 거니까 등을 밀어달라고 빌었어."

그랬구나. 그때는 함께 있게 해달라고 빌었다고만 생각했는데, 조금 착각하고 있었던 것 같다……. 정확히는 그것이 아니었다.

다시 한번 우리의 관계를 다시 시작하고 싶다고 생각했었다. 그때의 마음을 다시 떠올리자 어쩐지 조금 애틋한 기분이 들었다.

그때는 재고백이 성공할지 어떨지, 도박이라도 하는 기분이었으니까.

결국 우리는 둘 다 정확한 소원은 마음속에만 간직하고 있었다는 건가. 그래서 이뤄졌다……라는 건 너무 비약적인 생각이겠지만.

"들어보니까 말해야 이뤄진다고 주장하는 파와 말하지 않아야 이뤄진다고 하는 파로 갈리나 봐. 그러니까 그렇게 신경 쓸 필요는 없을 것 같아."

"그렇구나. 거기까지는 미처 몰랐어……. 근데 그러면 왜 굳이 말했던 거야?"

"그게, 그때 일을 떠올리니까 그냥 말하고 싶어져서. 이번에도 다시 한번 소원을 빌 거니까……."

"소원을 빌기 전에…… 감사를 먼저 해야겠네."

실제로 신이 등을 떠밀어 준 것인지는 잘 모르겠지만, 분명 그 마음이 중요한 거겠지.

지금 나나미의 이야기를 듣고, 소원을 이루고 말고는 결국 자신에게 달렸다는 것을 다시 한번 깨달았다. 이번 소원도, 반드시 이뤄질 것이다.

그것은 말하든 말하지 않든 분명 변하지 않겠지.

환경에 자만하지 않고 노력한다……. 가장 기본이지만 중요한 일이다. 그때의 마음을 떠올린 김에 앞으로도 더 열심히 하자고 다짐했다.

내가 그렇게 결의하자, 본전이 햇빛을 반사하여 반짝 빛났다. 그 반사된 빛이 내 얼굴을 비추며 마치 내 마음을 긍정해 주는 것 같았다.

분명 그때도 이런 식으로 빛이 반사되었다. ……신사라서 그런지 무슨 일이 생겨도 신비로운 쪽으로 해석이 되네. 그렇게 신심이 깊은 편도 아닌데.

"그럼, 이번에는 어떻게 할까? 서로 소원…… 말할까?"

"음…… 이번에는 말하지 말고…… 내년 첫 참배에서 이뤄졌는지 아닌지 알려주는 게 어때?"

확실히 변화를 주는 편이 더 즐거울 것 같기도 했다. 내년에 또 둘이 함께 오자는 약속도 되고. 좋아, 그렇게 할까?

다시 한번 우리는 멈췄던 걸음을 다시 옮겼다.

주위는 어제까지 눈이 내렸던 탓인지 새로 내려 쌓인 부분과 발자국으로 다져진 부분이 동시에 생겨 있었다. 나는 별생각 없이 아무도 밟지 않은 부분에 발을 푹 넣었다.

눈을 밟자, 마치 고급스러운 천이 스칠 때 나는 소리가 셋타에서 울리며 내 귀에 닿았다.

눈이 발등 부분에 살짝 낳아서 체온에 녹은 눈이 서서히 스며들었다. 차갑게 젖은 천이 발에 달라붙었다.

"뭐 하는 거야?"

"……갑자기 해보고 싶어져서……."

"그럼 나도…… 흐익, 차가워. 아! 양말 살짝 젖었다."

마찬가지로 나나미도 눈을 발로 밟았고, 얼굴을 살짝 찡그리며 웃었다. 양말…… 기모노에 신는 것도 양말이라고 하나? 버선?

참고로 우리는 둘 다 방한용 조리를 신고 있었다. 평범한 조리 앞쪽에 커버가 달린 신발. 하지만 뒤에는 전부 나와 있으니까, 눈을 밟으면 당연히 젖는다.

평범한 신발을 신었을 때 할 걸 그랬나 살짝 후회하고 있는데, 나나미가 발끝을 내려다보았다. 뭐 하는 거지?

"젖은 양말…… 나중에 요신이 벗겨볼래?"

"응……?"

가벼운 제안처럼 말하지만, 양말을 벗겨주는 건…… 해본 적이 있었나……? 아니, 잠깐, 하려고 하지 마.

"아니, 하지만…… 젖으면 이상한 냄새가 날지도 모르는데…… 그건 창피하니까 절대 싫어……."

"벗기는 것 자체는 괜찮은 거야……?"

참 신기한 말이긴 한데, 예전에도 그런 말을 들은 적이 있었다. 가슴보다 배를 만지는 게 더 싫다고 했었나…… 소녀의 불가사의라는 것일까.

근데 우리, 신사까지 와서 번뇌가 너무 과한 거 아닌가. 역시 이건 좀 아니다……라고 생각하자마자, 갑자기 나무에 쌓인 눈이 떨어지며 큰 소리를 냈다.

……왠지 신께 혼난 기분이다. 죄송합니다.

정신을 차리고 앞을 보자 참배하는 곳에는 줄이 좀 있었다. 우리는 손을 씻은 뒤 차례를 기다렸고, 마침내 우리 차례가 왔다.

눈을 감고 손을 모은 나는 먼저 신께 감사 인사를 올렸다.

덕분에 나나미와 함께 있습니다. 지켜봐 주셔서 감사합니다……. 앞으로도 나나미와의 관계를 천천히 나아갈 테니까…… 지켜봐 주세요.

그리고…… 제 이성이 잘 버틸 수 있도록…… 제발, 부디 번뇌를 잘 다스릴 수 있게 앞으로도 지켜봐 주세요.

요즘 정말 여러 의미로 위험합니다. 아무쪼록 잘 부탁드립니다.

일단 1년간은…… 아니, 고등학교를 졸업할 때까지

는…… 버텨보겠습니다……!

간절히 기도한다…… 물론 이건 내 마음가짐의 문제이긴 하지만. 그래도 신께 빌고 싶은 기분이었다.

앞으로도 잘 버틸 수 있도록, 언제나 신이 내려다보고 있다는 마음을 갖고 살아야지.

"……후우."

눈을 뜨고…… 나는 옆에 있는 나나미를 눈동자만 움직여 힐끔 바라보았다. 그건 나나미도 마찬가지였는지, 손을 모은 채로 서로의 시선이 교차했다.

살짝 놀란 우리는 맞잡고 있던 손을 내리고 그대로 뒤의 커플에게 자리를 양보하듯 물러났다.

경내를 벗어나, 크게 한번 숨을 들이마셨다.

"꽤 열심히 기도하던데?"

"……보고 있었어?"

조금, 하고 나나미는 손가락의 틈을 아주 살짝만 벌렸다. 다 보인 건가 싶은 마음에 조금 쑥스러운 기분이 들었다.

"……뭐, 여러 의미로 지켜봐 달라는 소원을 빌었어."

"정말? 나도…… 지켜봐 달라고 빌었어."

서로 구체적으로 무엇을 지켜봐 달라고 빌었는지는 말하지 않았다.

과연 나나미는 무엇을 빌었을까? 그 소원은…… 1년 뒤에 밝혀지겠지. 스포일러는 금지다.

"그럼 이왕 온 김에…… 운세 종이라도 뽑을까?"

"좋네. 과연 어느 쪽이 대길을 뽑을 것인가……."

"뭔가 승부 같은 느낌이 됐네."

반대로 흉도 한 번은 뽑아보고 싶다는 마음도 조금 이해는 갔다. 한 번도 뽑아본 적이 없으니 한 번쯤은 경험해 보고 싶은 마음이랄까.

그리고 우리는 운세 종이를 뽑았는데…….

『연애 - 지금이 움직일 때이니, 주저하지 마라』

그런 문구가 운세 종이에 적혀있었다.

……신이시여?

어? 혹시 그쪽의 등을 밀어주시는 건가요?

요신과 첫 참배 데이트에 와서 운세 종이를 뽑았는데, 어쩐지 요신이 깊은 고뇌에 빠져버리고 말았다.

갑자기 머리를 싸매더니 '뭐야……? 그쪽?' 하고 중얼거렸다. 결과가 이상한 걸까?

나는…….

『연애 – 때가 무르익었으니 나아감이 길하다』

대길은 아니었지만 그래도 꽤 좋은 문구가 적혀있었다. 때가 무르익었다…… 무르익었다는 건, 이대로 가도 좋다는 뜻이겠지.

왠지 신에게도 보증받은 기분이 들었다.

내가 참배 때 빈 소원은 요신과 관계를 더 진전시키고 싶으니 지켜봐 달라는 것이었다. 그리고, 응…… 여러 의미로 사고를 좀 치더라도 벌은 면해달라는…….

그런 느낌의 소원이었다.

그것이 어떻게 될지는 앞으로의 내 노력 여하에 달려있겠지만…… 벌은 정말 진지하게, 맞지 않게 조심해야지…….

떳떳하지 못한 일은 하지 않을 테니까…… 잘 좀 부탁드릴게요.

"요신은 뭐 나왔어?"

"나는…… 중길이야."

"오, 좋겠다. 나는 소길이야. 복아 들어와라……."

아마 중길 쪽이 더 좋은 거겠지? 나는 요신의 복을 조금 나눠 받고 싶은 마음에 그의 손을 잡고 살살 쓰다듬었다. 아, 놀라고 있다.

한동안 요신의 손을 쓰다듬고 있자 그의 귀가 서서히 빨개지기 시작했다. 분명 추위 때문만은 아닐 것이다.

그 후 우리는 운세 종이를 묶어둔 뒤에 부적을 샀다.

부적을 파는 곳…… 수여소라고 하나? 줄지어 놓인 부적들이 보이고 무녀들이 접객하고 있었다.

"요신은 무슨 부적을 살 거야?"

"일단은 학업. 이제 더 이상 낙제점은 받으면 안 되니까…… 공부를 열심히 해야지……."

"그렇구나…… 그럼 이거 주세요."

"어? 아니, 이건 나나미가……."

"서로 부적을 교환하고 싶어서……."

어쩐지 그러는 편이 더 복이 들어올 것 같다고 할까…… 신의 마음에 더해 내 마음도 보태서 요신에게 줄 수 있을 것 같았기 때문이다.

예법으로는 어떨까? 별로 좋지 않으려나? 걱정되어 판매하는 무녀에게 힐끔 시선을 보내자…… 부드러운 미소를 짓고 있었다.

상관없다는 뜻이겠지?

"그럼…… 나나미는 무슨 부적이 갖고 싶어?"

"음, 연애도 좋고, 학업이나 합격도 좋을 것 같고……."

첫 참배를 마쳤음에도 소원이 줄줄 새어 나왔다. 하지만 부적은 하나같이 전부 귀여워서 늘 고민된다. 요신이 사준다고 생각하니까 더더욱…….

"그럼 이건 어떤가요?"

우리의 대화를 듣고 무녀가 추천해 준 것은 스트랩 모양으로 된 부적이었다. 끝부분에는 수정 같은 장식이 달려있었다.

행운을 가져다주는 부적으로, 무척 사랑스러웠다.

"좋네요…… 그러면 그걸로 주세요."

요신의 주문을 받은 무녀는 부적을 앙증맞은 작은 봉투에 넣어주었다.

무녀님……이라고 해도 되는 거겠지? 무녀님의 복장은 참 귀엽다. 흰색 옷에 빨간색 하카마…… 흰옷 끝자락 사이로 엿보이는 붉은 내의(?)도 귀여웠다.

머리카락은 하나로 깔끔하게 묶었고, 흰색에 가까운 분홍색 리본이 살짝 보인다. 심플하지만 예쁘다.

후리소데는 화려하면서 예쁘고, 무녀복은 심플하면서 예쁘다. 일본옷을 입고 있어서 그런지 그쪽도 입어보고 싶다.

요신은 무녀복 좋아하려나? 이번 여행 때…… 챙겨볼까? 짐이 되니까 안 되려나?

"나나미, 왜 그래?"

앗, 잠시 멍하니 있었다. 요신이 조금 걱정스러운 얼굴로 나를 들여다보았다.

"아니, 무녀님 옷이 참 예쁘다고 생각하고 있었어."

무녀님이 '어머' 하며 기뻐했고, 요신도 무녀님의 복장에 슬쩍 시선을 돌렸다. 요신이 다른 여자에게 그런 시선을 주는 건…… 조금 짜증이 났다.

아니, 왜 짜증을 내는 거야. 내가 한 말인데.

"확실히, 나나미한테도 잘 어울릴 것 같아."

"……그럼 다음에 입어볼까?"

……에헤헤, 칭찬을 들으니까 짜증 났던 마음도 어디론가 날아가 버렸다. 그러면 다음에 그런 옷을 입어볼까……. 아르바이트하는 건 어떨까?

아, 무녀님이 무척 흐뭇한 눈빛으로 우릴 보고 있어. 잠깐, 어쩐지 다른 커플들도 다 우리를 보고 있는 것 같은데?

좀 민망해진 우리는 황급히 그 자리를 벗어났고…….

얼굴을 마주 보며, 방금 서로가 산 부적을 교환했다.

"다시 한번…… 나나미, 올해도 잘 부탁해."

"응, 나도 잘 부탁해."

이제야 정말 새로운 해가 시작되었다는 실감이 들었다.

물론 연말연시 인사는 이미 했지만, 그래도 이 순간부터 다시 시작되는 기분이랄까…….

"어디 보자…… 잠깐 쉬면서 단 거라도 먹을래? 여기서만 먹을 수 있는 게 있다던데."

"아, 나도 그거 본 것 같아."

갓 구운 떡이었나? 갓 만든 떡을 바로 먹을 수 있다니 좋네. 바로 근처에 있는 모양이고, 쉬면서 먹기에는 적당하겠다……라고 생각했는데…….

"……어? 저거, 하츠미네 아니야?"

"응? 아, 정말이네."

후리소데를 입은 하츠미 일행이 오빠들과 걷고 있었다. 혹시 더블데이트 중인가?

방해하면 미안한데. 어떻게 할지 고민하고 있는데, 두 사람이 우리를 발견했다.

"오, 나나미랑 미스마이잖아? 뭐야? 데이트 중?"

"나나미 기모노 예쁘다~."

종종걸음으로 달려오는 두 사람과 그 뒤에서 천천히 걸어오는 오빠들……. 하츠미 일행은 후리소데, 오빠들은 사복이었다.

"오, 두 사람 다 오랜만이야. 잘 지냈어?"

"오랜만이네요. 여름 이후로 처음인가요?"

"두 분 다 오랜만이에요."

오토 오빠도 슈 오빠도 정말 오랜만에 보는 느낌이다. 예전에는 이럴 때 난 늘 하츠미 일행과 붙어서 같이 놀곤 했으니까.

……지금 생각하면 내가 두 사람의 데이트를 방해했던 건가?

"하츠미도 아유미도 기모노 예쁘다~."

하츠미는 선명한 빨간색과 검은색의 기모노, 아유미는 노란 꽃이 만발하고 곳곳에 검은 무늬가 들어간 기모노를 입고 있었다. 둘 다 잘 어울린다.

그리고, 오늘 빨간색 기모노를 입지 않아 다행이라고 생각했다. 하츠미랑 겹칠 뻔했고, 심지어 하츠미 쪽이 빨간색 기모노가 더 잘 어울렸다.

"어울려? 잘 어울리나? 고마워."

"난 조금 더 노출하고 싶어~. 이러면 노출이 전혀 없잖아……."

하츠미는 칭찬받고 조금 쑥스러워했고, 아유미는 당장이라도 기모노를 벗고 싶은 눈치였다. 그야 기모노는 노출이 거의 없긴 한데…….

왠지 최근 들어 아유미가 점점 더 벗는데 거침이 없어지는 느낌이다.

앗, 앞섶이 벌어졌다……라고 생각하기 무섭게 엄청난 속도로 슈 오빠가 옷을 여며주었다. 빠르다.

"이 녀석, 아유미…… 그러는 거 아냐……."

"뿌우…… 오이란* 느낌으로 입고 싶은데……."

오이란 느낌이라니, 나도 저번에 하려다가 말았던 그, 어깨를 드러내는 섹시한 스타일을 말하는 거지? 지금은 눈도 오고…… 추운데? 그러다 감기 걸릴지도 몰라.

"네 분도 데이트인가요?"

"응. 나랑 슈는 이제 막 놀아와서, 하츠랑 아유 데리고 왔어. 그쪽은?"

"저희도 귀성에서 막 돌아와서 오늘이 새해 첫 데이트예요."

첫 데이트…… 그래, 첫 참배 데이트는 첫 데이트다. 그래서 아까 신선한 기분이 들었던 거구나.

우리는 조금 먼저 와서 지금 막 부적 교환이 끝난 참이었고, 네 사람은 차를 타고 이동해서 이제 막 참배하러 들어가려는 모양이었다. 차로 이동하느라 남자들은 사복인 건가?

"그건 그렇고 둘이 같이 기모노라니, 좋겠다……."

"저기~ 우리도…… 오빠가 기모노 입어줬으면 좋겠어."

……아, 둘 다 힐끔거리며 오빠들 쪽을 보고 있다. 오빠들은…… 모르는 척하기로 한 것인지 요신의 기모노 차림을 칭찬하고 있었다.

하지만 어쩐지 두 사람이 솔직하게 기모노를 입어주는

---

*에도 시대의 상급 유녀.

모습은 쉽게 상상이 가지 않았다. 이러니저러니 해도 둘 다 부끄러움을 많이 타니까.

"우리 이 뒤에 차 타고 잠깐 놀러 갈 건데. 너희들 어떻게 할 거야?"

"하츠미랑 오토 오빠는 호텔로 직행할 거야."

""안 가!""

아, 하츠미랑 오토 오빠의 외침이 완벽하게 일치했다. 아유미는 아유미대로 슈 오빠에게 자신들의 일정에 관해 이야기하고 있고…… 슈 오빠는 눈을 돌리고 있고…….

"권유해 주셔서 감사합니다. 하지만 오늘은 오랜만에 나나미와 단둘이 지내려고요. 다음에 또 불러주세요."

"오오…… 그래……."

요신의 거절에 오토 오빠가 조금 감탄한 얼굴로 턱에 손을 얹고 하츠미에게 시선을 보냈다.

"하츠도 혹시 나랑 단둘이 가고 싶었어?"

"……딱히."

오, 하츠미가 소녀 모드로 변했다. 살짝 눈을 피하며 붉어진 얼굴이 정말 귀엽…… 잠깐, 수줍음을 감추려고 오토 오빠를 발로 차면 어떡해.

기모노를 입고 어떻게 그렇게 경쾌한 소리의 킥을 날릴 수 있지? 오토 오빠도 웃고 있고.

"참고로 아유미는…… 슈 오빠와 단둘이 아니라도 괜

잖아?"

"괜찮아~ 오늘 밤엔 오빠네에서 잘 거거든~."

오, 브이 사인을 하며 제법 여유로운 표정을 짓는다. 기모노로도 숨겨지지 않는 가슴의 존재감이 강렬하다. 어떻게 보면 여기가 제일 진도가 빠를지도 모르겠다.

그보다 아유, 가슴 엄청 커졌네. 어쩌면 나보다 큰 것 같은데?

"새해 첫날밤 보낼 거야~."

아, 슈 오빠가 뿜었다. 나나미랑 미스마이는 안 할 거냐는 소리를 듣자마자 우리는 동시에 한 목소리로 부정했다.

근데…… 슈 오빠가 부정하지 않는 게 조금 무서운데. 정말? 할 거야?

◇◇◇◇◇◇◇◇◇◇

"그럼, 다음에 또 놀자."

만난 김에 네 사람과 잠깐 함께 움직이다가, 참배가 끝난 단계에서 헤어지게 되었다. 오빠들이 보이지 않을 때까지 우리는 손을 흔들어 배웅했다.

넷이 대화한 건 정말 오랜만이네.

옛날에는 계속 함께였는데…… 역시 삶이라는 건 변해간다는 것을 실감했다.

"역시 차가 있으면 편하겠지……."

이런, 요신은 차 욕심에 불이 붙은 모양이다. 아까 오토 오빠에게 차에 대한 좋은 이야기를 잔뜩 들었으니까.

요즘 젊은 사람들은 차를 덜 탄다고는 하지만, 갖고 싶어 하는 사람도 당연히 있는 법이겠지…….

"면허 따면 차 타고 여행하자."

"좋다. 그냥 드라이브 데이트만 해도 즐거울 것 같아."

내가 조수석에 타고, 요신이 운전하고…… 여기저기 다녀보는 것도 좋겠다. 나도 면허를 따면 교대로 운전할 수 있을까?

행동의 폭도 넓어지고, 데이트의 선택지도 분명 늘어날 것이다.

"그럼 조금 늦었지만…… 차라도 마실까?"

"좋아~! 혹시 또 같은 반 애들 마주치려나?"

"글쎄? 대부분은 어제 참배하지 않았을까……?"

요신은 이 이상은 만나지 않을 거라 생각하는 것 같았지만, 그 대사는 어쩌면…… 플래그가 아닐까?

왠지 모르게 그런 느낌이 드는 건…… 내 지나친 생각일까? 아니, 만나고 싶지 않다는 건 아니지만.

그렇게 걷고 있는데…… 예상과는 달리 아무와도 마주치지 않고 목적했던 장소에 도착했다. 그건 플래그가 아니었나?

지붕이 삼각형 모양으로 되어 있는 심플한 목조 건물…… 그런 건물이 살짝 외진 곳에 숨어있었다.

외관은 차분한 나무 색감 덕분에 어딘가 예스러운 멋이 느껴졌다. 유리로 트여 있어 내부 모습도 볼 수 있었다.

지붕이나 처마 끝부분에 새하얀 눈이 쌓여있었다.

꽤 줄이 길다고 들었는데, 오늘은 운 좋게 바로 들어갈 수 있을 것 같았다.

"오, 좋은 냄새 난다."

"정말이네. 뭔가 고소한……."

고소하고 은은하게 달콤하다…… 이게 바로 구운 떡 냄새인가?

가게 안에는 여러 과자가 놓여있는데, 구운 떡은 어디서…… 아, 안쪽에서 굽고 있는 사람이 있었다. 지금 막 사는 사람도 보인다.

"두 개 주세요."

"네, 잠시만 기다려 주세요."

주문하자 철판 위에 놓인 하얗고 동그란 떡을 한번 뒤집는다. 조금 탁한 흰색에 먹음직스럽게 구워진 갈색빛이 감돌고 있었다.

받아서 들자, 손끝에 따끈따끈한 떡의 감촉이 느껴졌다. 오…… 엄청 뜨거워…… 안의 팥소도 뜨거울 것 같아…….

"이렇게 뜨거워서는…… 먹여주는 건 못하겠네……."

"그걸 했다간 화상 확정이지."

내용물은 통팥이라고 한다. 뜨거운 팥의 파괴력은 무시무시하지. 금방 데일 수 있다. 본인의 페이스에 맞춰 먹어야 하는 메뉴다.

점원에게 셀프로 이용할 수 있는 차가 있다는 말을 듣고, 이왕 먹는 거 따뜻하게 먹자며 차를 내려서 가게 앞에 있는 자리에 앉았다.

테이블과 의자는 3개밖에 없었지만 운 좋게도 한 자리가 비어있었다. 우리는 거기에 앉아 차를 놓고…… 떡을 한입 물었다.

음식은 바로 먹어야 맛있다고 하는데…… 뜨거운 떡은 겉 부분은 바삭하고, 속은 떡의 말랑함과 부드러운 팥소가 절묘하게 어우러졌다.

따뜻한 탓인지 느끼함 없는 단맛이 입안에 퍼졌고, 그 뒤에 구운 떡의 고소함도 더해졌다.

거기에…… 차를 한 모금. 구수하고 소박한 맛의 차를 마시자 어쩐지 마음이 놓였다.

요신도 나도 컵을 테이블에 내려놓고 후우~ 하는 행복의 한숨을 내쉬었다.

날씨도 좋고 따사로운 햇살도 포근하다. 그런 시간 속에서 단둘이 앉아…… 떡과 차를 먹고 있다.

날씨가 좋다고 생각하며 하늘을 올려다보고 있는데, 갑

자기 바람이 불어왔다. 불어온 바람에 내 머리카락이 흔들리며 얼굴에 가볍게 스친다.

요신은 그런 내 머리를 살짝 넘겨주고는 작게 미소 짓는다. 다시 둘이 함께 하늘을 바라보며 떡을 한 입 먹었다.

마치 툇마루에 앉아 차를 마시며 할머니 댁에서 느긋하게 쉬는 기분이 들었다.

별다른 대화는 없었고, 둘 다 조용히 있을 뿐이지만…… 묘한 행복감이 가득 차올랐다.

"행복하네……."

요신이 저도 모르게 불쑥 중얼거렸다.

같은 생각을 하고 있었다는 생각에 기뻐진 나는 앉은 채로 조금 더 그에게 다가가서 그대로 딱 붙었다.

그렇게 앉아 한가로운 시간을 보내고 있는데…….

"아~ 나나미다."

"어? 스승."

어째서인지 후리소데 차림으로 소프트아이스크림 든 코토하가 나타났다.

요신과 둘이 동시에 놀라고 있는데, 둘 다 손을 흔들며 우리에게 다가왔다. 코토하, 이렇게 추운 날씨에 아이스크림을……?

테시카가는 뭔가 큰…… 센베이 같은 것을 들고 있다.

"둘 다 참배 온 거야?"

"네, 다른 신사에서 에마*를 적고 온 참이라……."

요신과 테시카가가 대화를 시작한 것을 보고 나는 코토하의 후리소데 모습을 관찰했다. 가벼운 색감의 녹색과 흰색으로 된 기모노로, 앞머리는 가지런히 모아 사이드 테일로 묶었다.

옷매무새도 흐트러짐 없이 단정하게 입었는데, 어딘가 청초하면서도 묘한 색기가 감돌았다. 커다란 꽃장식도 그런 분위기를 더해 주고 있었다.

"코토하, 기모노 잘 어울린다."

"고마워. 근데 나나미가 더 잘 어울리지 않아……?"

"그래? 좀 뚱뚱해 보이지 않나? 일단 그렇게 안 보이게 입긴 했는데……."

"아, 가슴이 크면 여러모로 힘들지……. 차라리 강조하는 스타일로 입는 게 어때?"

그건…… 가슴을 드러내라는 뜻? 어? 역시 오이란 느낌으로 입으라는 건가? 아유미도 말했는데, 그렇게 유명한 거였어?

……뭔가 코토하의 눈이 반짝반짝 빛나는 것 같은데……? 그걸 감추려는 것처럼 아이스크림을 핥고 있다. 아니, 오히려 강조하고 있어……?

코토하의 시선 끝을 따라가 보니, 거기에는 테시카가가 있었다. 코토하가 완전히 육식녀가 되어버렸네. 그러고 보

*신사에서 소원을 적어 거는 나무 패.

니…….

"크리스마스…… 어땠어?"

아, 아이스크림 콘이 와그작 부러졌다……. 쥐는 힘이 너무 들어갔네…….

응, 그것만으로 살짝 눈치챘다. 아무 일도 없었구나.

세게 쥐어 녹아내리는 아이스크림을, 코토하는 옷에 묻지 않도록 요령 좋게 움직여 요염하게 먹었다.

음, 굳이 그렇게 야하게 먹을 필요가 있나?

"……그 쫄보 양아치가, 도중에…… 마지막…… 들어갔는데……."

낮게 중얼거리는 말이 조금 수상했기에 나는 급하게 화제를 바꿨다.

"코, 코토하는 오늘 참배 온 거야? 아니면 이미 끝났어?"

"……아, 그게…… 다른 신사에서 둘이 귀여운 에마를 쓰고, 그 후에 여기로 참배하러 온 거야. 연애는 거기가 더 강하다길래."

봐봐, 라고 하며 코토하가 나에게 사진을 보여주었다. 거기에는 하트 모양의 에마가 있고, 좌우에 각자의 소원이 적혀있었다.

이게 뭐야, 완전 귀여운데?

"그렇게 멀지도 않고, 이후 일정이 딱히 없다면 둘이 다녀오지 그래?"

"그것도 괜찮다……."

아, 테시카가도 요신에게 스마트폰을 보여주고 있는 것을 보니, 아마 같은 걸 보고 있지 않을까? 서로 얼굴이 마주쳐서 슬쩍 다가가 보니…… 응, 같은 걸 보고 있었다.

"엄청 귀여운 에마였습니다. 코토하도 굉장히 기뻐해 줬고……."

"호오…… 하트 모양이네. 소원을 뭘 적었어?"

"……그…… 코토하에게…… 좀 더 용기를 낼 수 있게 해 달라고."

어쩐지 요신이 굉장히 이해한다는 얼굴로 '아~'라고 말하는 것이 좀 우스웠다. 테시카가는 쓴웃음을 지으며 먼 곳을 보고 있었고.

아, 코토하가 볼을 부풀렸다.

"타쿠…… 나는 언제든 좋다고 계속 말했잖아?"

테시카가가 흠칫 등을 떨며 천천히 이쪽을 돌아보았다. 그 표정은 뭐랄까…… 불량 학생이라기보단 혼나고 있는 장난꾸러기 꼬마 같은 느낌이다.

완전히 잡혀 사는구나…… 그런 생각이 절로 들었다. 뭐, 잡혀 사는 방식이 좀 특수한 것 같기도 하지만.

그 후 두 사람은 팔짱을 끼고 다시 참배하러 간다기에 그대로 작별하게 되었다. 두 사람을 배웅한 뒤 요신이 중얼거렸다.

"그럼 두 사람이 다녀왔다는 신사에 가볼래?"

"어? 괜찮아? 요신, 피곤하지 않아?"

"괜찮아. 하트 모양의 에마라니…… 써보고 싶지 않아?"

그리고 좀 더 함께 있고 싶기도 하고. 요신이 그렇게 말해줘서…… 같은 마음이라는 생각에 절로 미소가 지어졌다.

그렇지만 설마 요신이 먼저 제안할 줄은 몰랐다.

좀 수줍어하는 요신의 모습이 사랑스러워서, 그가 일어나는 순간 살짝…… 이마 부근에 쪽 키스했다.

놀라서 눈이 동그래진 요신의 모습이 어쩐지 우습기도 하고, 민망하기도 해서 나는 한발 앞서 먼저 달려갔다.

작년 겨울 방학에는 특별한 추억을 만들지 않았다.

있다고 해도 기껏해야 시골에 있는 할아버지, 할머니 댁에 귀성한 정도였고, 아르바이트를 한 것도 아니어서 시간이 남아돌 지경이었다.

아니, 게임 삼매경이었으니 시간이 남아돌지는 않았구나.

학생에게는 겨울 방학이라고 해도 사회인에게는 겨울 연휴가 그리 길지 않으니 거의 평일이었고…… 그래서 낮에는 거의 혼자 지냈다.

어차피 밖에 나가봤자 눈도 쌓여있고 날씨도 춥다. 따뜻한 집 안은 은둔하기에는 최적의 환경. 나간다고 해도 편의점 정도였다.

눈이 내리는 날엔 그것조차 귀찮아했다.

그런 내가 나나미와 여행 계획을 세우다니. 한겨울에는 특히나 더 외출을 싫어했는데, 지금은 나나미와 여행을 가고 싶다는 생각마저 하고 있었다.

……새삼스럽지만. 옛날에는 수학여행조차 귀찮아했으니까. 그런 생각을 하던 내가 지금은 여행 준비조차 즐겁게 느끼고 있었다.

즐거운 이유도 나나미와 함께 이것저것 의논하며 정할 수 있기 때문이지만.

“어떤 료칸이 좋을까……?”

“이 료칸은 분위기가 좋다고 하고, 여기는 밥…… 여기는 온천…….”

바라토네 거실에서 나와 나나미는 스마트폰으로 료칸을 검색하며 어느 료칸이 좋을지에 대해 얘기 중이었다.

PC 쪽이 보기엔 더 쉬울지도 모르지만, 나나미는 PC를 갖고 있지 않았고…… 스마트폰을 쓰면 비교적 가까이 붙어서 볼 수 있으니까.

그리고 거실에는…….

“나는 이 료칸이 좋을 것 같아. 가족탕이 있다고 하더라.”

“나는 이쪽 료칸보다 호텔이 더 좋아. 뷔페 음식이 맛있을 것 같아.”

“아빠는 이 료칸이…… 옥상에 노천탕이 있다는 모양이야.”

토모코 씨, 사야, 겐이치로 씨가 료칸을 고르고 있는 목소리도 들려 왔다. 두 사람의 지혜가 한 사람의 지혜보다 낫다는데, 여긴 다섯 명이 모여 있다.

뭔가 다들, 개인적으로 가고 싶은 료칸이나 호텔을 말하는 것 같은데…… 어? 혹시 따라올 생각은 아니지?

나도 나나미도 조금 어이없는 표정을 지으면서도, 료칸

의 제안은 참고하기 위해 스마트폰에 장소를 메모해 나갔다.

평소에는 신경도 쓰지 않았는데, 료칸이나 호텔이 생각보다 많았다. 찾아보니까 여러 숙소가 줄줄이 계속 나왔다.

온천을 앞세운 곳, 음식을 앞세운 곳, 접근성이 강점인 곳…… 여러 가지 특색으로 가득했다. 플랜도 커플용, 가족용 등등 다양했다.

그보다 왜 이렇게 되었냐면, 단순히 내가 바라토네에 설명하러 왔기 때문이다.

각각의 집에서 이미 숙박 허가를 받았다고 해도, 소중한 따님을 맡는 입장이니 직접 설명하는 것이 도리라고 생각했다. 맡는다는 표현이 맞을지 어떨진 모르지만.

나나미도 가볍게 설명해 준 덕분에 이야기는 빨랐다. 어떻게 페어 여행권을 얻게 되었는지, 왜 가고 싶다고 생각했는지…….

나머지는 절대로 손을 대지 않겠다는 선언. 크리스마스 일로 그 부분은 증명이 되었다고 생각한다, 라고 확실하게 전해두었다.

그런 보람이 있었는지, 허락도 양해도 모두 구할 수 있었다고 생각한다. 그래서 그 흐름으로 자연스럽게 다 같이 료칸을 고르게 된 것인데…….

어쩐지 바라토의 사람들은 자신이 묵는다는 관점으로

고민하는 것 같은 느낌이었다.

『엄마 아빠는 이 료칸을 추천한단다.』

왜 엄마한테도 문자가 와 있는 거지? 추천받은 곳은 오래된 온천 료칸으로 고기 요리가 명물이라고 한다.

부모님도 찬성해 주셨다는 뜻이니 기쁘게 받아들이기로 하자.

그렇게 여러 료칸을 보거나 호텔에 직접 전화를 걸어보기도 했는데…….

"생각보다 묵을 수 있는 료칸이 많네."

우리가 가지고 있는 페어 온천 여행권은 료칸이나 플랜 같은 것이 어느 정도 정해져 있어서 그중에서 고르는 방식이긴 했지만, 그럼에도 종류가 꽤 다양했다.

전화 예약이나 인터넷 예약 모두 가능한데, 이번에는 직접 이야기를 듣고 싶어서 전화 예약을 하기로 했다.

막상 전화해 보니 의외로 부모님의 동의가 있으면 묵을 수 있는 곳이 대부분이었고, 거절하는 곳은 극소수뿐이었다.

거절당하는 부분은 '커플'이라는 점이 은근히 장벽이 되는 모양이었다.

"페어 티켓이니까 묵을 수는 있지만, 동의서나 이런저런 서류가 필요할 것 같아."

미성년자인 점을 감안하면 당연한 일이었다. 각종 동의서는 물론이고 부모님이 직접 료칸 측과 통화도 해야 하고,

할 일이 제법 많았다.

반대로 18살이 되면 누구의 허락도 필요하지 않다고 했다. 당사자 입장에서는 1년 차이로 뭐가 다른가 싶은 생각이 들기는 하지만.

고작 1년, 그렇지만 1년…… 그런 거라 생각하고 받아들이는 수밖에. 어딘가의 작품에서도 그런 비슷한 대사가 있었지. 규칙은 규칙이다.

다만 만 18세 이상은 동의가 필요 없다는 정보를 알게 된 나나미는…….

"내년에 생일이 지나면…… 마음대로 갈 수 있다는 뜻?"

눈을 굉장히 수상쩍게 빛내며, 마치 사냥감을 노리는 고양이 같은 눈동자로 나를 바라보았다. 잡아먹히는 건가 싶어 순간 오싹했다.

하지만 거기에는 한 가지 문제가 있었다.

"내가 18살이 되는 건 연말이니까…… 거의 1년 가까이 남았어."

"아앗……."

그렇다. 나나미가 18살이라 해도 나는 17살이니까, 나는 여전히 부모님의 허락이 필요하다. 자유로운 숙박은 불가능…….

"하지만 나는 미성년자가 아니게 되는 거지?"

"그래, 나나미는 먼저 18살이 되는 거니까."

"그러면, 내가 요신의 보호자 자격으로 묵을 수 있는 거 아니야?"

"……그게 가능한가?"

나나미의 입에서 나온 뜻밖의 편법 같은 제안 ……아니, 이건 정공법인가? 그보다 고등학생 둘이, 한쪽을 보호자 자격으로 해서 묵는 게 가능한가……?

하지만 미성년인지 아닌지는 나이로만 따지고, 법적으로는 18살부터 성인이니까 틀린 말은 아닌 것 같기도 한데.

그보다 여자 친구가 보호자라니, 남자로서 조금 한심한 느낌이다. 어쩐지 나나미의 비호 아래 있는 것 같기도 하고.

어? 근데 그 논리로 간다면 내년에는 미성년자인 나와 성인이 된 나나미가 사귀는 형태가 되는 건가?

그건 뭔가 금기를 깨는 것 같은, 나쁜 일을 하는 것 같은 기분이 드는데…….

"나나미…… 부모 앞에서 그런 얘기를 하는 건 어떤가 싶구나."

"아무리 그래도 학교에 다니는 중에는 허락을 구했으면 좋겠구나……."

나도 나나미도 동시에 흠칫 몸을 떨었다. 그리고 천천히 목만 움직여 말을 걸어온 목소리의 주인…… 토모코 씨와 겐이치로 씨에게 시선을 돌렸다.

그렇지. 부모님이 보는 앞에서 할 얘기는 아니었다.

토모코 씨의 기막혀하는 목소리는 처음 들었다. 겐이치로 씨는 무척 복잡한 표정을 짓고 있었다.

어느 쪽인가 하면 나나미의 발언을 듣고 난 뒤에 나온 표정인 것 같았다. 시선이 내가 아닌 나나미한테 쏠려 있다.

우리 역시 이 상황에서는 뺨을 붉힐 수밖에 없었다. 사야는 묘하게 히죽거리는 얼굴로 '몇 번이고 자고 와~'라며 놀려댔다.

"나나미, 그런 거니까 18살이 된 뒤에도 무제한 숙박은 자제하자."

"네…… 쳇……."

묘하게 불만족스러운 얼굴로 입술을 삐죽 내밀었지만, 적어도 이런 건 입 밖으로 말하는 것이 중요하다. 신용이나 신뢰와 직결되니까.

그나저나, 나나미가 이렇게 적극적인 건 매번 있는 일이지만, 나도 좀 더 본받아야 하나?

아니…… 나까지 적극적으로 굴면 밸런스가 무너지려나? 그대로 둘 다 휩쓸려 갈 것 같다.

그러니 분명 지금 상태가 딱 좋을 것이다.

나나미는 공격하고 내가 진정시키고.

그렇기 때문에 토모코 씨 일행도 숙박을 허락해 주신 거겠지.

"그래서 어느 숙소로 갈 거니? 우리도 연락해야 하니까."

그랬다. 이상한 소리를 하고 있을 때가 아니라 빨리 정해야 한다. 적어도 열흘 전에는 예약해 달라고 했으니 오늘 정하지 않으면 일정이 꽤 촉박해진다.

아무리 겨울 방학이 길다고는 해도, 꾸물거리다가 못 가게 되는 사태라도 벌어지면…… 티켓의 유효기간은 여름까지인 것 같긴 하지만, 그래도 미루고 싶지는 않았다.

온천에 간다면 겨울이 더 잘 어울리기도 하고. 느낌이지만.

다시 한번 나와 나나미는 어느 숙소로 할지 의논했고, 그중 한 곳── 설경이 아주 아름다운 온천 숙소로 결정했다.

호텔이 아니라 료칸이다. 고즈넉한 운치가 있는 곳이다.

그리고 이건 토모코 씨나 우리 부모님께 묵을 거라면 호텔보단 료칸이 낫다는 조언을 들었기 때문이기도 했다.

『료칸이라면 방을 관리해 주는 사람들도 오가니까 이상한 짓은 쉽게 할 수 없잖니?』

라는 것이 그 이유였다.

대체 무슨 말인가 했는데, 호텔은 객실에 사람이 드나드는 일이 거의 없지만, 료칸은 이불을 펴주러 오기도 하니 객실 출입이 있다는 것이다. 물론 방 구조에 따라 다르겠지만.

그거라면 확실히…… 료칸 쪽이 더 낫다고 말하는 것도 납득이 갔다.

그런 이유로 우리의 숙박 여행의 조건이 온천 료칸이 된 것이다. 사야는 호텔도 상관없다고 말하긴 했지만.

이유인즉, 어차피 언니는 아무것도 못 한다는 주장이었다. 그건 또 다른 이야기.

"그러면 장소는 여기로 하자. 내가 전화해도 괜찮을까?"

"아, 그럼 부탁할게."

"그럼…… 건다?"

내심 두근거림을 느끼며 료칸에 전화했다.

이럴 때는 어쩐지 주변이 묘하게 조용해진다. 모두가 나만 보고 있는 느낌. 원래 다 이런 건가.

신호음이 가는 동안 묘한 긴장감이 올라왔다.

이대로 무사히 숙소가 정해진다면 그 후부터도 준비할 것이 많겠지. 부모님께 동의서도 받아야 하고, 숙소 측에서 확인하는 데 필요한 서류도 준비해야 하고…….

여행을 위한 쇼핑도 해야 한다. 가방은 수학여행 때 쓰던 게 있고…… 1박 2일이면 짐은 그렇게 많이 필요 없겠지?

잠시 후 신호음이 멈추고 료칸 접수 담당 직원이 전화를 받았다. 아까도 한 번 확인 전화를 했었기에 나는 다시 한 번 설명했다.

부모님의 동의는 모두 받았다는 것을 전하고, 동의서 제출 등 필요한 것에 대한 안내를 받고, 그러는 와중…….

"토모코 씨, 실례지만 전화번호를 알려주실 수 있을까요?"

"어머, 나 같은 아줌마한테 작업을 거는 거니?"

그런 게 아닙니다. 그보다 왜 갑자기 여기서 그런 장난을 치시는 건가요. 나나미가 무시무시한 눈빛으로 쳐다보자, 토모코 씨는 바로 농담이라고 하며 전화번호를 알려주셨다.

그것을 전달하고 전화를 한번 끊자, 곧…… 토모코 씨의 스마트폰이 울리기 시작했다. 아마 지금쯤 우리 부모님에게도 전화가 갔을 것이다.

내 쪽은 거의 예약 마무리. 이후 확인 단계만 거치면 된다.

"저기, 엄마한테 온 전화는 뭐야……?"

"료칸 쪽에서 같은 방을 쓰는 경우에는 직접 확인이 필요하다고 해서."

이번에 우리가 사용하는 페어 티켓은 방 하나 티켓으로, 방 두 개가 아니었기 때문에 확인 절차가 몇 가지 더 필요했다. 료칸 쪽을 번거롭게 만든 것 같아 괜히 미안한 마음이 들었다.

뭐, 추가 요금을 내면 방 두 개도 가능하긴 하지만…….

"그쪽이 나았을까……?"

같은 방이라 해도 아무것도 하지 않는다는 건 확정이니 방이 두 개가 된다고 해서 특별히 여행 자체에 영향은 없었다.

하지만 그건 같은 방에서 잔다고 해도 마찬가지다.

게다가 기껏 같은 방을 쓸 수 있는데 추가 요금을 내고 굳이 다른 방을 써야 할 이유를 찾지 못했달까, 욕망에 져 버렸다고 할까…….

성의를 보인다고 하면 돈을 더 들여서라도 다른 방을 잡는 게 나았을지도 모른다. 음, 생각이 계속 빙빙 맴돌았다.

"그쪽이라니?"

"응? 아니, 추가 요금을 내면 방 두 개로 묵을 수도 있대서…… 그쪽은 동의서만 있으면 되는 모양이라……."

"에이, 모처럼 페어 온천 여행인데 같은 방이 좋아. 확인은 엄마랑 아빠가 해 주시잖아."

게다가 돈도 아깝다며, 나나미는 방 두 개라는 말을 꺼낸 나에게 항의하듯 앉아있는 내 무릎 위로 자기 몸을 포갰다.

마치 고양이처럼 무릎 위에 엎드려서 뒹굴자 부드러운 감촉이 내 다리에 고스란히 전해졌다.

……진짜 부드럽다.

나나미가 올라온 탓에 나는 무릎을 쭉 뻗었는데, 내 다리에 누우면 안 딱딱한가? 그런 내 걱정은 아랑곳하지 않고, 그대로 나나미는 몸을 빙글 돌려 배를 드러낸 자세를 취했다. 굉장히 편안한 모습이다.

다만 실내복을 입은 상태라서 배 쪽이 말려 올라가며 배꼽이 보였다.

묘하게…… 묘하게 그 배를 만지고 싶다는 충동에 사로잡혔지만, 지금은 참았다. 역시 토모코 씨가 옆에서 통화하고 있는데 그럴 수는 없었다.

사야는 늘어진 언니를 어이없다는 눈으로 보고 있었고, 겐이치로 씨는 어딘가 그리운 얼굴로 먼 곳을 보고 있었다.

"네, 그럼 잘 부탁드립니다."

그 한마디와 함께 토모코 씨가 통화를 마쳤다. 손가락을 동그랗게 만들어 우리에게 OK 사인을 보여주다가, 나나미의 자세를 보고 입을 떡 벌린다.

그리고 잠시 후, 내 스마트폰으로 연락이 왔다. 전화번호는…… 아까 그 료칸이다.

"여보세요?"

연락 확인은 끝났으니 예약에는 문제가 없다는 내용이었다. 이후에는 동의서를 작성해 사전에 보내달라고 했다.

당일이라도 상관은 없다고 했지만, 사전에 보내주는 편이 더 낫다고 하니 메일로 미리 보내둘까?

메일을 쓰는 게 너무 오랜만이라 살짝 헷갈리기는 하지만…….

"그러면 당일, 잘 부탁드립니다."

'기다리고 있겠습니다'라는 말과 함께 전화가 끊겼다.

자, 이걸로 모든 사전 준비는…… 아직이지만, 적어도 숙소는 확보했다.

숙소만 확보되면 그 후에는 어떻게든 될 것 같다. 이제 여행 일정이라도 세워볼까?

"무사히 예약했습니다."

"오~, 고마워."

내 무릎 위에 있던 나나미가 두 손을 뻗어 내 머리를 쓰다듬으려고 하지만…… 아슬아슬하게 닿지 않아 허공에 손을 뻗은 모양새가 되었다.

나는 나나미의 그 손을 잡고 가볍게 꾹 쥐었다.

"기대된다, 여행."

"그러게."

꽉 잡은 내 손을 나나미는 그대로 살짝 당겨 자신의 볼에 가져갔다. 그녀의 말랑한 부드러움이 내 손에 전해졌다.

"자, 그럼 여행 가기 전에…… 이것저것 준비해야겠네."

짝하고 손뼉 치는 소리가 들려오고, 나나미는 정신을 차린 얼굴로 눈을 번쩍 뜨더니 내 손을 천천히 놓고 몸을 일으켰다.

무릎 위에서 느껴지던 나나미의 감촉과 기분 좋은 무게가 사라지자 조금 허전함이 들었다.

그보다 토모코 씨랑 다른 분들이 보고 있는데 너무 붙어 있었던 거 아닌가. 만나지 못한 반동으로 더 붙어있는 것 같기도 했다.

나나미가 떨어지자, 나도 나나미와 좀 더 붙어있고 싶은 마음이 든다……. 나중에 방에 가서 붙어있을까…….

그런 우리의 모습을 흐뭇한 얼굴로 바라보던 토모코 씨가 뒤늦게 무언가 떠올린 얼굴로 손가락을 하나 세우며 당부했다.

"참고로 두 사람이 여행지에서 이상한 일을 하면 우리에게 바로 연락이 올 거란다. 아무쪼록 그런 일은 절대 하면 안 된다?"

신뢰하고 있으니 걱정은 없지만, 그런 일로 부모님께 알려지는 건 싫지 않겠니? 우후후 웃는 토모코 씨는 어딘가 즐거워 보이셨다.

겐이치로 씨는 씁쓸한 표정을 지었고, 사야는 기대 반 놀림 반의 미소를 짓고 있었다.

그런 모두를 앞에 두고 우리는 얼굴을 마주 보았고…… 결국 쓴웃음을 지을 수밖에 없었다.

◇◇◇◇◇◇◇◇◇◇◇

시간은 눈 깜짝할 사이에 지나간다. 그것이 즐거운 일이나 기다려지는 일을 앞두고 있다면 더더욱 그렇다.

겨울 방학 숙제도 거의 끝냈고, 이런저런 준비도 마치고,

드디어 출발 당일을 맞이했다.

준비라고는 해도 1박 2일 여행이었기에 그렇게까지 거창한 쇼핑은 없었다.

하와이에 갔을 때 샀던 비품들도 다시 활용할 수 있었고, 옷도 많이 챙길 필요가 없었다. 최악의 경우 그곳에서 살 수도 있을 테니까.

어쨌든 말이 통한다. 그렇게 생각하면 별일은 없을 것이다. 다만 쓸데없는 지출은 줄이기 위해 준비는 꼼꼼히 했다.

"후암……."

"와아, 요신…… 엄청 큰 하품이네."

"사실 기대돼서 잠을 거의 못 잤거든."

"이제부터가 실전인데 졸면 어떡…… 후아암……."

이런, 나나미도 성대한 하품을 한다. 전염됐다기보단 나나미도 졸려서 나온 하품인 것 같았다.

서로 눈꼬리에 눈물이 맺히고, 손수건으로 눈물을 닦으면서…… 나나미는 장난스럽게 혀를 쏙 내밀며 웃었다.

나나미 역시 어젯밤에는 기대가 돼서 잠을 이루지 못한 모양이었다.

어? 잠들 때까지 통화는 안 했냐고? 응, 어제는 안 했다. 여러 사정이 있었는데…….

나 같은 경우는 부모님께 몇 번이고 당부 사항을 들었기 때문이다.

정말…… 힘들었다.

료칸에 도착한 뒤에 연락해라, 놀고 있는 도중에도 정기적으로 연락해라, 부모님 쪽에서도 불시에 연락할 거니까 방심하지 마라, 나나미에게 이상한 짓 하지 마라, 울리지 마라…….

헌팅당하지 않게 보디가드처럼 항상 곁에 붙어있어라, 무슨 일이 있으면 반드시 어른을 의지해라, 혼자서 해결하려 하지 마라…….

중간부터는 거의 설교 모드였다.

뭐, 나도 물론 '그럼 왜 크리스마스 날 술까지 마시면서 우리 둘이 혼자 남겨뒀냐'면서 이런저런 반박을 하기도 했다.

그날은 연락도 잘했으니 문제없다고 판단하셨다고 했지만…….

이건 할아버지랑 할머니한테 지원 요청을 했을 때 알게 된 사실인데, 아빠랑 엄마도 젊었을 때는 꽤 무모한 짓을 많이 했다고 한다.

그래서 어른들은 체면과 속마음 사이에서 갈등이 많겠구나 하는 생각이 들었다.

딱히 최악의 경우가 생겨도 큰일까지는 아니겠지만, 그래도 보호자로서 해야 할 말은 해야 한다. 그것이 그 크리스마스의 진실이었던 거겠지.

그래서 이번에도 체면의 선에서 필요한 말을 해주었다. 그것이 비록 과거의 자기 경험에서 비롯된 행동이라 할지라도 말이다.

정말 어른이라는 건 힘들구나. 과거에 자신이 했던 행동을 아이에게 들켜도 그것을 설득할 수 있어야 하니까.

그렇게 하고 싶은 말을 다 한 결과 부모, 자식 사이에 진짜 대화를 한 기분이었고, 속내를 모두 털어놓을 수 있었던 밤이었다.

솔직히 말하면 성가시기도 하고 고맙기도 했다.

그래서 나는, 그것까지 이해한 상태에서 나나미와의 여행을 떠나게 되었다. 그리고 보아하니…….

"하여간 아빠랑 엄마도 과보호라니까……."

나나미도 마찬가지로 어젯밤에 토모코 씨 일행에게 여러 가지 말을 들은 모양이었다. 그래도 우리를 걱정해서 하시는 말씀이니까 이해하는 게 맞겠지.

"그럼 이동할까?"

"오~ 기차 여행이다. 차로 간 적은 있지만 기차를 타고 간 건 처음인 것 같아."

우리는 아침 일찍 역 승강장에 도착했다. 주위에는 출근 중인 것인지 정장 차림의 직장인이 드문드문 보였고, 사람도 꽤 적었다.

아마 아빠와 엄마도 아직 집에서 출근 준비를 하고 계시겠지.

우리가 여행을 가는 날은 평일.

우리 부모님이나 나나미네 쪽에서 일부러 일을 쉬고 차로 료칸까지 데려다주겠다고 하셨지만, 정중하게 거절했다.

우리가 놀러 가는데 일부러 시간을 빼게 만드는 것도 미안했고, 이동도 여행의 묘미라는 의견에 나나미도 동의했기 때문이다.

게다가…… 뭔가 1박 2일 여행인데 차로 가면 여행 느낌이 좀 안 나니까…….

직접 운전해서 가는 거라면 또 달랐겠지만.

지정석 티켓을 끊고, 지금은 기차 출발 시간 전이라 역내에서 아침밥을 먹고 있었다. 어쨌든 첫차를 타고 이동하는 거니까.

"비행기를 탈 수 있었다면 더 빨랐을 텐데."

"어쩔 수 없어. 비싸잖아."

뭐, 기차도 푯값이 꽤 나가는 편이다. 페어 티켓이 없었다면 이동만으로도 상당한 예산이 나갔을 것이다.

알바를 해 둬서 정말 다행이다…….

"이 샌드위치 맛있다. 계란이 듬뿍 들어가 있어."

"요신이 산 참치 샌드위치도 맛있어. 오랜만에 먹는 것 같아."

"가끔은 이런 아침밥도 좋네."

"그러게……. 자판기에서 파는 샌드위치라니, 은근 재미있어."

우리는 역에 놓여있던 자판기에서 판매하는 샌드위치를 서로 교환하며 먹었다. 나는 참치 샌드위치고 나나미는 계란 샌드위치.

처음에는 아침으로 근처 카페에 가려고 했는데, 이 자판기를 발견하고 둘 다 호기심이 동해서 사 본 것이다.

메뉴는 채소 샌드위치나 햄샌드위치 같은 기본 메뉴부터 시작해서 돈가스 샌드위치나 데리야키 치킨샌드위치 같은 무거운 메뉴, 과일 샌드위치 같은 디저트류까지 종류가 다양했다.

그 샌드위치를 사고, 과일 주스를 사고, 역 벤치에 앉아 둘이 함께 나눠 먹었다.

참 별거 아닌데도 은근히 두근거렸다.

주위를 보자, 기차를 기다리는 다른 회사원들 몇몇도 샌드위치를 구입해서 먹거나 가방에 넣고 있는 것이 보였다.

어떤 의미로는 바쁜 직장인들의 아침일 수도 있겠지만, 어쩐지 우리도 사회인의 일원이 된 것 같은 기분이 들어 살짝 두근거렸다.

나나미는 자판기에서 산 오렌지 주스를 마시고는 입술 끝에 묻은 마요네즈를 핥았다. 혀의 움직임이 살짝 야하다.

나도 깨닫고 보니 샌드위치의 마요네즈가 튀어나와 손에 묻어있었다. 나나미는 왜 안 묻은 거지? ……아, 포장 랩을 싼 채로 들고 먹었구나.

나는 맨손으로 먹어서…… 손을 씻고 올까.

"뭐야 요신, 손이 지저분해졌잖아……. 내가 닦아줄게."

언제 꺼냈는지 물티슈를 손에 든 나나미가 내 손을 닦아주었다. ……어? 지금 뭔가 애 취급하는 것 같은데…….

"고마워…… 근데 좀 부끄러운데."

"에헤헤, 한번 해보고 싶었거든."

"해보고 싶었다고?"

"왜 엄마들이 어린애 손을 이렇게 닦아주잖아."

내 손을 닦아주는 나나미는 행복해 보이는 미소를 짓고 있었다. 응, 확실히 애 취급이다.

내 손을 깨끗이 닦은 나나미가 만족스러운 얼굴을 지어 보였다. 어쩐지 나나미의 모성이 폭발한 것 같은데. 여행이 나나미의 텐션을 한층 더 끌어올리는 것일까?

"방금 아침을 먹긴 했지만, 점심은 뭐 먹을까?"

"음…… 점심은 도착해서 먹으면 되지 않을까? 관광도 할 겸……."

"그것도 좋네. 도시락도 괜찮겠다 싶었는데."

"아, 듣고 보니 고민되네……."

열차 도시락은 먹어본 적이 없다. 기차 안에서 먹는 것도 굉장히 즐거울 것 같지만, 여행지에 도착해서 현지의 음식을 먹는 것도 하나의 큰 즐거움이다.

……음, 정말 고민된다.

"……역 한정 도시락도 먹고, 도착한 곳에서도 먹으면 되지 않을까?"

"요신, 그렇게 많이 먹는 타입이었어……?"

"여행 중에는 많이 먹을 수 있을 것 같지 않아?"

"나는 그렇게 많이는 못 먹을 것 같은데……."

하긴. 나 같은 경우는 나나미와 먹는 밥이 너무 맛있는 나머지 요즘 조금씩 먹는 양이 늘고 있어서, 그에 맞춰 근력 운동도 함께 늘리는 중이었다.

어떻게든 몸은 유지되고 있지만, 방심하면 바로 늘어날지도 모른다.

이번 여행에서도 맛있는 걸 많이 먹을 테니까, 방심하면 살이 찔 것 같았다.

"나나미, 혹시 살——."

"뭐?"

"아무것도 아니야."

엄청난 압박감을 느낀 나는 거기서 입을 다물었다. 여행 전부터 괜한 소리를 해서 나나미를 화나게 할 필요는 없었다.

응, 올바른 판단이다. 침묵은 금이다. 섬세하고 센스 있게 가자.

"슬슬 기차 올 시간이네, 이동할까?"

"그러자. 후암…… 기차에서 그대로 잘 것 같아……."

"뭐, 꽤 장거리니까…… 졸리면 자도 돼."

"음…… 괜찮아. 일단 버틸 수 있을 만큼은……."

자, 지금부터 기차 여행이 시작된다. 승차 시간은…… 약 5시간…….

그동안 버틸 수 있을까? 나도 나나미도 하품을 꾹 참으며 다가온 기차에 천천히 올라탔다.

◇◇◇◇◇◇◇◇◇◇

"이런…… 잠들었네……."

"도중까지는 깨어 있었는데……."

목적지에 도착한 우리는 기차에서 내려 서로 쓴웃음을 지었다. 아니 정말, 중간까지는 멀쩡하게 풍경도 보고 수다도 떨면서 잘 버텼다.

지정석이기도 하고 나란히 앉아있어서 무척 즐거웠다. 하지만…… 도토*는 멀었다. 약 5시간이 넘는 여정인데, 말도 안 되게 길었다.

차를 3~4시간 타본 경험은 있지만, 기차가 되니까 또 느낌이 다르구나.

---

*홋카이도의 동부 지역.

하와이에 갔을 때에 이어서 이번이 두 번째로 길었던 것 같다. 우리 둘 다 점점 말수가 줄어들다가…….

먼저 잠든 나나미가 내 어깨에 머리를 기댔다. 처음에는 자다 깨기를 반복했는데…….

중간부터는 서로가 서로에게 기대어 잠들고 말았다.

역시 어젯밤 잠을 설친 것이 가장 큰 이유였다. 젊으니까 밤샘도 가능하지 않을까 생각했는데, 아무래도 쉽지 않았다.

물론 기차 이동이 아니었다면 깨어 있었을 수도 있었겠지만.

기차를 타고, 덜컹덜컹하는 소리와 일정한 리듬으로 반복되는 흔들림과 진동에 몸을 맡기는 사이…… 잠에 빠지고 말았다.

신기하게도 푹 자고 일어난 것처럼 개운했다. 뭔가에 탄 채로 자면 잠이 잘 온다는 말을 들었는데, 비행기 때보다 더 잘 잔 기분이다.

우리는 앉아있느라 굳은 몸을 풀기 위해 팔을 쭉 펴고 몸을 비틀며 가볍게 스트레칭했다.

우득, 소리가 나고, 차가운 바깥공기가 닿자, 몸이 살짝 식는 것이 느껴졌다.

"그래도 일찍 출발해서 그런지 아직 점심이야. 역시 빨리 나오길 잘했네."

"그러게. 드디어 도착했네."

햇살도 기분 좋고 날씨가 아주 맑았다. 파란 하늘에는 구름 한 점 없었다.

바람이 실어 나르는 냄새는 우리가 사는 도시와는 조금 다른…… 바닷바람이 많은 느낌이었다. 겨울의 바닷바람은 왠지 모르게 더욱 상쾌했다.

평소와 다른 분위기가 느껴지자 마침내 여행을 왔다는 실감이 들었다.

몸을 풀고 있는 나나미를 바라보았다.

그녀는 지금 겨울용 롱코트를 입었고, 신발도 부츠였다. 머리도 하나로 묶어 길게 내리고, 크고 동그란 안경을 쓰고 있었다.

전체적으로 차분하고 진지한 인상으로 보이도록 노력했다고 한다.

그 말대로, 전체적으로 흰색을 바탕으로 한 코디라 단정하고 성실해 보였다. 안경도 잘 어울려서 예쁘다.

반면에 나는…… 오늘은 평소와 같았다. 하지만 약간의 여행 느낌을 내기 위해 작은 액세서리를 착용했다.

단둘이서 료칸에 묵는 것이니 둘 다 성실한 느낌으로 코디한 것이다.

이거라면 아마 료칸 사람들에게도 좋은 인상을 줄 수 있을 것이다. 적어도 가벼워 보이진 않겠지.

그런 내 시선을 눈치챘는지 나나미는 조금 수줍은 얼굴로 나에게 윙크를 해왔다. 왜 저렇게 귀엽지?

자, 몸도 풀었고 이제부터 어디를 돌아볼까……. 역 주변에는 아무것도 없지만, 버스로 10분쯤 가면 휴게소가 있다고 한다.

휴게소…… 도시와 도시 중간 지점에 있는 휴식 장소다. 장소에 따라서는 거기서밖에 먹을 수 없는 맛집도 있어서 관광 명소가 되기도 한다고.

여기 휴게소는…… 어? 여기 아는 곳이다. 마침 우리가 나중에 가보자며 미리 점 찍어둔 곳이었다.

사실은 그 장소에서 갈 수 있는 어느 장소가 목적이긴 하지만, 사전 정찰도 할 겸 여기로 할까? 점심도 먹을 수 있으니까.

"점심도 먹을 겸…… 가보자."

"휴게소에 가는 것도 오랜만이네. 이런 곳에서 먹으면 평범한 음식도 이상하게 맛있지."

"그래? 난 휴게소에 거의 가본 적이 없어서……."

"오토 오빠가 옛날에 스탬프 투어에 푹 빠진 적이 있었거든……. 하츠미가 혼자서는 못 버티겠다고 해서 같이 다닌 적이 있어."

아, 나나미가 먼 곳을 바라보고 있다. 뭔가 아련한 표정으로 과거의 일을 떠올리며 훗, 하고 시니컬하게 웃는다.

어? 그거 즐거운 추억 아니야? 뭔가 굉장히, 괴로운 추억 같은 느낌인데.

"듣고 싶어……?"

……목소리 낮아…… 진짜 무슨 일이 있었던 거야? 궁금한데.

휴게소는 버스나 도보로 갈 수 있었는데, 버스라면 10분, 도보로는 20분밖에 걸리지 않는 거리였다. 하지만 겨울이었기에 우리는 버스를 타고 가기로 했다.

마침 정기 버스가 막 출발하려던 참이라 운 좋게 탈 수 있었다.

버스 안에는 사람이 별로 많지 않았다. 우리들 외에도 드문드문 있을 뿐이다. 이런 점도 어딘가 여유로운 여행처럼 느껴졌다.

뒤쪽 자리에 앉아 이동하는 동안 나는 나나미에게 무슨 일이 있었는지 들었다.

그리고 그 이동하는 길에서 들은 휴게소의 추억은…… 지금의 여유로운 여행과는 동떨어진, 그야말로 강행군이라 부를만한 내용이었다.

진짜로 뭘 했던 거야…… 과거의 나나미…….

딱히 관광하거나 뭔가를 먹는 것도 아니다. 오직 연휴 동안 스탬프를 얼마나 많이 찍을 수 있는지를 겨루는 여행.

분 단위로 스케줄을 정해 이동하고, 스탬프를 찍고, 이

동하고, 스탬프를 찍고, 이동하고, 스탬프를 찍는 것을 계속 반복한다. 그런 지옥 같은 여행이었다고 한다.

"……그런 걸 용케 다녀왔네?"

"뭐, 하고 있을 땐 우리도 아드레날린이 돌았는지 이상하게 고양된 상태였거든……. 정말 의미를 알 수 없는 여행이었어……."

과연. 직접 차를 몰고 운전하는 경우라고 해도 너무 과하게 돌아다니면 좋지 않다는 뜻인가……. 음, 공부가 됐다.

나나미도 그렇게 생각했는지 '우리는 여유롭게 여행하자'라고 했다. 떠올리는 사이에 지친 것인지 조금 어두운 표정을 짓고 있다.

나도 듣기만 해도 피곤해지는 기분이었다.

"우리는 여유롭게…… 천천히 관광하자."

"그래…… 모처럼 온천을 왔으니까 느긋하게 보내자."

예상치 못한 곳에서 이번 여행의 스탠스가 결정되었다. 아니, 원래도 여유롭게 다닐 생각이긴 했지만.

어쩌면 젊은 시절 하는 여행은 소이치로 씨 일행이 했던 것처럼 빡빡한 스케줄로 하는 편이 더 재밌을지도 모르지만…….

그 부분은 우리의 성격적인 면을 고려하기로 했다.

"도착한 것 같아."

"꽤 빨리 왔네."

휴게소는 주차장도 넓었고, 건물은 그 이상으로 넓었다. 엄청나게 광대한 토지 위에 있는 휴게소…… 오아시스 같은 장소인 걸까.

"여기도 와본 적 있어?"

"응, 스탬프 투어로. 그래서 추억은 거의 없어……."

앗, 나나미가 또 그때를 떠올리며 지친 표정을 짓는다.

안으로 들어가 보니 해산물도 팔고 있고, 매점에서는 현지 먹거리를 팔고 있었다.

기념품도 다양하고 관광 명소에 대한 설명서도 있어서 작은 테마파크 같은 느낌도 들었다.

이걸 전부 다 스킵했다니…… 상당히 아쉬운 일이다.

"나중에는 나나미가 갔었던 휴게소를 천천히 다시 돌아보는 것도 좋겠다."

안 좋은 추억을 지운다는 목적으로. 나나미는 처음엔 내 제안에 조금 싫은 내색을 보였지만, 어디까지나 여유로운 관광이라는 말을 듣자 조금 안도한 표정을 지었다.

하지만 아직은 그때의 트라우마가 남아있는지…….

"오늘은 그때의 기억을 지워버릴 거야! 요신도 동참해!"

"응, 뭐…… 같이 왔으니까 당연히 동참은 할 건데……."

"우선 소프트아이스크림을 먹는다!"

"점심 먹기 전인데?!"

그대로 곧장 소프트아이스크림 매대로 돌진하는 나나미

를 말리면서, 우리는 휴게소를 실컷 구경했다.

아까는 그렇게 많이는 못 먹을 것 같다더니…… 여기 오자 그런 건 다 잊은 것처럼 이것저것 잔뜩 사 먹었다.

뭐, 즐거웠으면 됐지…….

한동안 관광을 즐긴 우리는 다시 버스를 타고 료칸으로 이동했다. 좀 이르긴 하지만, 마침 적당한 시간이라 체크인도 가능할 것 같았다.

체크인 후에는 방에서 잠시 쉬다가 다른 관광을 하러 갈 예정이다.

온천에도 느긋하게 몸을 담그고 싶고, 저녁에 뭘 먹을지도 정해야 한다.

그런데 한껏 들뜬 마음으로 료칸에 도착한 우리들을 맞이한 것은, 충격적인 한마디였다.

"저기…… 죄송하지만, 예약되어 있지 않은 것 같습니다……."

"네……?!"

료칸에 도착하자마자, 갑자기 최대 위기가 찾아오고 말았다.

“그럼 편히 쉬세요…….”

“앗…… 네, 감사합니다…….”

기모노 차림의 여성…… 료칸 종업원이 정좌한 채 고개 숙여 인사하고 미닫이문을 닫았다. 문턱을 미끄러지는 미닫이문에서는 소리가 전혀 나지 않았고, 닫히는 순간에도 아무 소리가 나지 않았다.

완전히 무음으로 미닫이문이 닫히고, 그대로 떠났을 종업원의 발소리조차 들려오지 않았다. 너무나도 조용한 퇴실이었다.

프로의 기술이라고 해야 할까…… 물 흐르는 듯한 움직임에 감탄이 나올 정도였다.

미닫이문을 닫는 움직임만으로 압도당한 기분이다. 방금까지 느낀 당황스러움이 싹 사라졌다.

“……뭔가, 엄청난 방인데.”

현실감을 잃은 듯한 나나미의 목소리가 등 뒤에서 들려왔다. 나도 뒤를 돌아보며, 다시 한번 우리가 안내받은 방을 눈에 담았다.

다다미방 한가운데에는 좌식 의자와 테이블이 놓여있

었다. 그리고 조금 떨어진 창가에는 리클라이닝 느낌의 의자 두 개가 창문 쪽을 향해 나란히 놓여있었다.

그것이 중앙 방이었고…… 옆쪽의 방은 양실로 되어 있어…… 트윈 침대가 나란히 놓여있다. 설마 하던 일본풍과 서양풍이 혼재된 객실이었다.

그리고 그중에서도 가장 눈에 띄는 점은…….

"저기, 베란다에 있는 저거 노천탕이지?"

"……응, 노천탕이네. 노천탕 딸린 객실이네, 여기."

그랬다. 나나미가 조금 넋이 나간 얼굴로 가리킨 곳에 있던 것은 창밖에 있는 탕…… 노천탕이었다.

누가 봐도, 아무리 봐도 우리가 사전에 예약했던 객실보다 등급이 높았다. 높아도 너무 높았다.

"꿈을 꾸나……?"

"현실이야……."

뺨을 꼬집으니 아팠다. 나나미도 내 볼을 꼬집고 있었다. 아프다. 양쪽 볼이 모두 늘어나 있다. 아니, 왜 내 양쪽 볼이?

나도 나나미의 볼을 쭉 잡아당겼다. 아프게 할 마음은 없었기에 가볍게 잡았는데, 서로 볼을 꼬집고 있는 기묘한 구도가 완성되었다.

그리고 다시 한번 객실을 보는데…… 응, 노천탕 포함이다.

침대 쪽도 트윈 침대가 나란히 놓여있다……. 트윈이지만 침대는 더블 침대처럼 커다란 침대다.

나랑 나나미라면 여유롭게 같이 잘 수…… 아니, 그만해. 생각하지 마.

"설마 이런 객실을 내어 줄 줄은……."

"아니 정말, 내 말이……."

아까까지만 해도 정말 당황했었다. 료칸에 오자마자 갑자기 예약이 안 되어 있다는 말을 들었으니까.

이렇게 대단한 방으로 안내된 경위를 말하자면, 아주 조금 전으로 거슬러 올라간다. 조금 전이고 말고, 방금 일어난 일이지만.

우리가 료칸에 도착했을 때 들은 '예약이 되지 않았다'는 말은, 정확히 말하자면 사실과 조금 달랐다.

정확하게는, 예약이 중복되어 우리의 예약이 누락되었다는 내용이었다.

뭐, 그것도 오늘에서야 알게 된 사실이지만.

"예약이…… 중복됐다고요?"

프런트의 여성 직원에게 그런 말을 듣고, 이어서 숙소 직원이 나와 그런 설명을 해주었다. 그런 일이 있나 싶어 깜짝 놀랐다.

들어보니 우리가 전화로 예약하고 있을 때 운 나쁘게 예약이 겹쳤다는 것이다……. 자세한 건 모르겠지만 그런 이야기인 것 같았다.

인적 오류…… 그렇게 말해도 될지는 모르겠지만, 대략 그런 이야기였다.

"대단히 죄송합니다……!"

료칸의 직원…… 기모노 차림의 여성이 연신 머리를 숙였다.

갑자기 예약이 안 되어 있다는 말을 듣고 우리가 뭔가 실수했나 싶어 당황했는데, 그것이 아니라는 점은 다행이었다.

처음에 예약이 안 되었다는 말을 듣고 나도 나나미도 서로 '응? 잘못 예약했나?' 하며 스마트폰으로 다시 한번 확인했다.

그리고 숙소 이름이나 장소도 확인했다. 다른 지역에 같은 이름으로 된 숙소는 없는지, 인터넷에서 찾아봐서 그 부분에서 착오가 있었던 건 아닌지,

뭐, 그런 일은 아니었지만.

"저기…… 그러면……."

나도 나나미도 얼굴을 마주 보았다. 그러면 오늘 밤은 숙소가 없는 건가…… 아니, 다른 숙소에 묵게 되려나? 그때는 그렇게 생각했다.

돈은 아직 내지 않았다. 애초에 페어 숙박권이었기에 환불 같은 개념도 없었고, 예약이 되지 않았다면…… 정확히

는 더블 부킹이 되었다면 이곳에서는 묵을 수 없었다.

하지만 우리가 가진 커플 숙박권으로 묵을 수 있는 숙소가 이 근처에 있을까? 숙박비를 따로 내야 하면 불필요한 지출이 생기니까 그건 좀 곤란했다.

그럼 이제 어떻게 해야 하나…… 이럴 때는 화를 내야 하는 걸까? 내도 되는 건가? 멍한 머리로 그런 생각도 잠시 했다.

외박이라는, 평소의 일상과는 다른 비일상적인 상황이라 감이 잘 오지 않았다……. 그리고, 화를 낸다고 해도 어쩔 수 없는 거잖아, 이 문제는.

……아마, 나 혼자 온 여행이라면 화를 냈을지도 모르지만, 나나미가 있으니까.

여친 앞에서 화를 내다가 트러블이 생겨서 여행을 망치는 게 더 좋지 않았다. 바론 씨한테서도 여행지에서 싸움만은 절대 금물이라는 충고를 듣기도 했고.

이런 여행지의 트러블도 여행의 묘미라고 할 수 있으려나.

출발 전에 여러 사람에게 이야기를 들어두길 잘했다. 바론 씨도 옛날에는 그런 트러블이 있었다고 하니까.

바론 씨는 무엇보다 숙소의 중요성을 가장 강조하면서, 잘 곳이 없다는 것이 가장 최악의 경우라고 이야기했지만, 실은 그보다 더 중요한 포인트가 있다고 했다.

『제일 안 좋은 건 여행지에서 싸우는 거야. 숙소가 없다느니 돈이 없다느니 하는 건 싸움에 비하면 사소한 거지…… 아니, 숙소도 꽤 큰일이지만.』

어쩐지 굉장한 실감이 서려 있는 말이었다.

여행지에서의 분위기는 중요하다. 무엇보다 중요하다. 트러블 같은 것은 웃어넘기거나 해결하면 그만이지만, 분위기만큼은 어쩔 수 없다.

한번 무너진 분위기를 되돌리는 것은 쉽지 않다. 그러니까 여행지에 가면 최대한 즐거운 쪽으로 생각하는 편이 좋다는 것이다.

확실히 그렇다. 싸우면 여행을 망친다. 마찬가지로 화를 내는 것도 분위기를 깨뜨린다. 그리고 지금 화를 내는 것은 조금 성급하다는 느낌도 들었다.

인생 경험이 풍부한, 이런저런 실수를 해 왔던 선인의 이야기를 교훈으로 삼는 것은 아주 중요하다. 그 이야기를 들은 덕분에 지금 비교적 침착했다.

자, 그럼 건설적인 이야기를 해볼까?

"뭐 어쩔 수 없죠……. 그럼…… 이 숙박권으로 묵을 수 있는 숙소를 소개해 주실 수 있을까요? 이 동네 지리를 몰라서 알려주시면……."

"아, 아뇨, 저기……."

당황한 얼굴로 직원이 태블릿을 꺼냈다. 거기에는 여행 플랜이 적힌 숙소의 홈페이지가 떠 있었다.

요즘엔 이런 설명도 팸플릿이 아니라 태블릿으로 하는구나. 묘하게 최신 감성이다.

아니, 홈페이지라는 건 조금 옛날 감성인가.

“대단히 죄송하지만, 예약하신 플랜의 객실이 아니라, 이쪽의 다른 객실이라면 준비할 수 있습니다만…….”

괜찮으시다면 그쪽 객실을 준비해 드리겠습니다, 라는 말이 이어졌는데……. 이거, 괜찮은 거 맞아?

화면에 표시된 객실은 우리가 묵는 플랜보다 상당히 업그레이드된 플랜이었다. 객실도 넓고 호화로워 보인다.

나도 나나미도 다시 얼굴을 마주 보며 눈을 마주쳤다.

‘어쩌지?’라고 내가 눈으로 묻자, 나나미는 ‘예산도 빠듯하고 금액도 엄청 비쌀 것 같으니까 거절하자’라고 눈으로 말했다…… 아마도.

맞다. 언뜻 보니까 말도 안 되게 비싼 객실이었다.

“저기, 숙박권에 있던 플랜보다 더 비싸 보이는데요.”

“당연히 저희 쪽 과실이므로 추가 요금은 내지 않으셔도 됩니다.”

어? 그래? ……보통 그런 건 추가 요금이 들지 않나? 진짜로?

나나미도 깜짝 놀란 얼굴로 눈을 끔뻑였다. 일반적으로 추가 요금 없이 높은 등급의 객실에 묵을 수 있다면…… 행운 맞지?

타산적인 생각이긴 하지만…… 응, 그렇다면 문제없겠다 싶어 감사히 받으려고 하는데…….

"다만……."

앗, 역시 무슨 조건이 있나? 리뷰를 써달라거나, 뭔가 해야 한다거나, 객실 조건이 다르다거나…….

조금 걱정됐지만 나온 이야기는 그런 걱정과는 전혀 무관한 것이었다.

"젊은 두 분이신데, 더블 침대 객실이 아니라 트윈 객실이라…… 그 부분은 양해를 부탁드립니다."

"아, 괜찮습니다."

그러고 보니 커플이라고 미리 얘기했었지. 그 부분은 신경 쓰일만하니까. 네, 괜찮습니다. 더블이 아니라도 괜찮아요.

아니, 나나미…… 거기서 협상하지 마. 은근슬쩍 더블로 하려고 하지 마, 료칸 사람들도 곤란해하시잖아. 정말 여러 의미로 곤란하다.

자꾸 물고 늘어지려는 나나미를 달래며, 우리는 더 높은 등급의 객실에 머물게 되었다.

그 후 객실에 입실하기 위한 절차나 집에서 챙겨온 동의서 원본 등의 제출을 진행했다. 그 과정에서 양가 부모님께도 연락이 갔을 것이다.

역시 숙박 문제와 보호자 연락은 별개의 문제다. 그래서 숙소 직원분이 이번 일에 대해 간단히 설명해 주셨고, 그 뒤 전화가 우리에게 넘어왔다.

『좋은 객실이라면 최대한 즐기고 오렴.』

엄마에게 그런 격려의 말을 들었다. 나나미에게 이상한 짓 하지 말라며 한 번 더 단단히 못을 박는 것도 잊지 않았다.

응, 안 한다. 진짜로 안 해. 고급스러운 방에 객실에 묵었다고 해도 그건 그거고 이건 이거다……. 숙소에 폐를 끼칠 수는 없다.

나나미에게도 전화가 와서, 그녀도 토모코 씨에게 무슨 말을 들은 모양이었다. 힐끔힐끔 내 쪽으로 시선을 보내면서도, 조금 단호한 어조로 무언가 반박하고 있다.

토모코 씨, 또 나나미를 놀리고 있는 모양이다. 이번에는 먼 곳에 있으니까, 원격으로 놀리는 건 좀 자제해 주셨으면 좋겠는데.

필요한 절차도 전부 마친 뒤, 체크인하기엔 아직 조금 이른 시간이라 짐을 맡기고 어디로 갈지 고민하고 있는데.

객실에 들어갈 수 있다고 해서, 체크인 시간보다는 조금 빠르지만, 방을 안내받을 수 있었다. 그리고 지금에 이른 것이다.

일본식 방 베이스에 서양식 방이 딸린 상위급 객실. 이 방에서 쉬고 있기만 해도 할 것이 많아 보였다.

그레이드가 올라갔다는 건 설명을 듣고 알긴 했지만. 그래도 이 정도일 줄은 몰랐다. 역대 최고의 방이 아닐까? 나나미는 아까부터 반짝반짝 빛나는 눈으로 방 이곳저곳을 만지작거리고 있었다. 몰랐는데 족자 같은 것도 있다.

침대도 푹신해 보인다……. 료칸의 침구는 몸에 안 맞는 경우도 있는데, 이건 한눈에 보기에도 고급스러워 보였다. 그보다 료칸인데 침대가 있다니.

가볍게 손으로 침대를 눌러보았는데, 이렇게 푹신한 침대는 처음이었다. 부드럽지만 쿠션도 제대로 있었다.

적어도 우리 집 침대보다는 비싸겠지.

안내된 객실의 장소도 비교적 높은 곳이고…… 온천 료칸이라고 생각했는데, 이건 호텔이라고 하는 게 맞을까? 차이점이 뭐지……?

어라? 그러고 보니 나나미는 어디 갔지? 침대의 탄성을 확인하는 사이에 나나미가 방에서 사라져 버렸다.

"흐아…… 요신, 노천탕도 굉장해……! 호수 같은 것도 보여……!"

이런, 어느새 밖에 나가 있었던 모양이다.

베란다 같은 곳을 통해 밖으로 나오자 한쪽 전체가 온천으로 되어 있었다. 수전도 갖춰져 있고…… 이게 원천 카케나가시*라는 건가? 노천탕은 베란다와 약간 단차가 있어서, 조금 높은 곳에 탕이 있었다. 거기서 베란다 바깥 풍

*원천을 순환하지 않고 그대로 흘려보내는 방식의 온천.

경을 내려다볼 수 있는 모양이었다.

당연히 탕에 들어가진 않았지만, 나나미는 베란다에서 바깥 풍경을 바라보고 있었다.

나도 밖에 나가볼까 싶어 나나미의 뒤를 따라 밖으로 나갔다. 슬리퍼 같은 게 놓여있고, 그걸 신고 나가는 것 같았다.

오오, 경치가 정말 예쁘다. 저건 바다…… 아니, 여기는 내륙이라 바다는 안 보일 테니까 호수 같은 건가? 나나미도 호수라고 했고.

도시의 불빛도 희미하게 보여서, 절경이라 할 수 있는 경치가 펼쳐져 있었다.

구름 한 점 없는 파란 하늘에, 새하얀 눈으로 화장한 아담한 산들, 그리고 땅 위에는 푸른색 물……이 펼쳐져 있다. 물이라는 표현이 내 빈약한 어휘력을 드러내고 있지만.

겨울의 풍경은 왜 이렇게 아름다워 보이는 걸까?

아침에 탕에 들어가면 일출을, 저녁에 들어가면 석양에 물든 풍경을 보며 목욕할 수 있는 건가? 밤에는 야경을 보면서 노천탕을 즐기고…….

그러고 보니 예전에는 목욕할 때 차가운 것을 들고 가 홀짝이며 즐기던 시기가 있었다. 이 노천탕이라면 그 재미도 즐길 수 있을 것 같았다.

시원한 주스를 마시면서 풍경을 즐긴다. 응, 왠지 어른스러운 향유 같아서 그건 그거대로 재미있을 것 같다.

다만 그 방식은 혼자 있을 때 즐길 수 있는 방식이니까, 둘이 하기엔 난이도가 높았다.

여러 의미로.

"……바로 들어가 볼까?"

"어? 아니…… 지금?"

노천탕을 힐끔 바라본 나나미가 내게도 시선을 보냈다. 탕에서는 김이 모락모락 나고 있어 주위와의 기온차가 느껴졌다.

그때, 휘잉 하고 찬 바람이 불어와 우리의 뺨을 스치고 지나갔다. 갑자기 불어온 찬바람에 우리는 동시에 몸을 떨고 말았다.

추운 날씨에 온천에 몸을 담그는 것도…… 기분 좋을 것 같다.

그건 그렇고 예정에 없던 객실에서, 예정에 없던 제안이 들어왔다. 목욕은 대욕장에서 할 생각이었기에, 여기서 바로 입욕을 하게 될 줄은 몰랐다.

아니, 아니다. 왜 들어간다는 전제로 생각하는 거냐, 나는. 그러면 안 되잖아. 일단 진정하자.

"……그건 안 되지. 침대도 트윈이고. 무슨 일이 생기면 료칸에도 폐가 되고, 부모님께 연락도 갈 테니까."

"뭐, 보통은 그렇겠지…… 하지만 생각해 봐, 요신…… 침대라면 흔적이 남지만, 탕이라면 남지 않잖아……?"

"탕에서 뭘 할 생각이야?!"

"뭐야, 내 입으로 말하게 하려고? 변태……."

윽……?! 여기서 반박하면 내가 지는 느낌, 아니, 더 큰 화를 부를 것 같은 기분이 들었다. 정작 야한 생각을 하는 건 나나미인데 내 탓으로 돌리다니…….

나는 상황을 얼버무리듯 노천탕 너머의 경치로 시선을 옮겼고, 거기서 경치를 보기 위해 베란다의 가장자리로 이동했다.

노천탕 끝에는 투명한 유리 난간이 설치돼 있어 그 이상은 갈 수 없게 되어 있었다.

다만 거기서 보는 바깥의 경치…… 구체적으로 말하면 아래쪽도 꽤 잘 보이는데…… 잠깐, 높다. 꽤 높다.

잠깐만, 너무 높아서 살짝 무서운데.

이런, 가까이 가니까 진짜로 무서워졌다. 높은 곳에 있다는 자각이 공포심을 더욱 증가시켰다. 살짝, 아주 살짝만 뒤로 가자.

천천히 뒤로 물러서는데, 그래도 좀 무서웠다. 설마 이렇게까지 높을 줄은 몰랐다.

"……요신, 혹시 무서워?"

"아, 아니?! 그, 그렇지는……."

아니, 무섭다. 진짜 무섭다. 높다는 걸 의식하니까 순식간에 무서워졌다.

순간적으로 허세를 부려보려 했지만, 나나미는 내가 겁먹었다는 것도 다 알고 있겠지……. 그럼 허세를 부려봤자 소용없다.

“응, 조금 무서웠어. 이렇게 높을 줄은 몰랐는데…….”

“아하하, 그럼 여기 노천탕에 들어갈 때는 같이 들어가 줄게.”

“아직도 포기 안 한 거야? 들어가지 않는다는 선택지는…….”

“없는데?”

없습니까. 괜찮은 겁니까, 나나미 씨.

나로서는 같이 들어가는 나보다는 나나미가 폭주하지 않을까 걱정인데. 분명 먼저 유혹해 놓고 자폭하겠지.

그런 내 걱정을 아랑곳하지 않고, 나나미는 그러면 해 질 녘 경치를 보면서 들어가자며 이런저런 말들을 늘어놓았다.

네네, 알았으니까 일단 방에서 좀 천천히 쉬고 나서 구경이나 나가자.

떼를 쓰는 나나미의 등을 토닥이며 베란다에서 방 안으로 들어가려는 순간, 나나미가 걸음을 딱 멈췄다.

“앗…….”

"응? 왜 그래, 나나미?"

뭔가를 깨달은 듯한 그 반응에 나도 모르게 흠칫 놀랐다.

돌아본 나나미는 어딘가 아쉬운 눈빛으로 노천탕을 바라보았다. 그리고 그 시선을 내게로 옮겼다가, 마지막엔 자기 자신을 바라본다.

자기 몸을 내려다본 나나미는 정말 안타깝고 아쉬운 얼굴로 중얼거렸다.

"혼욕할 수 있을 줄은 몰라서…… 수영복 안 가져왔어."

"겨울이니까 보통은 없지……."

바다나 수영장에 들어갈 계획도 없었으니…… 당연히 수영복을 가져왔을 리가 없다. 여름이었으면 갖고 왔겠지만.

그런가. 그래. 나나미는 노천탕에도 수영복을 입고 들어갈 생각이었구나.

그래, 그래. 확실히 혼욕한다면 수영복을 입고 함께 들어가는 게 최선이겠지.

알몸이 가능할 리가 없다. 역시 그건 너무 턱이 높다.

나나미가 '함께 들어가는 건 어렵겠다' 하고 체념했다. 다행이다, 나나미가 순순히 포기해서.

뭐? 아니, 실망하지 않았다. 진짜 실망 안 했다.

안 했으니까, 그렇게 히죽히죽 웃지 말라고, 나나미 씨.

◇◇◇◇◇◇◇◇◇◇

여름 방학과 달리 겨울 방학은 길기 때문에, 할 수 있는 게 많지만…… 그래도 겨울은 여름보다 제한되는 것이 많았다.

이 제한은 대부분 강설에 의해 생겨난다.

여름에는 바다, 산, 자전거, 스포츠 등 할 수 있는 것이 많지만, 겨울에는 바다도 산도 쉽지 않다.

물론 설산 등반은 가능하겠지만, 그런 건 고등학생이 하기엔 좀 힘들 것 같다는 것이 내 소감이었다.

그 밖에도 겨울은 날씨의 영향을 많이 받는다. 눈보라가 치기라도 하면 아무리 즐거운 레저라도 순식간에 위험한 상황으로 돌변한다. 그 점은 여름 바다도 마찬가지지만.

스키나 스노보드 같은 것도 제대로 기초를 익히지 않으면 골절 등으로 여행의 즐거움이 엉망이 될 위험이 있었다.

장비 같은 것을 갖추려면 돈도 제법 들고…… 이런 부정적인 이미지는 내가 스키 같은 종목을 잘 타지 못한다는 것에서 비롯된 것이지만.

나처럼 겨울 관련 스포츠에 적합하지 않은 인간은 여행에서 관광하거나 음식을 먹는 것이 안전하고 훨씬 즐겁다.

……뭐, 여담이지만 겨울 방학이 끝난 뒤엔 스키와 관련된 수업이 있다고 한다…… 그건 좀 우울했다. 하지만 동시에 기대가 되기도 했다. 스키복을 입은 나나미를 볼 수

있기 때문이다……라고 하면 너무 속 보이는 이야기인가.

스키복을 입은 여성은 평소보다 3배 더 매력적으로 보인다는 이야기를 들은 적이 있는데, 나나미의 매력도는 얼마나 올라갈까 궁금해서…….

아니, 3할이었나? ……뭐, 매력이 올라간다는 점에서는 변함이 없으니까. 우울한 스키에 대한 동기 부여는 이런 식으로 올릴 수밖에 없을 것 같았다.

다시 본론으로 돌아와서, 겨울 관광. 겨울 관광이다.

겨울의 관광은 여름과는 또 다른 멋이 있다. 겨울에는 겨울에만 볼 수 있는 풍경이 있고, 그것이 지금…… 우리가 보고 있는 풍경이다.

"배 위에 서 있으니까 왠지 노래하고 싶은 기분이야."

"배에서 노래……? 그런 드라마가 있었나?"

우리는 갑판 위에서 바람을 맞으며 겨울 바다를 가로지르는 배 위에 있었다.

찬바람이 뺨을 스쳤다. 기온이 낮은 탓인지 몰아치는 바람이 너무 차가워서 나도 나나미도 딱 달라붙어 있었다.

하지만 동상을 입을 정도는 아니고, 피부에 닿는 서늘한 공기가 묘하게 기분 좋았다. 너무 오래 있으면 동상을 입을 것 같긴 하지만.

숨을 들이마시자, 바닷바람 특유의 냄새가 콧속을 가득 채웠다. 추워서 그런지 불쾌한 느낌은 전혀 없고, 상쾌한 느낌 마저 들었다.

웅웅거리는 배의 엔진 소리와 파도 소리만이 들려왔다. 일정한 리듬은 아니지만, 듣고 있으니 어쩐지 몸을 움직이고 싶어졌다.

"요신은 뱃멀미 괜찮아?"

"언젠가 말했던 대로, 나는 멀미는 한 번도 해본 적 없어. 배도 괜찮은 것 같아. 나나미는 괜찮아?"

"괜찮은 것 같아……. 생각보다 흔들리긴 하는데, 바람이 상쾌해."

찬바람을 맞으며 우리는 배의 갑판에서 주위의 경치를 바라보았다. 주위에는 물 말고는 아무것도 없다. 그저 배는 바다를 가르고 나아갈 뿐.

여름 바다와 달리 보기만 해도 물의 차가움이 느껴졌다. 지금 여기 떨어지면 분명 순식간에 얼어붙겠지.

심장은 물론이고 온몸이 얼어버릴 것 같다.

언뜻 보기엔 좀 쓸쓸해 보이는 풍경인데, 여기저기서 다양한 종류의 새들이 날고 있었다.

저건…… 갈매기가 아니라 수리인가? 꽤 크다. 커다란 새가 하늘을 나는 모습은 왜 저렇게 멋진 걸까?

마치 이 배를 인도하는 것처럼 새들이 앞장서서 날아가고 있었다.

오늘은 날씨도 좋고 구름 한 점 없는 파란 하늘 아래 푸른 바다가 끝없이 펼쳐져 있었다.

"아, 저건가……?"

"아, 조금씩 보인다……."

구름 한 점 없는 하늘에 찬란하게 쏟아지는 햇살. 햇빛은 따뜻하지만 배에 불어오는 바람은 몸이 조여들 정도로 차가웠다.

그런 하늘과 마찬가지로 끝없이 이어지는 푸르고 차가운 바다 위에…… 구름 같은 하얀색의 무언가가 보이기 시작했다.

배가 나아갈수록 점점 늘어나더니 이윽고 푸른 바다를 하얗게 물들였다.

하얀색의 무언가는 차가운 냉기를 내뿜고 있어, 마치 김처럼 보이는 연기가 어른거렸다. 바다에 뜬 그것은 배의 움직임을 따라 이리저리 흔들렸다.

"이게 유빙이구나. 처음 봤어."

"생각했던 것보다 적은데? 아니, 아직 더 있구나."

그렇다. 우리가 보러 온 것은 가득히 먼 곳에서 겨울 바다를 건너 여기까지 내려온 유빙이었다.

1박 2일의 여행. 세간에서 보기엔 짧은 여행이라고 할 수 있지만, 고등학생인 우리에게는 꽤 큰 이벤트였다.

그래서 그곳에서만 볼 수 있는 것을 보자는 이야기가 나왔고, 나나미와 이것저것 알아본 결과 정한 것이 바로 이

유빙 견학이었다.

투어라기보단, 하루에 몇 번씩 운행하는 배를 타고 유빙을 보러 가는 것뿐이라 참여 자체도 부담이 없었다.

다만 유빙 시즌 초입이라 꽤 일정이 아슬아슬하긴 했다.

만약 이번 배를 못 타더라도 다음 배를 타면 되긴 하지만. 그래도 아슬아슬하게 탈 수 있었다는 건…… 운이 좋았다는 거겠지.

"우와, 점점 늘어난다."

"진짜네…… 어? 저게 유빙이야? 지면이 이동하는 게 아니라?"

배가 나아갈수록 점점 더 유빙…… 하얀 대지 같은 얼음덩어리가 늘어갔다. 멀리서 보면 정말 땅으로밖에 보이지 않았다.

배는 서서히 밀집된 유빙으로 다가갔고, 그 유빙들을 정면에서 거침없이 파고들어 돌진했다.

굉음을 내는 배의 엔진 소리와 물을 가르는 파도 소리, 그리고…… 배와 충돌한 유빙이 부서지는 듯한 소리가 들려왔다.

"어? 잠깐만. 얼음 땅에 이 배를 밀어붙이려고 하는 것 같은데?"

"……그러고 있네."

당황한 얼굴로 소리치는 나나미의 말에, 나도 등줄기가

살짝 서늘해졌다. 어? 이거 진짜로…… 돌진하는 건가?

눈앞에 펼쳐진 새하얀 유빙은 군데군데 갈라져 있긴 했지만 꽤 밀집해 있었고, 여유롭게 걸어 다닐 수 있지 않을까 싶을 정도로…… 대지만큼이나 넓은 장소였다.

얼핏 보면 배가 육지를 향해 돌진하는 것처럼 느껴져서 우리는 저도 모르게 손을 맞잡았다.

시각적으로는 꽤 무서웠다.

그래도 괜찮은 거 맞지……? 괜찮은 거지? 속으로 살짝 겁을 먹으면서도 나나미를 안심시키려는 듯이 손을 잡았고…….

……그리고 배는 그대로 돌진했다.

나도 나나미도 나도 모르게 소리를 지르고 말았다. 주위에 있는 우리 이외의 손님들도 환호성이나 비명을 지르고 있었다. 알고 탄 사람과 모르는 사람의 반응이 갈리는 거겠지.

돌진하는 순간, 배가 크게 튀어 오르며 기울어진…… 것처럼 느껴졌다.

손을 잡고 있어서 정말 다행이다. 부딪히는 순간 나나미의 손에도 힘이 꽉 들어갔으니까. 물론 실제로 그렇게 크게 흔들린 건 아니었겠지만.

그래도 평소에는 느껴본 적 없는 흔들림이었다. 금속성 섞인 소리와 진동, 그리고 가로, 세로 사방에서 흔들림이

한꺼번에 몰아쳤다.

놀이공원의 롤러코스터에서도 느껴본 적 없는 감각이었다.

"나나미, 괜찮아?"

"응, 괜찮아. 엄청 흔들렸네……. 깜짝 놀랐어."

주변의 가족들도 흔들린 배에 각자 다른 반응을 보이고 있었다. 아이들은 '또 또!'라면서 들떠 있었다.

놀랍게도, 돌진한 배가 유빙을 갈라버렸다.

어떤 구조인지는 모르겠지만, 이 배는 유빙을 가로질러 계속 나아가는 모양이었다.

유빙 견학이라길래 그저 선상에서 멀리 떠 있는 유빙을 바라보는 거라고 생각했는데…… 설마 이렇게 직접적으로 파고들 줄은 몰랐다.

"앗……."

"응?"

배는 돌진하고, 흔들림도 계속 지속됐지만 그것에도 비교적 익숙해졌다. 패턴이 있다고 할까…… 한번 올라갔다가 내려오고, 흔들린다.

일정한 리듬으로 얼음을 부수면서 가는 것 같았다. 아마 이런 상태에서도 나아갈 수 있는 구조로 되어 있는 거겠지.

"아아, 흔들린다~."

그 작은 흔들림에 맞춰, 나나미가 일부러 큰소리로 중얼거리며 나에게 몸을 기대왔다.

배 위에서는 위험하기 때문에 나도 받쳐주긴 했지만, 그런 것치고는 나나미의 체중이 거의 느껴지지 않았다. 뭐, 일부러 그런 거겠지…….

내가 조금 가늘게 뜬 눈으로 나나미를 바라보자, 나나미는 혀를 쏙 내밀었다.

보아하니, 조금이라도 자연스럽게 달라붙을 타이밍을 엿보고 있었던 모양이다. 주위 사람들은 유빙에 정신이 팔려서 우리에게는 눈길조차 주지 않았다.

우리와 마찬가지로 갑판에 나와 있는 사람들은 몸을 내밀거나 사진을 찍고 있었다. 가족이나 커플로 온 사람들도 마찬가지다.

유빙을 보면서 이렇게 붙어있는 건 우리 정도……일까.

아니, 꽤 가까이 붙어서 보는 사람들도 있다. 선상은 꽤 춥기도 하고, 붙어있는 편이 더 따뜻하니까.

그러니 뭐, 우리가 이러고 있는 것도 전혀 이상하진 않다는 뜻인데…….

"에헤헤, 따뜻해."

"……안 춥게 잘 껴입고 왔잖아."

"에이, 그런 말이 아니잖아."

응, 알아. 알고 있다. 그냥 조금 짓궂게 굴어보고 싶었을 뿐이다. 그러니까 볼 잡아당기지 마.

자, 유빙 보자, 유빙.

"그러고 보니, 유빙 위에 바다표범이 올라타 있는 경우도 있다던데."

"바다표범? 야생에서는 본 적 없는데. 유빙에 올라온다는 거야? 그거…… 조난 아닌가?"

"아니, 바다 생물이잖아…… 수영할 수 있으니까 괜찮지 않을까?"

그런가. 하지만 머나먼 바다에서 유빙에 올라타 여기까지 왔다고 하면, 아득한 여정을 온 셈이잖아?

그때, 주위 사람들에게서 와아, 하는 큰 환호성이 터졌다. 뭐지? 뭐 신기한 거라도 있었나?

"아, 저기 봐봐. 저거 아냐? 바다표범…… 우와, 귀여워……."

사람들 시선이 모인 곳을 나나미가 가리키자, 참깨 같은 점이 나 있는 바다표범 한 마리와, 하얗고 몽실몽실한 작은 덩어리가 보였다. 저 하얀 게 아기 바다표범인가……?

언뜻 보면 하얀색이라 얼음덩어리처럼 보이는데…… 아, 움직인다.

뒤뚱뒤뚱 움직일 때마다 환호성이 터져 나온다.

새하얀 털 뭉치 가운데쯤에 까만색 점이 세 개 보인다…… 눈과 코겠지? 멀리서 보니 신기한 생명체처럼 보이기도 했다.

복슬복슬한 하얀 털을 가진 그 녀석은 우리에게는 관심도 없는지…… 아니면 배가 멀리 있어서 안심하는 건지, 완전히 마이페이스다.

동물원의 동물처럼 여길 보지도 다가오지도 않는다. 정말 야생동물 그 자체였다.

“큰 얼음덩어리 위에 있는 걸 보니, 멀리서 온 애들일까? 아니면 이 근처에 사는 애들인가?”

“아, 그러게. 생각해 보니 이 근처에도 바다표범이 산다고 그랬지. 그럼 그렇게 긴 여행을 한 건 아닐 수도 있겠네.”

움직이는 두 마리의 바다표범을 보고 있으니, 왠지 모르게 마음이 포근해졌다. 꽤 다정해 보이고, 한쪽이 작으니까 아마 부모와 새끼겠지?

유빙 위에서 드러눕기도 하고, 이리저리 옮겨 다니기도 한다. 정말 움직이는 털 뭉치였다.

“뭐, 두 마리라면 외롭지 않겠지.”

먼 곳에서 한 마리만 왔다면 왠지 쓸쓸해 보였을 텐데, 저렇게 다정하게 둘이 있으니까…… 응, 안심되네.

동물도 외로움을 탄다고 하니까. 바다표범도 그런 게 있지 않을까. 그러니까 둘이 꼭 붙어있는 걸 테고.

어쩌면 새끼를 돌보는 중일지도 모르지만. 체격 차이도 있으니까.

“괜찮아, 괜찮아, 어딜 가더라도 내가 함께 있을 테니까.”

갑자기 나나미가 한 말에 나는 눈을 깜빡였다. 혼자라면 쓸쓸할 것 같다고 생각했고, 그 모습을 자기 모습과 살짝 겹쳐 보긴 했지만…….

말로 꺼내지도 않았는데, 나나미는 이미 눈치챈 모양이었다.

"……어떻게 알았어?"

"그런 얼굴을 하고 있었거든."

배시시 웃으며 하는 나나미의 말에 나는 입술을 살짝 삐죽였다. 설마 이런 것까지 들킬 줄은 몰랐는데.

문득 정신을 차리니, 우리가 보던 풍경에서 아까 그 바다표범이 사라졌다. 혹시 바다로 잠수했나?

어디론가 가버린 게 조금 아쉬워서 난간 위에 올려둔 손에 힘을 주자, 나나미가 내 손을 잡아 주었다.

배는 유빙을 헤치며 나아갔다.

깨닫고 보니 눈에 들어오는 것은 끝없이 펼쳐진 유빙뿐이다. 마치 새하얀 대지 한가운데 있는 기분이었다. 바다가 드러난 부분이 더 적어 보일 정도다.

정말로 끝없이…… 수평선 너머까지 유빙으로 가득 덮여있었다. 먼 곳에는 다른 배도 보이고, 천천히 유빙 사이를 가로지르고 있다.

다른 배들을 보자, 우리가 가는 길은 이 광대한 곳의 극히 일부구나 하는 실감이 들었다. 마치 영원히 계속되는 길 같았다.

이것이 머나먼 바다에서 흘러온 것이라니 믿기지 않았다. 건물이 있어도 이상하지 않을 풍경이었다.

돈을 내면 이 유빙 위를 걸어볼 수도 있다고 하던데, 꽤 비싼 편이었다. 전용 장비 준비가 필요하기 때문이다.

만일에 대비해 빠졌을 때를 대비한 잠수복 같은 것들……. 반대로 말하면, 그런 준비를 하지 않으면 유빙 위는 걸을 수 없다는 뜻이었다.

혼자 장비 없이 걸어 다니는 사람도 있는 것 같지만, 사고라도 나면 정말 웃지 못할 상황이다. 안전이 최우선이다. 여기서 목숨을 걸 필요는 없었다.

여행에 와서 일부러 트러블을 만들 필요는 없다. 여행지에서 부끄러움은 필요 없다는 말도 있지만, 애초에 굳이 당하지 않아도 될 창피는 처음부터 당하지 않는 편이 낫다.

……그래도 살짝 걸어보고 싶긴 하다. 그보다 배에서 바로 내려가도 평범하게 걸을 수 있지 않을까 하는 착각이 들었다.

무모함이라기보단, '난 괜찮겠지'라는 자만 때문에 발을 디디는 걸지도 모르겠다. 바다표범이나 새들이 올라타 있는 걸 보면 더더욱 그렇게 느껴진다.

나라면 괜찮아, 하고…… 난 절대 안 할 거지만.

"다음에 왔을 땐 유빙 위를 걸어보고 싶다. 바다표범을 만져볼 수도 있으려나?”

“먼 곳에서 보는 것만 가능하지 않을까? 그래도 다음에 오면 해보자. 다음에는 언제 올 수 있으려나. 벌써 다음 얘기를 하기엔 좀 이르긴 하지만…….”

“졸업 여행이나, 시험 끝난 뒤……?”

“그때는 면허를 따서…… 차로 오고 싶다.”

나나미와 장거리 드라이브를 해도 재미있지 않을까. 그때는 오늘 갔던 추억의 장소들을 따라가 봐도 좋고, 예전에 여행 갔던 곳을 다시 들르는 것도 좋을 것 같았다.

하루에 다 돌아볼 수 있는 거리는 아니니까 둘 중 한 곳만 갈 수 있겠지만…… 적어도 활동 반경은 넓어지고, 할 수 있는 일의 선택지도 많아질 것이다.

물론 그때는…….

“하룻밤 숙박으로…… 말이지.”

내 생각을 앞서 읽은 것처럼, 나나미가 작게…… 내게만 들릴 정도로 작은 목소리로 중얼거렸다. 그 작은 목소리마저 곧 배의 소리에 묻혀 사라졌다.

유빙이 부서지는 소리, 물과 얼음을 가르는 소리만이 울려 퍼졌다.

방금까지 내 손 위에 포개져 있던 나나미의 손은 이미 떨어져서, 난간 위엔 내 손만 남아있었다.

무언가를 기다리는 듯한 그 시선을 받고, 나는…….

"그래, 자고 오자."

말이 끝나기가 무섭게 나나미는 내 팔에 자기 팔을 끼우며 꼭 안았다. 정신을 차려보니, 내 손은 난간에서 떨어져 있었다.

뒤를 돌아보자 배가 지나간 자리에는 유빙이 완전히 사라지고 바다가 드러나, 우리가 지나온 길이 선명한 궤적처럼 남아있었다.

이렇게 깔끔하게 지나간 흔적이 남는구나……. 마치 길 같기도 하고, 바다 위에 선을 그은 것처럼 보이기도 했다.

"왠지 과거와 현재와 미래의 이야기 같아."

"무슨 말이야?"

"전에 비슷한 얘길 들은 적이 있어. 이 배의 궤적이 과거이고, 배에 있는 우리가 현재. 그리고 유빙 너머가…… 미래라고."

"시적인 표현이네."

이상해? 하고 묻자, 나나미는 '난 좋아'라며 웃어주었다. 그건 무슨 이야기였더라? 기억은 잘 나지 않지만, 문득 그런 이야기가 떠올랐다.

유빙은 아름답지만 냉혹하기도 한 거친 자연이었고…… 배는 그런 유빙을 부수며 앞으로 나아갔다.

이런 식으로 미래도 잘 헤쳐 나갈 수 있으면 좋겠다.

내가 할 수 있을까? 그런 이야기를 나나미와 나눴다.

"할 수 있어, 나도 있으니까. 왠지 할 수 있을 것 같아."

"그렇구나. 그거…… 든든하네."

근거는 없지만, 나나미와 함께라면 뭐든 할 수 있을 것 같은 기분이 드니 참 신기했다. 마치 무적이 된 것 같은 착각이 들었다.

우리를 태운 배는, 유빙을 부수며 계속 나아갔다.

◇◇◇◇◇◇◇◇◇◇◇

관광은 원래 하루에 그렇게 많은 곳을 돌아볼 수 있는 것은 아니었다. 학생 신분으로는 한 곳만 가도 성공한 편이었다.

내가 운전을 할 수 있었다면 더 많은 곳을 갈 수 있었을지도 모르지만, 없는 것을 바랄 수는 없으니까.

애초에 지금도 타임 스케줄을 치밀하게 짜고, 이동 시간까지 계산에 넣어서 빼곡하게 계획을 세우면…….

아마 여러 곳을 돌아볼 수는 있었을 것이다.

하지만 그렇게 되면 일정이 너무 빡빡해서 별로 재미가 없을 것 같단 말이지.

전문가가 짠 계획도 아니니, 제대로 된 투어처럼 잘 굴러가기도 어려울 것이고.

그러니 관광이란 건 여유를 갖고, 지나치게 빡빡하지

않게, 조금 여유로운 정도가 딱 좋다고 생각한다.

너무 녹초가 되면, 그 뒤가 힘들기도 하니까.

그래도 오늘은 정말 많은 것을 본 기분이었다. 평소엔 볼 수 없는 것을 보고, 평소엔 할 수 없는 체험을 했다.

그것이 관광의 묘미였다. 학생 신분인 우리에겐 이것도 일종의 수학여행과 비슷할지도 모른다.

그렇게 새로운 것을 배운 우리 두 사람이, 지금은 뭘 하고 있느냐 하면…….

"오늘 밤엔 뭘 먹을까……?"

"뭐가 좋을까…… 아, 슬슬 온천에 가볼까……?"

"대욕장……? 좋지, 대욕장. 다리도 쭉 뻗을 수 있고, 넓고."

"그치…… 역시 객실에 있는 노천탕은…… 용기가……."

호텔 방에서 한창 여유로움을 즐기는 중이었다.

게다가 침대에 누워있는 것도 아니고, 다다미 위에 대자로 뻗고 누워있었다.

제법 흐트러진 자세라, 치마를 입은 채 대자로 누운 나나미는 치마가 말려 올라가 속옷이 보일 듯 말 듯 했다.

보일 듯하지만 안 보이는, 감질나는 상황이다.

감질난다니, 뭐냐 나. 보고 싶은 거냐. 보고 싶긴 한데. 하지만 뭔가, 이런 상태에서는 보인다고 해도 별로 기쁘지 않을 것 같았다.

나도 나대로, 평소에는 할 수 없는 다다미 위 뒹굴기를 만끽하고 있었다.

평소엔 마루나 카펫이었기에 촉감이 달라서 새로웠다. 다다미에 누워있는 거 좋다…… 다다미방, 갖고 싶다.

그러고 보니 이렇게 마음 놓고 누워있는 것 자체가 오랜만인 기분이었다. 팔도 다리도 힘을 쭉 빼고 한없이 누워있는 것.

그렇다고 해서 졸린 것은 아니고, 정신은 또렷했다.

나도 나나미도 서로 스마트폰을 만지지도 않고, 아무것도 하지 않은 채 가끔 한마디씩 짧은 대화를 나눴다.

평소처럼 느긋한 시간이지만 평소와는 조금 다른…… 방이 넓으니까 가능한 시간인 거겠지.

어쩌면 여행에서 가장 호사스러운 순간은 관광 중이 아니라, 이렇게 방에서 늘어져 있는 시간일지도 모른다.

나나미가 자세를 바꾸며, '빙글' 하는 소리가 들려올 것 같은 움직임으로 몸을 뒤집었다.

방금까진 천장을 보고 있었는데 이젠 엎드린 자세……. 곁눈질로 보니, 나나미의 커다란 그것이 다다미에 눌려 있었다.

……굉장한 광경이다.

"치마가 말려서 보일 것 같은데……."

"오늘 귀여운 거 입었으니까 괜찮아……."

대화는 거의 의식의 흐름에 따라 이어지고 있었다. 뭐가 괜찮은 건진 모르겠지만, 그 대답에 난 '그렇구나……' 하고 대답했다.

그렇게 드문드문 이어지는 대화 사이로 가끔 말이 끊기고 조용한 시간이 흐르는데…… 이상하게도 어색함은 없었다.

"애초에 요신이 보고 있던 건 이쪽이잖아, 가슴골……."

……정정, 조금 어색해졌다.

어째서 들켰지? 아니, 그게…… 옷깃 사이로 보이는 게 너무 굉장해서 그만…….

나나미가 손가락으로 가리킨 곳은 정확히 옷깃 부분…… 열려 있는, 문 같은 부분이었다. 이걸 문이라고 표현해도 될지는 모르겠지만.

"이것도 '남대문'이라고 하는 건가……?"

"그건 아닌 것 같아……."

그보다 엄청 옛날 말을 알고 있네. 난 아빠가 예전에 말한 적이 있어서 알고 있긴 한데. 애초에 그거 남성에게만 쓰는 표현 아니었나?

여성 버전의 남대문은…… 아니, 더 말하지 말자.

나나미는 요령 좋게 고개만 까딱여서 자신의 가슴팍을 내려다보더니, 내 쪽을 보며 손가락을 가리킨 포즈 그대로 귀엽게 고개를 갸우뚱한다.

"눌린 가슴을 봐도 재미없지 않아……?"

"그건 그거대로. 아니, 재미의 문제가 아니라 본능적으로 눈이 가는 거라……."

"왜 말끝을 흐리는 거야? 다시 말해 요신의 본능이라는 뜻? 꺄악~ 야한 남친한테 덮쳐진다~."

"안 해, 안 해……. 나나미도 가끔은 일부러 보여줄 때 있잖아? 나보다 더 야해."

"여친한테 야하다고 하다니 실례야. 근데 정말 요신은 가슴을 좋아하지…… 가슴성애자……."

"거긴 '남자'가 아니라 '나'라고 하네……. 아니, 그야 나나미 거니까 당연하지……."

"그렇구나…… 내 거라서 좋은 거구나…… 그럼 내 엉덩이도 좋아……?"

"좋아……."

아니, 이게 무슨 대화야. 재미는 있지만, 엄청 재미는 있는데 엄청 바보 같다. 아니, 진짜로 바보 같은 대화잖아.

바보 커플 같은 게 아니라, 진짜 둘 다 바보가 된 상태에서 하는 대화 같았다.

정신이고 뭐고 다 풀어져서, 영원히 이어갈 수 있을 것 같으면서도, 바보 같고 어이없는 대화였다. 그래도 재밌었다.

나나미도 그것을 자각하고 있는지, 어깨를 들썩이며 웃

고 있었다.

이대로 대화를 계속하면 서로 녹아내리지 않을까. 돌아올 수 있을까.

그건 안 되겠다고 생각했는지, 나나미는 한 번 크게 소리를 내더니 엎드린 채로 두 손을 바닥에 짚고 쭉 몸을 뻗었다.

중력에 져서 내려간 옷자락, 그리고 그 사이의 틈새로 보이는, 역시 중력에 져서 내려온 커다란 두 개의 무언가.

너무 빤히 보는 건 실례겠지만 나도 모르게 시선이 갔다.

팔굽혀펴기 같은 자세가 된 나나미는 그 자세 그대로 탄력을 줘서 벌떡 일어났다. 굉장하다. 지금 상체의 탄성만으로 일어선 거야?

믿기 힘든 움직임에 잘못 본 건가 싶어 무심코 눈을 비볐다. 천장을 보고 누운 내 눈엔 일어나 있는 나나미가 거인처럼 보였다.

그대로 거인처럼 휘청이는 걸음으로 내 쪽으로 다가오더니…… 내 허리 부근 사이에 양발을 대고 걸치듯 섰다.

자연스레 난 나나미를 올려다보는 각도가 됐는데, 얼굴은 살짝 그늘에 가려 표정이 잘 보이지 않았다.

아니, 얼굴이 가슴에 가려져 있다.

키가 큰 사람은 발끝이 안 보인다는 말을 들은 적이 있는데, 그걸 의외의 방식으로 체험하게 될 줄이야…… 압도

적이다.

아래에서 올려다보는 각도가 혹시 제일 굉장한 건 아닐까……?

난 사실 이대로 계속 뒹굴고 싶었지만, 계속 이러고 있을 수는 없으니까. 나나미도 그래서 일어선 거라 생각했다.

근데 나를 사이에 두고 선 것을 보니, 그런 것이 아닐지도 모르겠다. 그렇다면 여기서 뭘 하려는 거지……?

나나미는 여전히 침묵한 채로, 치마 끝을 집어 들더니…… 내 허리 쪽으로 천천히 허리를 내렸다.

스쾃처럼 무릎을 굽히고 느리게 내려오는 모양새가…… 묘하게 야하다.

어? 노리고 한 거야?

느리게 움직이며, 단번에 푹 앉지 않는다. 하긴, 갑자기 쿵 하고 앉아버리면 허리가 나갈 테니까…… 나도 대미지를 받을 테고.

숨을 죽인 채 지켜보는 사이, 천천히 내 허리께에 나나미의 하반신이 닿았다. 온기와, 약간의 무게, 그리고……

부드럽다…….

음, 치마가 사이에 있으니까 속옷이 직접 닿는 건 아니지만, 엉덩이는 닿아 있었다.

부드럽고, 따뜻하고, 기분 좋은 무게다.

천장을 보고 있는 탓에 더더욱 허리와 배 쪽에 느껴지는 감각이 생생했다.

아니, 그보다…… 시각적인 자극이 장난 아닌데.

"이쪽에 올라타는 건 처음이지?"

"……그랬나?"

있었던 것 같기도 하고, 없었던 것 같기도 하고…… 업어준 적은 확실히 있었지만.

"음…… 요신이랑 한 건 다 기억하고 싶은데, 드문드문 기억하지 못하는 내가 원망스러워."

"나도 그러고 싶지만, 그건 좀 힘들지……."

나도 나나미랑 한 것은 전부 기억하고 싶지만, 현실적으로는 잊는 것도 있었다.

처음 함께한 일이나 큰 사건들은 거의 다 기억하는데, 세세한 부분은 서서히 희미해진다.

그래서 사소한 일도 매번 새롭게 느껴지는 걸까?

"인간의 기억은 역시 임팩트가 없으면 잊는 걸까? 요신도 내가 허리에 올라타는 정도는 이제 익숙해진 건가……."

"누가 들으면 오해하겠네."

나나미가 웃으며 내 배 부근에 양손을 올렸다. 올릴 때 일부러 두 팔로 가슴을 끼우듯 모아서 그곳을 강조한다.

옷도 단정히 입었고 옷매무시 하나 흐트러뜨리지 않았는데, 왜 이렇게 섹시해 보이는 거지? 아니, 대답은 굳이 말 안 해도 알겠지만.

"흠, 가슴 임팩트 정도로는 이제 요신의 기억에 남을 수 없는 건가?"

"아니, 이것도 엄청난데? 오늘 엄청 공격적이네?"

여기서 그런 건 할 수 없으니까, 좀 봐주면 좋겠는데. 장소를 바꾼다고 해서 할 수 있는 건 아니지만.

애초에 내가 익숙해졌다기보단 나나미가 그런 쪽에 대한 거부감이 줄지 않았나?

단순히 익숙해진 건지, 아니면 누군가의 악영향 때문인지는 모르겠지만…….

"코토하가 남자에게 바로 먹히는 유혹 포즈를 알려줬거든."

아 그렇겠지, 이런 결말일 줄 알았다. 또 그 뚱한 반장이겠지. 아니, 이젠 뚱하지는 않고 아니고 제법 말도 많이 하지만.

도대체 어떤 유혹 포즈를 배웠는지 엄청나게 궁금하다.

"부탁이니까 그 뚱한 반장 말은 걸러 들어……."

"코토하가 그러더라. 남친이 생겼으니까, 이제부턴 대놓고…… 모드로 간다고……. 그…… 응."

"대놓고…… 뭐?"

갑자기 나나미 목소리가 작아져서, 대놓고 뒤에 나온 말은 거의 안 들렸다. 남친 생긴 걸 공개적으로 알리고 다닌다는 뜻인가? 어차피 이미 거의 다 아는 사실인데, 새삼스럽지 않나?

무심코 고개를 갸우뚱하자, 나나미가 얼굴을 돌리고 시선만 돌려 날 내려다보았다.

기분 탓인지 볼이 붉어진 것 같다. 아니, 볼만이 아니다. 귀도 빨갛다. 그렇게까지 붉어질 만한 포인트가 있었나?

"대놓고…… 으……."

"뭔데 그래……?"

아마, 여기가 갈림길이었을 것이다. 여기서 굳이 캐묻지 말고, 그대로 흘려넘기는 편이 좋았을 것이다.

말한 당사자가 그 반장…… 갸루로 변한 이후의 시즈시즈 코토하라는 사실을, 나는 생각하지 못했다.

"대놓고…… 음란 모드로 간다고……."

뭐? 음란?

허.

아마, 지금 내 배경에는 우주가 펼쳐져 있지 않을까. 다다미에 누워있지만, 등 뒤에서 우주가 느껴졌다.

우주 같은 하늘로 마음이 붕 날아갔다. 내 경솔함을 후회해도 이미 늦었다.

나나미에게…… 음란이라는 단어를 말하게 하고 말았다.

완전히 내 실수다.

아니, 음란하다는 단어 자체가 나쁘다는 건 아니다. 사람에 따라서는 별거 아닌 말일 수도 있다.

하지만 중요한 건, 나나미가 그 말에 익숙하지 않았고, 그로 인해 부끄러워하고 있다는 사실이었다.

"……미, 미안."

"사과하지 마! 괜히 더 부끄럽잖아……!"

머리가 멍해져서 나도 모르게 사과가 튀어나왔다.

무엇에 대한 사과인지 모를 사과는 의미 없다는 걸 알면서도, 사과의 말을 하지 않을 수가 없었다.

일본에선 사과와 감사가 혼재되어 쓰인다는 말을 들은 적이 있는데, 그 잔재일지도 모른다.

하지만 여기서 '고마워'라는 말은 절대 아니라고 생각한다. 다른 의미로 들릴 수도 있으니까. 그러니 사과가 낫다.

내 위에 올라탄 채 새빨개진 나나미는 두 볼을 손으로 부여잡고 붕붕 흔들며 몸을 비틀었다.

……내 여자 친구, 너무 귀엽잖아. 너무 귀여워서, 나도 모르게 내 위에 올라탄 그녀의 다리에 손이 갔다.

무의식이었다. 치마가 살짝 말려서 허벅지가 드러나 있었으니까. 그래서 나도 모르게 손이 닿았다.

치마 아래로 뻗은 다리는 매끄러운 윤기가 감돌아서, 도자기 같은 예술품을 연상케 했다.

그건 기분 탓일까, 아니면 땀이 조금 흐른 탓일까.

어쩌면 만졌을 때 차갑지 않을까. 그런 생각마저 들었지만, 제대로 부드럽고 따뜻했고, 그리고 매끄러웠다.

티끌 하나 없는 유리처럼 매끈한 촉감인데도, 피부라는 게 선명하게 전해졌다.

아니, 그렇게 느껴진 것도 시각이 만든 착각일까.

그렇게 종아리 부근을 어루만지던 손이 자연스레 위로 올라가, 무방비하게 드러난 그녀의 허벅지에 닿은 순간.

"으힉……?!"

그제야 나나미가 반응했다.

멍해져 있던 내 머리도 그 순간 비로소 각성했다. 양손이 나나미의 허벅지에 닿은 채로 굳어버렸다. 나 뭐 하는 거야.

둘 다 엄청나게 당황해서, 서로의 눈동자에 빙글빙글 소용돌이가 돌고 있는 기분이었다.

시야가 빙빙 도는 기분을 느끼며 서로를 바라보다가…….

나는 말없이, 나나미의 허벅지에서 천천히 손을 뗐다.

이번엔, 사과하지 않았다.

서로에게 어색한 침묵이 흐르고, 공기에 약간 긴장감이 감돌았다.

그 침묵을 깬 것은, 나나미였다.

"요신은…… 그…… 허벅지도 좋아해?"

아, 데자뷔. 데자뷰? 데자부? 뭐든 상관없다.

처음 만났을 땐 가슴을 좋아하냐고 물었고, 얼마 후에는 엉덩이를 좋아하냐고 물었고, 그리고 오늘은 허벅지를 좋아하냐고 물었다.

……다시 말해 그때의 상황과 거의 비슷한 질문을 받았다는 말이다. 추가 항목이 점점 늘어나고 있는데, 난 대체 뭘 달성하고 있는 거지?

"아니, 그…… 허벅지는……."

"싫어……?"

"좋아합니다."

말할 수 없다, 설령 아니라 해도 싫다는 말은 죽어도 할 수 없었다. 아니, 틀린 말도 아니고 전부 맞는 말이다. 나나미의 허벅지는 매끄럽고 부드러우니 좋아한다는 말밖에 할 수 없다.

'정말 좋아한다'라고 말하지 않은 건, 최소한의 소심한 저항일 뿐이었다.

"그럼……."

그녀의 허벅지에서 떨어져 허공에 붕 떠 있는 내 손을, 나나미가 살며시 잡았다.

부서지기 쉬운 것을 다루듯, 내 손가락에 조심조심 손가락을 감는다.

부드럽지만 단단히 잡힌 내 손은, 나나미가 이끄는 대로 움직였다.

막을 마음도 없었지만, 막고 싶어도 막을 수 없었을 것이다.

"조, 조금 더 만져도 괜찮아."

그러고는 내 양손을 자기 허벅지 위에 올렸다.

착 하고 달라붙듯이 두 손바닥이 나나미의 허벅지에 빨려 들어갔다.

아까 잠시 스쳤을 때와는 달리, 이번엔 그녀의 의지가 담긴 접촉. 그 사실에, 사고가 잠시 정지했다.

눈을 크게 뜨고, 닿은 부분을 뚫어지게 응시했다.

지금, 손에 땀이…… 엄청나지 않을까, 기분 나쁘진 않을까, 젖진 않을까.

그런 단어들이, 제각각 흩어져 머릿속을 빙글빙글 맴돌았다.

"……뭐, 뭐 하는 거야?"

아니, 뭘 하고 있는지는 안다. 나나미의 허벅지를 만지고 있는 건 나니까.

근데 이게 뭐야, 대체 무슨 상황이야?

허벅지에 닿아 있는 내 손은 꿈쩍도 하지 않았다. 아니, 할 수가 없었다.

여기서 손가락을 누르면 주무르는 게 되어버리고, 움직이면 쓰다듬는 게 되어버리니까.

여러 의미로, 괜찮은 거야, 이거? 괜찮지…… 않은 거지?

"에헤헤, 가슴을 만지는 건 좀 부끄럽지만…… 여긴 그나마 괜찮아."

내 위에서 나나미가 혀를 쏙 내밀며 장난꾸러기 아이 같은 천진한 표정을 지었다.

하는 짓은 천진과는 완전히 거리가 멀지만, 그 표정만 보면 나나미 마음속에 야한 의도는 조금도 없는 것처럼 느껴질 정도로…….

아니, 그렇지는 않은가. 나나미 얼굴도 새빨갛게 익어 있고.

귀엽다. 아, 두 손으로 얼굴 가렸다. 그것마저 귀엽다. 뭐야 이건, 내 여자 친구 맞지? 맞네. 너무 귀여운 거 아닌가?

응, 부끄러움 덕분에 나도 조금 진정이 됐다. 그리고 어쩐지 마음이 포근해졌다. 구도는 조금도 포근하진 않지만.

그보다 이 자세로 잠시 서로 침묵하고 있으니 초현실적인 느낌이 드는데.

그것도 곧 끝이었다. 얼굴을 가리고 있던 나나미가 결심한 표정으로 날 바라보았다.

"마, 만지는 것만으로 괜찮아?"

살짝, 나나미가 내 손 위에 자기 손을 포갰다.

그리고 그 포갠 손에 힘을 주었다. 내 손가락이, 손이, 그 힘이 이끄는 모양대로 변했다.

완전히 손가락 제어를 빼앗긴 것은 아니지만, 손가락 위로 그녀의 손가락이 나를 꾹 눌렀다.

……주, 주무르도록 유도당하고 있어……?!

뭔가, 그냥 만지는 것보다 더 부끄러운데. 아마 나나미도 그렇지 않을까.

손가락 움직임이 엄청나게 어색하다. 분명 저건 예상 이상으로 더 부끄러울 때 나오는 얼굴이다.

"그러고 보니, 중세에는 다리나 허벅지가 제일 성적인 부위였대……."

"왜 지금 그런 말을 하는 거야?!"

아차, 나도 모르게 사소하고 쓸데없는 지식을 입에 담고 말았다.

내 손에서 떨어진 나나미의 손이 동그랗게 말리더니 내 배를 가볍게 내리친다.

누가 보면 마운트 후 나오는 파운딩 공격 같지만, 아무런 힘이 실리지 않아 하나도 아프지 않았다.

"우우! 정말!"

약간 소 울음소리 같은 항의의 소리를 내며, 나나미는 계속 톡톡 내리치고 있었다.

그런데 이거, 묘하게 기분 좋은데. 톡톡, 하고 배에 오는 진동이…….

"누가 소라고……?"

"앗, 망했……."

말이 입 밖으로 나와버렸다. 진짜 혼나는 거 아냐……?!

그렇게 생각했는데, 나나미가 씨익 하고 장난스러운 미소를 지었다.

아까까지의 수줍음은 온데간데없이 사라졌다. 전환 속도가 엄청나게 빠르다.

"소 하면…… 젖짜기지……?"

젖짜기……?

어?

설마 나나미, 자기 걸……?!

본능적으로 시선이 그쪽으로 향하는데, '젖짜기'라는 단어가 불러온 내 불순한 상상을 지워내기라도 하는 것처럼…… 나나미가 양손을 어깨높이까지 번쩍 들었다.

꼼지락꼼지락, 손가락들이 마치 다른 생명체처럼 꿈틀거렸다.

마치 벌레 다리 같다…… 표현이 좀 그렇지만, 내 눈에는 아무리 봐도 그렇게밖에 보이지 않았다.

"이것도 코토하가 알려준 건데……."

"또, 시리시즈 씨가…… 무슨 쓸데없는 말을……?"

나나미가 엄청난 압박이 느껴지는 미소를 지으며 날 내려다보았다. 그 무시무시한 박력에 온몸에 오소소 소름이 돋는 느낌이었다.

양손을 치켜든 나나미가 그 손을 내 쪽으로 휙 내리쳤다. 정확히는 내리치는 기세로 '툭' 닿았다.

위치는 내…… 가슴이었다.

"……엥?"

왜 그런 장소를? 그런 내 의문의 목소리에, 나나미는 즐겁고도 어딘가 행복한 얼굴로…… 웃었다.

"남자도 말이지, 가슴을 만지면 기분이 좋다는데……?"

"네?"

내 대답을 기다리지도 않고, 내 가슴에 닿은 나나미의 손이 꿈틀거리기 시작했다. 처음 느껴보는 감각에 어찌해야 할지 알 수 없었던 나는, 그대로 나나미가 하는 대로 휘둘릴 수밖에 없었다.

솔직히 말하면, 무슨 일이 있었는지 자세히는 말할 수 없었다. 다만 끝까지 가지는 않았다는 것만은 강조해 두고 싶다.

그로부터 얼마 후, 저녁에 관해 물어보러 방에 온 종업원에게 혼났다는 건…… 또 다른 이야기였다.

나 더는 장가 못 가.

"우리 집에 장가오면 되잖아."

"그런 문제가 아니거든……?!"

여러 의미로 땀을 흘려버린 우리는 대욕장…… 온천으로 향하고 있었다. 아직 사복 차림이고, 료칸의 유카타는 입지 않았다.

옷이 살짝 젖어서 찝찝하긴 했지만, 목욕한 뒤에 갈아입을 생각이었다. 비치된 수건으로 어느 정도 닦기도 했고.

그나저나, 종업원에게는 제대로 혼났다. 아니 뭐, 발가벗고 있던 것도 아니고 장난의 범위이긴 하지만…….

손님, 그런 건 좀…… 미성년자이시니까…….

그런 말을 들으면 변명의 여지가 없다. 마운트 자세를 하고 있었던 것도 문제였고, 나나미가 내 가슴을 만지고…… 만지고? 있었던 것도 타이밍이 좋지 못했다.

"방문 잠가둘걸."

"아니 그보다는 노크를 알아차리지 못할 정도로 열중했던 우리 잘못이지……."

그러니까, 상황은 이랬다…….

종업원분이 방에 와서 노크했는데도 반응이 없어서, 미

닫이문을 열어보니 안에서 뭔가 다투고 실랑이하는 듯한 소리가 들려왔다고 한다.

그리고 걱정이 돼서 안을 들여다본 종업원에게 딱 걸려 버렸다는 거지. 뭐, 다투는 게 아니라 당하고 있었던 것에 가깝지만.

"설마 저녁 식사가 서비스로 제공될 줄은 몰랐어."

"그렇지…… 원래 우리가 예약한 플랜에는 저녁이 없었으니까."

이것도 객실 실수로 인한 사과의 일환이라고 해서 감사히 받기로 했다. 그래서 저녁은 굳이 나가지 않고 방에서 먹을 수 있었다.

아침 포함 플랜이었으니 내일 아침도 기대되고, 료칸의 저녁이라…… 어떤 메뉴가 나올지 기대된다.

"목욕은…… 따로따로네."

"그야 그렇지. 가족탕도 있다고 하긴 하는데."

대여탕까지 쓰는 건 좀…… 애초에 방에 노천탕이 딸려 있다는 것 자체가 대단한데. 게다가 나나미가 수영복이 없어서 같이 들어가는 것도 포기했고.

가족탕을 쓴다고 해도 같이 들어가기는 어려울 것이다.

나나미가 함께 들어가고 싶었다는 뉘앙스를 흘리는 건…… 그런 상상 자체를 즐기고 있는 거겠지.

실제로 들어가지는 않지만, '들어간다'는 것을 전제로

하는 대화. 슈뢰딩거의 고양이가 아니라, 슈뢰딩거의 혼욕…….

아냐, 슈뢰딩거의 고양이는 좀 다른가. 그건 사고 실험이니까. 잘 아는 사람이 듣는다면 곧바로 정정당할 것 같았다.

"온천 효능은 뭐가 있을까?"

"피부 미용이나 피로 해소, 그런 게 정석 아닐까?"

그 외에도 관절통이나 근육통…… 릴랙스 효과도 있겠지. 보통 이런 건 온천 앞에 안내문이 있지 않나.

"오늘은 관광도 했고, 꽤 많이 걸어서 피곤하니까. 온천에서 다리를 주물러야겠다……."

"말해줬으면 마사지해 줬을 텐데. ……가슴을 주무를 때가 아니었나?"

"확실히 가슴보다는 다리를 주무르는 게 더 좋았을지도……."

윽…… 방금 기억이…… 머리가…… 안 돼, 떠올리지 마.

아까 나나미에게 '유린당했다'고 표현할 수밖에 없는 일은, 아예 기억을 지워버리자. 안 그러면 여러 의미로 위험해진다.

"그럼, 목욕 끝나고 서로 마사지해 주는 거 어때?"

"……나도 나나미한테 하는 거야? 해도 되나……?"

방금 주의를 받았는데, 서로 마사지하는 건 괜찮을까?

또 들키면 단순한 주의로 안 끝날 수도……. 아니, 야한 건 안 할 거지만.

"뭐, 마사지 정도라면 괜찮지 않을까?"

"일단, 그건 보류하는 걸로 하고……."

그렇게 대화하는 사이 온천 입구에 도착했다. '남'이라고 적힌 천과 '여'라고 적힌 천이 조금 떨어진 곳에 걸려 있었다.

당연히 남녀 따로따로. 조금 떨어진 곳에 있으니 여기서 나나미랑은 잠시 헤어지게 된다.

"이렇게 천을 젖히고 들어가는 거, 뭔가 좋지 않아?"

물론 공간은 이어져 있고, 겨우 천 한 장을 사이에 둔 것뿐이지만, 이걸 한 번 넘어가면 이세계로 들어가는 것 같은 기분이 든단 말이지.

그 감각이 좋았다. 아마 남자애들은 다 이런 걸 좋아하지 않을까. 내가 '남자'를 너무 강조했나?

"음…… 잘 모르겠는데…… 아, 온천 효능이 적혀있네."

이해할 수 없다는 나나미의 말에 약간의 서운함을 느끼면서도, 나나미가 발견한 남탕과 여탕 사이에 놓인 큰 나무 안내판으로 시선을 옮겼다.

커다란 나무판에는 온천의 유래와 효능이 적혀있었다. 이 료칸의 역사도 쓰여 있는데, 제법 연륜이 느껴지는 간판이었다.

모르는 땅의 모르는 역사를 알 수 있다는 것도 여행의 묘미…… 다만 얼마나 오래 기억에 남을진 모르겠지만.

그래도 그 순간의 지식을 보고, 그 분위기에 빠져드는 것도 좋았다. 실로 서민적인 즐거움이지만.

어디 보자, 온천 효능은…… 역시 피부 미용인가…… 피부 질환이나 신경통에도 좋다고 한다. 보온 효과가 높고 여러 효과가 있는데, 심지어는…….

"임신……."

나나미의 낮은 목소리가 들려왔다. 나도 그 자리에서 딱 멈춰 버렸다.

온천이랑 '임신'은 무슨 상관인지 모르겠는데, 아무튼 이 온천엔 그런 효능도 있는 모양이다…….

그 말을 중얼거린 나나미가 곁눈질로 날 힐끔 쳐다보았다. 나도 시선만 움직여 나나미를 보고 있었던 탓에 서로의 눈이 딱 마주쳤다.

그렇게 몇 번 시선을 교차하다가, 다시 한번 안내판으로 눈을 돌렸다. 온천에 들어가기 전에 이런 기분을 느끼게 될 줄은 몰랐다.

"뭐…… 뭐, 목욕해도 그걸 하지 않으면……."

"으……응, 그렇지, 맞아. 응……."

뭔가 한마디는 해야 할 것 같아서 한 말이었는데, 생각보다 수습이 더 안 된 느낌이다.

더더욱 미묘한 공기가 되어버려서, 땀이 송골송골 맺히기 시작했다. 다행히 이제부터 온천 들어가니까, 이 땀도 씻어낼 수 있겠지.

"그, 그럼, 요신…… 이따 보자."

"앗…… 응, 이따 봐…… 천천히, 몸 담그고 와."

"임신하는 온천에……?!"

아니, 그런 뜻이 아니잖아……! 그렇게 생각했지만, 변명할 새도 없이 어정쩡한 분위기 속에서 나나미는 여탕으로 가버렸다.

설마…… 임신 효능이 있을 줄은 생각도 못 했다. 방금 이상한 짓을 하다가 주의를 받은 것도 타이밍이 정말 최악이었다.

이 마음도 뜨거운 물에 씻어 흘려보내자……. 그런 생각을 하며 나도 남탕 쪽으로 발을 옮겼다.

◇◇◇◇◇◇◇◇◇◇

목욕을 마치고 나면 몸도 마음도 가벼워진다. 마치 내가 새것이 된 것 같다는 착각이 들 정도로.

실은 새것이 되었다기보단 유지 보수를 잘 받았다는 표현이 더 맞겠지만.

몸과 마음의 오버홀, 그것이 바로 온천이겠지. 평소 집

욕조에서는 하기 어려운, 다리를 쭉 뻗고 몸을 담글 수 있다는 것도 좋았다.

아, 집 욕조에서도 다리 자체는 펼 수 있나? 그래도 해방감이 다르다.

온천도 그렇게 붐비지 않아서 느긋하게 여행의 피로를 풀 수 있었다. 지금은 목욕을 끝내고 나나미를 기다리며 몸을 식히는 중이었다.

온천의 효능 덕분인지 몸도 따끈따끈하고, 따뜻함이 계속 지속되었다. 쓸데없이 움직이면 또 땀이 날 것 같았다.

……땀나면 또 들어가면 되지, 뭐.

온천 근처에 자리한 휴게 공간에 앉아 주변을 둘러보았다. 가족 손님, 노년 부부, 젊은 여성 그룹, 남자끼리 온 손님…….

다양한 손님들이 온천으로 가거나, 나오거나, 음료를 사 마시면서 시간을 보내고 있었다.

다들 즐거워 보이고, 방금 나온 사람들은 혈색도 좋고 피부에 윤기도 돌고 있었다.

온천에 열심인 건 일본만 그런 걸까? 만일 그렇다면 정말로 일본에서 태어나길 잘했다는 생각이 든다…….

그럼, 나나미가 온천에 들어가 있는 동안 난 뭘 할까. 게임 코너에 가볼까? 아니면 뭐라도 마시면서…… 아니, 그건 나나미가 온 뒤에 하자. 같이 목욕 후 커피 우유를 마시는 거지.

그렇게 되면 역시, 게임 코너로…….

"저기……."

게임 코너에 레트로 게임은 없지만, 크레인 게임이나 파칭코 같은 건 있었다. 그리고 에어 하키. 나나미랑 에어 하키 하고 싶다. 여행의 정석이지. 유카타 입은 나나미와 에어 하키…….

온천 료칸이라면 탁구도 정석이지. 여기는 없는 것 같지만. 나나미는 탁구해 본 적이 있을까?

"저기? 잠깐 괜찮을까요?"

"예?"

어딘가에서 목소리가 들려왔다.

누군가에게 말을 거는 어조로, 조금 높은…… 젊은 여성 같은 목소리. 누구한테 말을 거는 걸까 싶었는데…….

"오빠, 혼자 왔나요?"

"저희도 좀 심심해서요, 잠깐 대화하지 않으실래요?"

"아니면…… 방으로 술 마시러 올래요?"

엥?

거기에 서 있던 것은 유카타 차림의 젊은 여성 셋. 그리고 말을 걸어온 대상은 아무래도 나인 것 같았다. 왜 나한테 말을 걸어오는 거지, 이 사람들은?

젊다고는 해도, 나보다 조금은 연상처럼 보였다.

다들 료칸에서 제공되는 유카타를 입고 있긴 한데, 각자 조금씩 다른 느낌으로 적당히 풀어헤치고 있었다.

어……?

"혹시, 나한테 말한 건가요?"

여성들은 '맞아요 맞아요'라고 하며 어딘가 시끌벅적한 분위기가 되었다. 한 명은 '뭐야, 나라니 귀여워'라는 소릴 한다.

엥? '나'라고 말한 게 귀엽다고? 왜?

내가 당황하고 있자, 여성들이 숨 돌릴 틈도 없이 말을 이었다.

"좀 심심해 보이길래~."

"같이 놀자는 거죠."

뭔가 묘하게 몸을 배배 꼬고 있고, 목소리도 지나치게 높다고 할까…… 코맹맹이 목소리다. 키는 나보다 조금 더 큰 편.

그런 키 큰 사람들이, 날 아래에서 올려다보듯 허리를 숙였다. 몸을 숙이자 유카타가 와락 구겨지며 주름이 생겼다.

뭐지, 이 사람들? 혹시 나나미의 지인인가? 아니, 그럴 리가.

"미안하지만, 심심하지도 않고, 일행을 기다리는 중이라서요."

"친구랑 왔어요? 그럼 그 사람도 같이 오는 게 어때요?"

"저희도 셋이니까요, 두 분 정도라면 상대해 줄 수 있는데."

친구가 아니라 여자 친구랑 왔는데요. 그렇게 말하려고 했지만, 말의 파도가 멈추질 않았다. 내가 끼어들 틈이 도저히 없었다.

"꽤 근육질이네요, 멋지다."

"살짝 보이는 게 더 섹시해요."

갑자기 섹시하다고? 그런 말은 처음 들어보는데. 그보다, 만지려고 하는데.

반사적으로 피하자, '부끄러워한다'라느니 '귀여워' 같은 소리가 터져 나왔다. 이건 대체 뭐지? 너무나도 이해가 가지 않는 상황에 멍하니 있는데, 그것을 어떻게 해석했는지 여성들은 더욱 즐거운 얼굴로 웃었다.

"방에 놀러 가도 돼요?"

"술 마시면 긴장도 풀리거든요. 여러 가지 것들도 개방적으로 바뀌고……."

"꺄악, 대담해~. 하지만 귀여운 오빠니까 전 괜찮아요~."

유카타 깃을 만지작거리며 여자들이 묘한 말을 꺼냈다. 나는 이 상황이 썩 유쾌하지 않았다.

이런 적은 없었는데. 혼란스러워서 어떻게 해야 할지 모르겠다. 너무 난감해서 좀 짜증이 날 정도인데.

그리고 왜 저렇게 말이 늘어지는 거야, 이 사람들은.

……앗, 갑자기 조용해졌네? 드디어 그녀들의 노도와 같은 폭격이 멎고 내 차례가 온 모양이다.

여성들은 내 대답을 기다리듯 침묵하고 있었다. 이제야 나도 좀 말할 수 있겠네.

……그렇게 생각한 순간, 목소리가 들려왔다.

"요신……?"

여자들 뒤에서.

나나미의 목소리가. 말도 안 되게 낮고, 작고, 그리고…… 묵직하게 울렸다.

나나미를 발견한 나는 손을 흔들었지만, 나나미는 가슴 아래에서 팔짱을 낀 채 우뚝 서 있었다. 오오, 엄청 기분이 나빠 보이는데?

아니, 기분이 나쁜 게 아니라 위압감을 내뿜고 있다.

내 반응을 본 나나미는 어쩐지 굳은 표정을 지으며, 이쪽…… 여성들을 향해 날카로운 눈빛을 던졌다.

그런 나나미의 시선을 받은 여성들이 힉…… 하고 숨을 삼키는 것이 보였다.

굉장하다, 한순간에 서열 정리가 끝나버렸어.

방금까지 기세등등하던 그녀들의 입에서 말이 싹 사라졌다. 셋이 꼭 붙어 서서는 나나미를 바라본다. 기분 탓인지 몸을 떨고 있는 것 같기도 했다.

……뭔가, 포식자와 피식자의 그림과 겹쳐 보인다. 고양이와 쥐, 새와 물고기, 곰과 연어…… 그런 역학관계.

뭐, 조용해졌다면 됐다.

"죄송합니다. 전 여자 친구랑 와서. 이만……."

여성들을 지나쳐 나나미에게 다가가자, 그녀가 미간을 한껏 찌푸린 채 한숨을 내쉬었다. '어쩔 수 없네' 같은 표정이다.

아니, 미안해. 정말 노도와 같은 기세에 살짝 압도당해서 그만…….

가슴 아래에 팔짱을 낀 나나미. 뭔가 가슴을 강조하는 것처럼 보이기도 하는데, 내 기분 탓일까.

약간 그런 모델처럼 보이기도 한다.

내가 손을 내밀자, 아직 기분이 완전히 풀리지는 않았는지 미간을 찌푸린 채 쓴웃음을 지으며 내 손을 잡았다.

나나미의 손은 온천의 효과 때문인지 무척 따뜻했다. 열을 교환하는 것처럼 손을 맞잡고, 일단 어디 쉴 만한 자리를 찾기 위해 걸음을 뗀다.

우릴 보고 있던 여성들은 그대로 길을 내주었다. 대체 뭐였을까?

아, 맞다…….

"그리고 저희는 미성년자라서 술은 안 될 것 같아요."

"어……?"

스쳐 지나가면서 정중히 사양의 말을 던졌더니, 뭔가 눈에 띄게 당황한다. 작은 목소리로 '미성년……?' '위법……?' 같은 소리도 들려오고.

음…… 대체 뭘 하고 싶었던 거지?

고개를 갸우뚱하며 뒤를 보는데, 손을 잡아당기는 힘이 느껴진다. 나나미가 얼른 가자면서 살짝 볼을 부풀리고 있다.

평소에는 고양이 같다고 생각하는 경우가 많은데, 지금은 산책을 조르는 대형견 같았다.

그렇게 휴게실로 이동해 한쪽에 나란히 앉자마자…….

"뭐야! 설마 요신이 헌팅을 당하다니!"

"헌팅? 아, 그렇구나."

나나미가 분통을 터뜨리며 테이블에 엎드렸고, 나는 뒤늦게야 상황을 이해했다. 나와는 너무 인연이 없는 사건이라 전혀 감을 잡지 못했다.

내 말에 나나미가 벌떡 일어나더니 입을 반쯤 벌렸다.

오…… 나나미가 처음 보는 눈빛을 하고 있다. 게다가 처음 보는 표정이다. 꿰뚫어 보는 것 같은 시선에 나도 모르게 몸이 움찔 떨렸다.

하지만 나나미는, 눈을 깜빡이며 잠시 무언가 생각하는가 싶더니…… 납득한 얼굴로 작게 한숨을 내쉬었다.

"그렇지…… 요신은 그런 헌팅에 익숙하진 않겠지……."

헌팅에 익숙하지 않다니, 새삼 곱씹으면 꽤 직설적인 표현이다.

"애초에 내가 헌팅당한다는 생각조차 해본 적이 없어."

그리고, 아까 그 사람들은 왜 하필 나를 골랐을까? 보통 더 밝고 외향적인 사람을 고르지 않나?

나 같은 음지의 인간을 헌팅이라니…… 혹시 요즘은 그런 스타일이 유행인가?

어쨌든 나나미는 조금, 아주 조금 마음에 들지 않았던 모양이다.

"순진해, 너무 순진해, 요신!! 요신은 자기 매력을 몰라!!"

"예전에 비슷한 얘기를 들은 기억이 있는 것 같은데…… 그래도, 설마 여행지에서 나한테 그런 일이 일어날 줄은 몰랐어."

헌팅을 당한다면 무조건 나나미 쪽이라고 생각했다. 있다고 하면 당연히 그런 쪽의 플래그잖아? 대화에도 나왔었고.

내용도 완전히 똑같았고…….

"그보다, '여자 친구 있어요'라고 하고 바로 빠지지 그랬어? 뭘 그렇게 오래 얘기한 거야?"

아, 나나미가 시리시즈 못지않게 눈을 가늘게 뜨고 나를 노려본다. 아까 팔짱을 끼고 있을 때만큼 화가 나진 않은 것 같지만.

그래도, 이런 자리에서 이런 표정을 짓게 만든 것은 미안했다.

"여자 친구랑 왔다고 말하려고 했는데, 말이 폭풍처럼 몰아쳐서 끼어들 틈이 없었어…… 나나미가 오기 전까지."

아니 진짜로, 여자 셋이 모이면 접시가 깨진다는데, 그 말 그대로였다.

하지만 나나미도 오토후케나 카모에나이와 함께 있을 때가 있지만, 그렇게까지 시끌벅적한 느낌이 들지는 않았는데.

저게 세상 여성들의 표준인 걸까?

"그리고, 나눈 얘기라고 해 봐야 같이 놀자, 술 마시자, 하는 권유 정도였고. 지금 생각해 보니까 난 한마디도 못 했네……."

저쪽이 일방적으로 말을 걸었을 뿐이지, 난 아무 말도 하지 않았다. 애초에 끼어들 틈도 없었다.

"다른 말 들은 건 없어?"

"아니, 없는데……."

"정말? 저쪽만 일방적으로 들떠 있는 것처럼 보이긴 했는데……."

확실히 그랬다. 난 꿔다놓은 보릿자루였다.

"뭐, 귀엽다거나 섹시하다는 말을 듣기는 했지."

나한테는 좀 안 어울리는 말들이었다.

근데…… 나나미가 좀 멍한 얼굴이 됐다.
"그런 소리를 들어도, 전혀 헤벌쭉하지 않았네?"
"내가? 뭐 하러?"
헤벌쭉할 만한 요소는 없었다. 잘 와닿지 않는 칭찬들뿐이라. 오히려 좀 이상한 기분이었다.
"오토 오빠였으면 벌써 입꼬리가 귀에 걸렸을걸? 아주 신나서 수다를 떨다가 하츠미가 오면 당황했겠지."
"아니, 소이치로 씨, 여자 친구가 있는데? 여친이 있으면 다른 여성에게 그런 태도를 보이면 안 되지……."
"뭐, 그럴 땐 하츠미랑 거의 싸움이 벌어지긴 하지. 심하면 몸싸움까지 가기도 하고……."
"그야 그렇겠…… 잠깐, 몸싸움?"
"뭐, 오토 오빠의 경우는 격투가로서 팬서비스적인 면도 있으니까, 어느 정도는 어쩔 수 없지만……."
오오, 그 정도로 싸우는 건가, 그 두 사람? 하지만 여성에게 헤벌쭉하면 그럴 수도 있겠지. 질투의 힘은 무섭다고들 하니까.
나도 나나미가 다른 남자한테 추파를 던지거나 웃는 건 싫다. 그렇기에 나 역시 다른 여자에게 그런 태도 보일 수는 없다.
"하지만 보통 남자들은 그런 일이 있으면 헤벌쭉해지는 법이잖아?"

"그게 보편적일지도 모르지만…… 내게 와닿지 않아서 그런 거 아닐까?"

그 사람들이 했던 말은 별로 감흥이 들지 않았다. 그냥 입에 발린 칭찬이라고나 할까.

나나미한테 칭찬받을 때 드는 마음과는 하늘과 땅 차이였다.

"새삼스럽지만, 하와이에서 보건 선생님이 했던 말이 조금은 이해가 되는 것 같아."

조금 복잡한 표정을 지으면서도, 나나미는 안심한 얼굴로 한숨을 내쉬었다.

근데 보건 선생님이 하와이에서 했던 말이라니? 내 안에 어둠이 어쩌고 했던 거?

뭐, 사람은 누구나 크든 작든 뭔가를 안고 사는 법이니까. 나만 특별한 건 아니겠지. 솔직히 말하자면 난 별로 와닿지 않았지만.

뭔가 떠오른 것이 있었는지, 드물게 나나미가 씁쓸하게 웃으며 내게 손을 뻗었다. 어쩐지 어린아이를 바라보는 시선 같기도 했다.

나나미는 뻗은 손으로 내 코를 꼬집더니, 몇 번 조물조물 쥐어왔다. 갑자기 코를 만지니까 기분이 좀 이상하네.

일단은 하는 대로 놔두기로 했다.

"내가 할 말은 아닐지도 모르지만…… 조금 정도라면,

다른 사람을 보고 헤벌쭉해도 화내지 않을게. 괜찮아.”

“딱히 나나미가 화내는 게 무서워서 피하는 건 아닌데.”

“뭐, 헤벌쭉하면 엄청 열받긴 하겠지만.”

“1초 만에 모순된 말이 나왔는데?”

이 최단 시간 모순은 무엇인가. 깜짝 놀랐다. 나나미 기억이 순간적으로 증발한 줄 알았다.

어차피 다른 사람에게 넋 놓을 생각도 없다만.

“왜 그런 모순된 말을 하는 거야……?”

“요신이 건강하게 성장하기를 바라는 마음과 나 외의 다른 사람한테 욕정하지 않기를 바라는 마음이야.”

이 ‘성장을 지켜보는 엄마 시점’과 ‘성가신 여자 친구 시점’의 양립은 또 뭘까. 그리고, 나 지금 건강하게 자라지 못하는 중이야?

“그건 그렇고, 요신이 귀엽고 섹시하다는 말은…… 왠지 알 것 같아.”

“알 것 같다고?”

“요신 한정으로, 나는 모든 걸 아는 여자니까.”

갑자기 모든 걸 파악당했다. 모든 것을 아는 여자인 나나미가 내 코에서 손을 떼더니, 양 팔꿈치를 테이블에 대고 두 손을 얼굴 앞에서 맞잡고 입가를 가린다. 갑자기 사령관 같은 포즈가 나왔다.

순간 눈언저리가 번쩍 빛난 것 같다. 안경도 쓰지 않았는데 마음의 안경이 보인 기분이다. 마음의 안경은 또 뭔가 싶지만.

"일단, 남자애 같이 말하는 게 귀여워. 그리고 웃는 얼굴도 귀여워. 가끔 수줍어하는 것도 귀엽고, 가끔 나한테 기대는 것도 귀여워. 어딘가 좀 아이 같은 구석이 있는 부분도……."

오, 오오…… '귀여워' 폭격이 엄청나게 쏟아지고 있다. 잠깐만, 아까 그 사람들은 단순히 '나'라는 호칭이 귀엽다고 했을 뿐이었는데.

멈출 기색이 없는 나나미는, 아까 그 여성 멤버 못지않은 열량으로 거세게 몰아붙였다.

"섹시함은 지금 입은 유카타가 다 했지……. 요신은 옷을 입는 데 익숙하지 않으니까 살짝 엿보이는 쇄골이나 가슴 언저리가…… 그냥 엄청 섹시해…… 평소에도……."

나도 모르게 유카타 앞을 가리고 말았다.

유카타를 잘 못 입는 건 맞는데, 그런 시점으로 생각해 본 적은 없다. 쇄골과 가슴 언저리라니, 남자 몸에 특별할 게 뭐가 있다고.

"나는 재밌어."

엄청나게 단호한 표정으로 말한다. 그, 그러십니까…….

그보다 유카타…… 그래, 유카타 차림이다. 아까 온천에서 나온 뒤에는 정신이 없어서 나나미의 유카타를 제대로 보지 못했다.

료칸의 유카타이긴 하지만. 그리고 예전에 같이 여행 갔을 때도 입은 적이 있었다. 그래도 평소와는 다른 여친을 칭찬하지 않는다는 건 있을 수 없는 일이었다.

아니, 단순히 내가 유카타를 입은 귀여운 나나미를 칭찬하고 싶었다.

한바탕 열변을 토해내고 만족스러운 표정으로 테이블에 턱을 괴고 있는 나나미를 바라보았다. 드물게 테이블 위에 턱을 괸 채 몸을 살짝 기울이고 있다.

어딘가의 잡지 화보라고 해도 납득할 만큼 그림 같은 그 모습을, 눈에 담아 기억에 새기기 위해 뚫어지게 바라보았다.

스마트폰이 있으니 모습을 쉽게 남길 수는 있겠지만, 어쩐지 지금의 나나미에게는 카메라 렌즈를 들이대고 싶지 않았다.

나중에 유카타 차림 사진은 따로 찍겠지만, 지금의 나나미는…… 내 기억 속에만 남겨두고 싶었다.

온천에 다녀온 뒤라 상기된 피부는 피부 미용 효과 덕분인지 반들반들 빛이 났다. 혈색이 돌아 장밋빛으로 물든 볼과 연분홍색의 입술이 눈부셨다.

머리는 지금은 올림머리를 하지 않고 자연스럽게 내리고 있었다. 그런데도 뺨 언저리에 머리카락이 조금 닿아 있는 것이 요염했다.

아까 나나미는 내 유카타 앞쪽이 벌어졌다고 했지만, 나나미도 아주 살짝 앞쪽이 벌어져서…… 쇄골 끝부분이 약간 보였다.

그 쇄골을 보자 심장이 뛰었는데, 나나미는 입가를 아주 살짝 끌어올리며 미소 지었다. 마치 내가 어디를 보고 있는지 알고 있다는 얼굴로……. 가슴골이 보이지 않아서 다행이다.

"응, 유카타를 입은 나나미도 귀여워."

"……살짝 서비스해 줄까?"

칭찬받은 것이 기쁜지, 나나미가 유카타 소매를 손으로 잡고 팔랑거리며 장난을 쳤다. 말려 올라갈 듯 말 듯 한 그 동작에 살짝 조마조마함을 느꼈다.

"아까 그 사람들도 그런 걸 하던데…… 좀 보기 민망하더라……."

역시 유카타는 단정히 입고, 불시에 흘러내렸을 때 부끄러워하는 제스처가 제일이라고 생각한다.

그것도, 좋아하는 사람이 한다는 것이 전제다. 아무 감정 없는 사람이 하면 그저 칠칠치 못하게 보일 뿐…….

나나미의 손놀림이 멈췄다.

"흐음…… 아까 그 사람들도 이렇게 했구나……."

"저기…… 나나미?"

"……아까 그 사람들한테서 또 뭘 봤어?"

"딱히 더 없는데요……."

이상하다. 온천에 몸을 담그고 나왔는데 왜 한기가 느껴지지? 갑자기 나나미 쪽에서 냉기가 전해져 나는 흠칫 몸을 떨었다.

하지만 그것도 금세 가라앉고, 우유를 마시자는 나나미의 제안에 우리는 매점으로 향했다.

못 봤다고 솔직히 말해서 나나미도 납득한 것일까…… 당시의 나는 그런 안일한 생각을 하고 있었다.

그때 나나미가 무슨 생각을 했는지는 얼마 지나지 않아 알 수 있었다.

◇◇◇◇◇◇◇◇◇◇

온천에 몸을 담그고, 커피 우유를 마시고, 나나미랑 게임 코너에서 놀다가 방으로 돌아왔다. 에어 하키는 대체 몇 년 만이지?

유카타가 흘러내리는 흔한 이벤트도 있었다. 주로 내가.

정말 유카타를 잘 못 입어서, 내 유카타가 자꾸만 벌어지며 섹시 상태가 되고 말았다. 나나미는 좋아했지만. 단련한 몸이 보기 좋다나.

반대로 나나미는 매번 옷이 무너질 때마다 능숙한 손길

로 재빠르게 고쳐서 단 한 번도 흐트러지지 않았다.

온천에 다녀왔는데도 살짝 땀이 나버린 건 오산이었지만. 밥 먹고 난 뒤에 한 번 더 들어가자는 이야기가 나와서 그렇게 하기로 했다.

새까만 밤에 즐기는 노천탕이니 분명 경치가 좋을 거란다. 나도 기대된다.

아까도 창밖이 어둡긴 했지만, 아직 해가 완전히 저문 건 아니라서 아직 조금 밝았다. 해가 막 질 무렵…… 황혼이라 해야 하나. ……맞겠지?

방으로 돌아오니, 때마침 종업원분과 딱 마주쳤다. 저녁 식사를 방으로 가져다드려도 괜찮을까요? 라고 묻기에 그렇게 해 달라고 했다.

무슨 요리가 나올지 기대하고 있으니, 상상 이상으로 호화로운 요리가 나왔다.

"우와…… 맛있겠다……."

나나미가 눈을 빛내며 테이블에 차려진 음식들을 바라보았다. 이건 누구라도 눈이 반짝일 수밖에 없을 것이다. 정말 진수성찬이었으니까.

산해진미에, 작은 냄비에는 고기가 들어있고…… 심지어 게까지 나왔다. 대체 얼마나 호화로운 거야.

바다 요리로는 회, 새우 조림, 튀김이 나왔다. 산 요리로는 채소 조림, 잔에 담긴 것은 아마도 참마일까. 그 밖에도 자잘한 요리들이 작은 그릇에 담겨 있었다.

고기와 작은 냄비는 스키야키. 두부, 파, 실곤약, 얇게 썬 고기가 접시에 따로 놓여있었다.

그리고 결정타는 새빨간 게 한 마리……. 그대로 먹어도 된다고 했다.

"본래는 술이 나오지만…… 식전 주스입니다."

나온 것은 근사한 잔에 담긴 오렌지색의 액체. 지역 채소와 과일을 사용해 만든 주스라고 했다.

이외에도 병 우롱차와 오렌지 주스가 함께 나왔다.

"식사를 마치시면 디저트를 가져오겠습니다. 필요한 게 있으시면 불러주세요."

상을 차려준 종업원분들이 정중하게 인사하고, 그대로 미닫이문을 닫았다.

디저트까지 나온다니, 너무 호화로운데?

"일단, 건배할까?"

"그래, 하자. 요신, 한마디 해 줘."

갑자기 어려운 주문이 들어왔다. 갑자기 하라고 해도 말이지? 음…… 지금 우리에게 어울리는 건 이거겠지……?

"첫 둘만의 여행에 건배."

"건배~☆."

유리컵이 살짝 부딪치며 주위에 맑은 소리가 울려 퍼졌다. 잔에 담긴 주스를 입에 대고 단숨에 들이켰다.

채소 주스라고 들었는데, 상큼한 산미와 단맛이 조화롭고 채소 특유의 풋내 같은 건 전혀 없다. 흔히 마시는 캔음료보다 훨씬 맛있다.

단맛보단 산미가 좀 더 강한 느낌이다. 감귤향 때문에 식욕이 샘솟았다. 테이블 위에 차려진 음식들도 순식간에 비울 수 있을 것 같았다.

"이렇게 많으니 뭘 먼저 먹을지 고민된다."

"젓가락을 헤매는 건* 에티켓이 아니라고 하는데, 이래서는 망설일 수밖에……."

그건 젓가락을 이리저리 옮기면서 고민하는 게 문제인 거니까, 손을 멈춘 건 상관없나?

아니, 근데 정말로 뭐부터 먹지?

일단 밥이랑 된장국은 어디 있지? 뚜껑을 덮어 놓은 이건가?

열어보니 향긋한 국의 향이 코끝을 스치고 지나갔다.

새하얀 쌀밥에서는 윤기가 자르르 흘렀고, 한 알 한 알이 살아있는 것 같았다. 반찬이 이렇게 많으면 몇 그릇이고 먹을 수 있지 않을까.

된장국에는 두부와 무, 당근이 들어있다. 호화로운 요리들 가운데 자리한 소박한 된장국에서 푸근함이 느껴졌다. 이 된장국만으로도 밥 한 그릇은 뚝딱 먹을 수 있을 것 같았다.

---

*일본의 젓가락 문화 중 반찬 위에서 젓가락을 움직이는 것은 매너 위반에 해당한다.

나도 모르게 과식할 것 같은 가지각색의 요리에 감탄을 터뜨리며, 우리는 오늘 하루의 피로를 푸는 기분으로 느긋하게 저녁을 즐겼다.

"가리는 음식이 없어서 다행이야."

나는 고수 같은 건 잘 못 먹는데 여기에는 없었다.

작은 그릇에 담긴 이상한 우뭇가사리 같은 음식도 맛있었다.

"이거 맛있다. 나도 만들 수 있을까?"

"이걸? 무슨 양념이 들어갔는지도 모르잖아?"

"음…… 맛은 기억했으니까, 시행착오를 거치면 어떻게든 될지도……. 아, 이것도 맛있다!"

나나미가 먹은 것은 채소 모둠 조림이었다. 백합 뿌리와 무, 토란과 닭고기, 표고버섯이 들어있다.

재료의 색감이 곱게 살아있어서 맛이 싱겁지 않을까 걱정했는데, 육수가 배어서 조금도 허전하지 않았다. 재료의 맛과 조리의 맛이 과하지도 모자라지도 않게 조화를 이루고 있다. 완벽한 프로의 맛이다.

"요신도 맛 좀 봐봐~."

"이 맛을 전부 기억할 수 있을까……."

나도 다시 먹고 싶으니까, 나나미가 재현할 수 있다면 나에게도 좋은 일이다. 나도 뭔가 도와야 하나…….

한 상 가득해서 다 먹을 수 있을지 걱정했는데, 낮에 관광으로 지친 탓인지 모든 음식을 깨끗하게 비웠다.

식후 디저트는 단팥죽. 이 정도로 많은 양을 먹었으니 무겁지 않을까 하는 걱정은 기우였고, 디저트 배는 따로 있다는 말이 정말 맞는 말이었다.

과하게 달지 않은 은은한 단맛이라 이것도 금세 비워버렸다.

지금은 둘이 식후 차를 마시는 중이었다.

"맛있었어……."

"너무 많이 먹었어……."

한숨 돌리고 나자 급격하게 포만감이 몰려왔다. 여행을 와서 들뜬 것도 있겠지만, 평소보다 훨씬 더 많이 먹고 말았다.

배가 빵빵하게 부푼 것이 느껴진다. 나나미도 마찬가지인지 조금 민망한 얼굴로 아랫배를 누르고 있었다. 어쩌면 지금의 나나미는 배가 볼록 튀어나와 있을지도 모른다.

그건 그렇고…….

"밥을 먹고 나니까 또 땀이 나네."

"그러게. 따뜻한 음식이나 기력 보충되는 음식들이 많아서 그런가?"

따뜻한 방에서 따뜻한 음식을 먹어서 그런지 나도 나나미도 살짝 땀이 나고 말았다. 온천에 들어갔다 나와서 몸이 따뜻해진 것도 한몫했겠지.

불쾌한 땀이 아니라 어딘가 기분 좋은 땀이었다. 그래도 에어 하키할 때도 땀을 흘렸으니 한 번 더 온천에 몸을 담그고 싶었다.

나나미도 한 번 더 들어가자고 했었고, 밤하늘을 보며 노천탕을 즐겨보고 싶은 기분도 있었다.

뭐, 각자 들어가야 하니까 그 점은 살짝 아쉽지만.

"그럼, 한 번 더 목욕할까?"

"그래. 잠깐 쉬고 나서 들어가자."

식사 후에 바로 목욕하면 몸에 안 좋다고 했던가? 나나미가 그 자리에서 바로 누워버리길래 '밥 먹고 바로 누우면 소 된다'라는 농담을 가볍게 던져보았다.

옆으로 누운 나나미가 한 손으로 자기 가슴을 받치며 '소?'라는 말을 던진다. 유카타를 입고 그러는 건 민망하니까 그만해 주세요.

그렇게 말하면서도 눈을 떼지 못하는 나의 처지여…….

그렇게 둘이 두런두런 이야기를 나누며 시간을 보냈다. 식후에 보내는 이런 시간이 은근히 제일 행복한 순간이 아닐까. 뭐, 우리는 수시로 행복하긴 하지만.

어느새 다가온 나나미가 내 옆에 누워 과식한 배를 만져보라며 내미는가 하면, 부모님께 전화를 같이 걸기도 하고, 바론 씨 일행과 채팅도 하면서…….

식후 휴식으로 늘어져 있는 와중, 불쑥 그런 말이 튀어

나왔다.

“슬슬 노천탕에 들어가 볼까?”

“……응?”

그렇게 말한 나나미가 향한 곳은 객실에 딸린 노천탕이었다.

◇◇◇◇◇◇◇◇◇◇◇

긴장.

지금의 나는 그 두 글자에 이보다 더 잘 어울릴 수는 없을 것이다.

단어 자체는 익숙하고, 굳이 뜻을 다시 찾아볼 일도 아니다.

왜냐면 대부분은 ‘긴장’이 어떤 상태인지 알고 있기 때문이다.

그래도 굳이 긴장의 뜻이 무엇인지 확인해 보았다. 긴장이란 어떤 것인가.

현실 도피하는 마음으로 이곳에 오기 전 슬쩍 찾아본 설명에 따르면, 긴장은 마음과 몸이 바짝 조인 상태를 말한다고 한다.

마음만도 아니고, 몸만도 아닌, 양쪽 모두가 바짝 조인 상태.

그야말로 지금의 나다.

혼자 납득하고 고개를 끄덕였다.

'바짝 조이다'라는 말의 의미를 알아봤더니 '긴장하다'가 나와서, 달걀이 먼저냐 닭이 먼저냐 하는 기분이 들긴 했지만.

그건 그렇다 치고, 바짝 조인다는 말은 이해하기 쉬웠다.

지금의 나는 더없이, 마음과 몸이 바짝 조여들어 있었다. 마치 한계까지 당겨진 실…… 아니, 고무줄인가? 금방이라도 끊어질 것 같다는 의미에서는 고무줄이 적절할지도 모르겠다.

어쨌든, 너무 당긴 나머지 표면이 갈라지고 있는 고무줄이었다.

……다시 본론으로 돌아와서, 긴장에도 여러 종류가 있다.

불안이나 공포, 새로운 것에 대한 도전, 이벤트 전날 고양감에서 오는 긴장 같은 것들도 있다.

즉 평소와 다른 행동이 긴장의 원인이 되고, 그로 인해 심신의 균형이 무너진 상태를 말하는 것이다.

나는 전문가가 아니기 때문에 들어서 배운 지식뿐이지만, 비일상이 찾아왔을 때 균형이 흔들린다는 것은 요즘 몸으로 체감하는 중이었다.

어떤 분야의 프로나 달인은, 그 비일상이 일상이 되어 긴장하지 않게 된 사람들을 말하는 것일지도 모른다.

아니면 긴장하더라도 그것을 잘 다스릴 줄 아는 사람들이 프로가 되는 것일까.

그 정도로 긴장은 없애기가 어렵다.

내 긴장은 어느 쪽일까. 그런 생각을 하면서 욕조에 몸을 담갔다.

"뜨거운 물에 들어왔는데, 별로 마음이 편해지질 않네."

이상하다. 그 어느 때보다 편해야 하는데, 내 몸은 긴장이 풀리지 않는다. 따뜻한 물은 신경계에도 좋다고 하는데 말이다.

어쩌면 내가 이런 종류의 비일상에 익숙하지 않다는 신호일지도 모른다.

앞으로도 계속 긴장해야 하는 걸까. 조금 침울한 기분으로 하늘을 올려다 보았다.

별과 달이 아름답게 빛나고 있었다.

해가 완전히 져서 주위는 캄캄했고, 객실의 불빛만이 이곳을 비추고 있었다.

약간 높은 곳에 있어서 그런지 그곳에서 바깥 풍경이 희미하게 보였다.

숙소가 있는 곳은 호수와 맞닿아 있는데, 어딘가의 불빛이 반짝였다. 배의 등불인가?

그 불빛과 하늘의 빛이 모두 나를 비추는 기분이 들었다.

오늘 밤은 보름달이다.

"달이 아름답네요…… 너무 많이 써서 이젠 좀 진부한가?"

사랑한다는 말을 번역한 표현이다. 진부해도 자주 등장하는 건 상황 자체가 그만큼 아름답기 때문이겠지.

첨벙.

그런 물소리를 내며, 나는 뜨거운 물 속에서 팔을 꺼냈다. 다리를 뻗을 수 있을 만큼 크고 넓은 탕인데…… 역시 마음이 안정되지 않았다.

안정되지 않는 이유는 내 마음 탓일까, 몸 탓일까. 아니, 둘 다다.

탕 안에서 몸을 살짝 젖혀 밤하늘을 올려다보았다.

아무 생각 없이 물 위에 둥둥 떠 있고 싶다. 실제로 온천 매너 중에 머리를 물에 담그는 건 금지라고 하니 눕지는 않겠지만.

최대한 몸을 눕히는 듯한 자세로 밤하늘을 보았다.

정말로 예쁜 달이다. 달빛을 보며 마음을 가라앉히려던 바로 그때…….

끼익…….

삐걱거리는 문소리가 주위에 울려 퍼졌다. 같은 소리가 다시 한번 이어지고, 문이 닫히고 나자 곧 쥐 죽은 듯 고요해진다. 그리고 그 소리의 뒤를 따라, 옷깃이 스치는 듯한 발소리…… 물기를 머금은 발바닥 소리가 귀에 닿았다.

이 자리에서 나 말고 다른 발소리가 났다는 건…….

안 돼, 생각이 또 헛돈다.

소리는 점점 가까워져 내 등 뒤에서 멈췄다.

"……요신."

첨벙, 하고 큰 물소리가 났다. 내가 탕 속에서 몸을 크게 움직인 탓에 물결이 출렁이며 난 소리다.

목소리의 주인은 나나미다.

등 뒤에서 들려온 그 목소리에 나는 '응'이라고만 대답하고, 돌아보지는 못했다.

지금의 나나미가 어떤 차림인지. 노천탕에 왔으니 뻔하겠지만, 그래도…… 그것을 확인할 방법이 지금의 나에게는 없었다.

아니, 사실은 탕 속에서 몸을 휙 돌리기만 하면 된다.

애초에 왜 나는 문에 등을 향한 채로 몸을 담그고 있었던 것인가.

대답은 뻔하다, 마음의 준비를 위해서다.

하지만 그 마음의 준비도 별다른 소용이 없었다. 나는 여전히 나나미를 바라보지 못했다.

몸을 돌리기만 하면, 그것만으로 나나미의 전부를 볼 수 있을지도 모르는데.

"시, 실례할게."

"으, 응…… 춥지……? 얼른 들어와."

얼른 들어오라고 하니까 내가 유혹하는 것처럼 들리지만,

지금은 겨울이니까 당연히 추울 것이다.

뜨거운 물에 몸을 담그고 있는 내 숨도 하얗다. 탕에서 피어오르는 김도 자욱하다. 바깥에 서 있는 나나미는 얼마나 추울까. 어쨌든 피부가 직접 바람에 노출되고 있을 테니까.

아니면 수영복을 입었을 수도 있다. 수영복은 가져오지 않았다고 한 것 같지만, 내가 모르는 사이에 샀을 가능성도 있다.

찰박찰박하는 발소리가 들려왔다. 나나미의 기척도 조금씩 가까워진다. 이런 찰박거리는 발소리가 나는 요괴 이야기가 있었던 것 같기도 하다. 지금 딱 그런 기분이다.

물론 나나미가 요괴라는 뜻은 아니지만, 그래도 그런 생각이 절로 들었다.

여전히 나나미는 천천히 걸음을 옮기고 있었다. 굉장하다, 내 경우는 아까…… 밖에 나오자마자 너무 추워서 잽싸게 물속으로 들어갔는데.

그 이동 속도가 곧 나나미의 긴장을 말해주고 있는 거겠지.

첨벙…… 하고, 조금 전 내가 낸 것과 같은 물소리가 울렸다. 나나미가 분명 뜨거운 물에 들어온 것이다.

"……요신, 이쪽 봐도…… 괜찮아……."

바로 뒤에서, 나나미의 기척이 느껴졌다. 그리고, 돌아봐도 된다는 허락까지 하사받았다. 아니, 왜 이렇게 쓸데없이 공손해지는 거냐.

"조, 조금만 더…… 그…… 이대로 있으면 안 될까요."

내가 생각해도 겁쟁이 같다. 하지만 아주 조금, 정말 조금의 시간이 더 필요했다.

"좋아…… 그럼 잠깐만 기다려……."

그 말에서 위화감을 느꼈다. 기다릴게, 가 아니라 기다려? 뭘 할 생각이지?

물소리가 울려 퍼지고, 마치 뜨거운 물 속에서 이동하는 것 같은 소리가 들려왔다. 그리고 내 등에…… 무언가가 닿았다.

설마 정면에서……?! 하고 긴장했지만, 그것과는 다른 감촉이었다.

나나미가 내 등을 정면에서 끌어안았을 땐 말도 안 되게 크고 부드러운 두 개의 감촉이 내 등에 느껴지지만, 이번에는 그렇지는 않았다.

부드럽기는 하지만, 거기서 느껴지는 것은 약간의 단단함과 피부의 감촉.

이건 혹시…….

"등……?"

"정답~. 그건가? 항상 가슴을 밀착시키고 있어서 요신도 차이를 알게 된 건가?"

소믈리에니 뭐니 하는 소리가 들려왔지만, 앞면과 등의 차이 정도는 쉽게 구분할 수 있다. 나나미는 특히나.

나나미는 가벼운 농담을 던지고 있지만, 닿아 있는 면적이 최소 면적인 걸 보면 그녀도 긴장한 게 분명했다.

정말 등의 일부분만 살짝 닿아 있을 뿐이다.

……정말로 나나미 쪽을 봐도 괜찮은 걸까?

우리는 그 자세 그대로, 서로의 긴장을 풀어주듯 잔잔한 대화를 이어갔다. 오늘 관광이 재미있었다느니 밥이 맛있었다느니…….

탕에서 나가면 냉장고에 넣어둔 주스를 마시자, 아이스크림 먹고 싶다는 등 소소한 이야기들.

평범한 대화를 이어가다 보니, 조금씩 긴장이 풀리…….

아니다, 틀렸다. 전혀 대화에 집중할 수 없다.

대화는 하지만 내용은 머리에 들어오질 않는다. 머릿속에는 전혀 다른 생각이 맴돈다.

등에 닿는 감촉이라든가, 지금 나나미는 어떤 모습일까 같은 것들.

"……슬슬 이쪽 보지 않을래?"

나나미가 굉장히 적극적이다. 그보다 어떻게 해서든 나를 돌아보게 하고 싶은 눈치다. 왜 그렇게까지…….

그러나 나 역시 이대로 등을 맞댄 채 끝내는 것은 조금 아쉬웠다.

내가 용기를 내면 될 뿐.

뜨거운 물 밖으로 손을 꺼낸 나는 양 볼을 힘껏 때렸다. 물의 저항이 있어서 그 정도로 아프지는 않았지만, 그 충격만으로도 정신이 번쩍 들었다.

거기서 멈추지 않고, 눈을 감고 심호흡했다.

물의 따뜻함에 몸을 맡긴 채, 산소가 온몸에 퍼져 나가는 모습을 떠올리며 깊게 숨을 들이마시고, 내쉰다.

"……좋아."

마음의 준비는 끝났다.

그대로 나는 뒤를 돌아보았다.

실제로는 '좋아'라고 말한 뒤에도 시간이 좀 더 걸렸지만, 내가 돌아서는 것을 눈치챈 것인지 나나미의 등이 스르륵 떨어져 나갔다.

그리고 나는, 천천히 그 자리에서 앉은 채로 몸을 돌렸다. 그에 따라 시야가, 세계가 돌아갔다. 여러 색의 빛이 선처럼 스쳐 지나가고, 이윽고 나는 회전을 멈췄다.

눈앞에는 내게 등을 보인 나나미의 모습이 있었다.

뜨거운 물에 몸을 담근 그녀는 어깨만 물 밖으로 노출되어 있었다. 매끈한 피부를 타고 흘러내리는 물방울이 조명에 반사되어 반짝였다.

목에서 어깨로 이어지는 곡선이 아름다워 시선을 빼앗긴 채로…… 시선을 천천히 아래로 내리자…….

으음.

물속 광경이 생각과 다르게 하얀데……?

"에헤헤…… 매너 위반이지만…… 좀 부끄러워서……."

"뭐야, 수건 두르고 있었구나."

뭔가 실망한 듯하면서도 안도가 되는…… 복잡한 감정이 밀려왔다. 아니, 실망보다는 안도감이 더 컸다.

TV에서 리포터나 아이돌이 온천에 들어갈 때처럼, 철통 방어 모드였다.

이러면 시선을 걱정할 필요는 없다.

내가 안도의 숨을 내쉼과 동시에, 나나미가 그 자리에서 벌떡 일어섰다.

"……나나미?"

여전히 내게 등을 보인 채로 일어난 그녀의 몸에서, 물이 마치 커튼처럼 흘러내렸다. 등을 돌리고 있어서 그녀의 표정은 보이지 않았다.

온천의 열로 인해 달아오른 몸에서는 김이 피어올랐고, 달아오른 열이 서서히 식어가는 것 같았다. 온천에서 나는 김과 나나미에게서 나오는 김의 경계가 모호했다.

하얀 수증기가 그녀를 물들이고, 수면에는 달빛과 그녀의 실루엣이 희미하게 비치고 있었다.

멍하니 그 모습을 올려다보고 있으니, 나나미가 손을 감아둔 수건에 가져갔다.

말릴 새도, 말릴 마음도 없이, 나는 그 동작을 그저 올려다보며 시야에 담았다.

몸에 감겨 있던 수건이 풀리자마자, 나나미는 그것을 양손에 쥐고 크게 펼쳤다. 그 수건이 내 시야를 가리듯 등 뒤로 넓게 펼쳐졌다.

거기서 비로소 나나미는 몸을 반쯤 틀어 나에게 시선을 돌렸다.

수건을 펼친 채로 몸을 반쯤 튼 것이라, 그녀의 실루엣이 달빛을 받아 선명하게 보였다.

달빛뿐만 아니라 건물의 불빛들도 보태진 덕분일까. 마치 그림자 연극처럼, 나나미 몸의 굴곡이 내 뇌 안에 또렷하게 새겨졌다.

뇌가 상황을 미처 파악하지 못한 탓에, 그저 멍하니 나나미의 행동을 바라보고 있었지만…… 그녀의 맹공은 거기서 끝나지 않았다.

내게 시선을 보내던 나나미가, 다시 한번 등을 돌렸다. 수건을 펼치고 있던 손 하나를 툭 떼는가 싶더니, 남은 한 손으로 수건을 크게 휘둘렀다.

망토처럼 흩날린 타월이 그녀의 몸에서 완전히 떨어져 나갔다. 등을 돌린 채이긴 하지만…… 아니, 등을 돌린 채라 더더욱 나나미의 등…… 후면이 완전히 드러났다.

부드러움을 표현하는 듯한 신체의 라인을 따라 구슬 같

은 물방울이 튀어 올랐다. 튕겨 나간 물방울이 빛을 받아 반사하며 그녀의 몸을 반짝이게 했다.

눈앞에 벌거벗은 그녀가 있는데…… 성적인 매력보다도, 훌륭한 예술품 같은 눈부신 광채에 나는 넋을 잃고 말았다.

아름답다. 진부하지만 달리 표현할 말을 찾을 수 없었다.

마치 달을 만지는 심정으로, 나는 그 모습을 향해 손을 뻗었다.

그 순간, 나나미가 몸을 감싸듯 두 팔로 감고, 그대로 쪼그리고 앉아 탕에 몸을 가라앉혔다.

닿으려던 손이 허공을 가르고, 텅 빈 손바닥을 바라보고 나서야 나는 내가 나나미에게 손을 뻗으려 했다는 것을 인식했다.

그리고 아무것도 만지지 못한 손바닥을 보며, 마치 잘 움직이는지 확인하듯 오므렸다 펴기를 반복했다.

"나, 나나미? 이게 뭐 하는……?"

등을 돌리고 있었으니 나나미는 내가 만지려 했다는 걸 모를지도 모른다. 나는 그것을 얼버무리듯 손을 탕 속으로 다시 담갔다.

"그, 그게…… 역시 수건을 탕에 담그는 건 매너 위반이잖아…… 부, 부끄럽긴 하지만……."

"그게, 그렇지. 응. 확실히 맞는 말이네. 응."

생각보다 멀쩡한 말…… 아니, 평범한 말이었다. 그렇게 따지면 아까 수건을 벗어서 나한테 보여준 건 괜찮은 건가 싶기도 하지만.

왠지 이곳에 온 뒤로는 내가 나나미에게 계속 밀리기만 하는 기분이다. 여기서 만회하려면 어떻게 해야 할까.

아니, 발상이 점점 이상해지고 있다. 굳이 만회할 일도 아닌데.

그런 생각을 하고 있었기 때문일까, 나나미의 다음 행동을 알아차릴 수 있었다.

숨듯이 탕의 물속에 몸을 담근 나나미가, 천천히 내 쪽으로 다가왔다.

아주아주 느릿하게. 반걸음보다 더 느리다. 마치 거북이 같은 걸음…… 아니, 그것보다 더 느리다.

이 세상이 그 어떤 생물보다 느렸다. 아마 지금의 나나미는 토끼와 경쟁한다 해도 질 것 같았다.

그래서 내가 먼저 나아갔다.

천천히, 하지만 나나미보다 빠른 속도로 앉은 채 앞으로 미끄러졌다. 그것을 감지했는지, 나나미의 움직임이 멈췄다.

나는 나나미에게 더 다가갔고…… 이제 한 뼘 남짓 남은 거리가 되었다.

그리고 나는…… 그 거리를 거의 제로로 만들었다.

나나미의 등에 내 가슴이 닿을락 말락 한 거리였다. 완전히 붙어있지는 않았기에 아까보다는 거리는 좀 벌어져 있었다.

근데…… 이제 어떻게 해야 하지.

아까는 등을 맞대고 있어서 자연스럽게 붙을 수 있었는데, 지금은 좀…… 뭐랄까, 구조 자세라고 해야 하나…… 같은 방향을 바라보고 있으니까…….

"……나나미, 붙을게."

"……응, 좋아."

좋다는 말 한마디에, 심장이 쿵 하고 뛰었다.

달라붙기만 할 뿐, 그 이상의 일을 하려는 것도 아닌데. 그래도 심정은 딱…… 그, 그런 것을 하기 직전의 기분이었다.

……좋아.

결심한 나에게 긴장은 없었다. 어쩌다 보니 다른 긴장이 생길 것 같긴 했지만, 그것은 어떻게든 억눌렀다.

각오를 다지고, 나나미의 어깨에 손을 얹었다. 닿는 순간, 나나미의 몸이 흠칫 떨렸다.

작게 '앗……' 하는 소리가 들린 것 같았지만, 그 부분을 신경 쓰다가는 아무것도 할 수 없을 것 같아서 그대로 계속 갔다.

그리고, 그녀의 상반신을 내 쪽으로 천천히 쓰러뜨렸다.

천천히, 슬로 모션처럼 그녀의 몸이 내게로 다가왔고, 그녀가 내게 체중을 실었다.

온천 속이라 무게는 느껴지지 않았지만, 내 가슴 언저리에 나나미의 등이 딱 달라붙은 자세였다. 하와이에서 같이 들어갔을 때랑 똑같은 자세.

……아래쪽은, 그…… 딱히 닿아 있지는 않았다. 역시 그건 무리다.

"……이거, 엄청 민망하네."

"그야 뭐…… 서로 아무것도 안 걸치고 있으니까……."

하와이에서 같이 목욕했을 때는 수영복을 입고 있었다. 같이 잤을 땐 옷을 입고 있었고.

완전히, 실오라기 하나 걸치지 않은 모습으로 맞닿은 것은 처음이다. 그런 일이 있었다면 잊을 리가 없다. 알몸으로 이렇게 붙은 건 처음이다. 대체 무슨 말을 하는 건가 싶지만.

"고작 조금 이동했을 뿐인데, 엄청난 기력을 쓴 기분이야……."

"나도……. 아, 요신…… 손은 앞쪽으로 돌려도 괜찮아."

"어…… 앞으로?"

"응, 앞으로. 그게 더 편하지 않아?"

앞이라니, 뭐야. 지금 내 손은 무슨 일이 생겼을 때 바로 움직일 수 있도록 나나미의 어깨 위에 올려져 있었다.

그 손을 앞에 둔다는 게 무슨 뜻이지? 편하다고?

내가 혼란스러워하자, 나나미가 어깨 위에 있던 내 손을 잡아 이끌어주었다. 저항할 이유도 없었기에 그녀가 하는 대로 놔두었다.

앞…… 아, 그건가, 배 쪽으로 손을 돌려서 안아주는 자세를 말하는 건가? 그 정도라면 예전에 배에 손을 댄 적도 있으니까 괜찮겠지. 다만 절대로 배는 주무르지 않도록 주의하자.

전에 한번 배를 주물렀다가 꽤 크게 혼난 적이 있으니까.

그렇게 생각하고 있는데, 손은 물속으로 들어가지 않고 그대로 뻗어가더니…….

말캉.

그런 의성어가 들려올 것 같은 감촉이, 내 팔뚝에 닿았다.

……?!

내가 굳어서 침묵한 사이 반대쪽 손도 같은 식으로 이끌려, 백허그 자세가 되었다.

이, 이 감촉은…… 가슴 아닌가……?

"이, 이렇게 하면 요신도 편하잖아?"

"아니, 이건…… 어, 어떻게 해야 하지?"

부드러워. 머릿속이 그 한 단어로 점령되기 직전이었다. 어떻게 하냐는 질문은 나나미한테 왜 하는 건데.

손바닥이 가슴에 직접 닿은 게 아니다. 팔뚝이 가슴에

닿은 것이고, 그 아래에 내 손바닥이 있는 느낌…… 흔히 머리카락으로 가슴을 가린 캐릭터들이 자주 나오는데, 그것의 팔 버전이라고 할까.

아니, 가려져…… 가려져 있긴 하지만.

"조…… 조금이라면, 주물러도 돼…… 하와이에선 못 했으니까……."

"네?!"

애초에 '조금'이란 것 자체가 어렵다. 한번 시작하면 '조금'에서 끝날 리가 없으니까.

그마저도 하와이 땐 분명 만지는 것만 괜찮다고 했었는데, 주물러도 된다니……?

전에 그런 말을 한 적이 있었나? 어쨌든 지금의 나는 그럴 여력이 없다. 왜냐면, 그랬다간 제어가 안 될 테니까. 이 자세만으로도 한계였다.

젊음의 혈기가 원망스러울 지경이다.

"이, 이대로도 괜찮아."

"그, 그렇다면야……. 응, 다행이다……."

나나미는 앞치마처럼 걸려 있는 내 손을 살짝 어루만지더니, 내 몸에 자기 머리를 비비듯이 기대왔다. 지금 알았는데, 머리가 물에 젖지 않도록 한데 묶어 둔 모양이었다.

그런 것을 볼 여유도 없었다는 게 조금 한심하게 느껴졌다.

"이렇게 같이 목욕하는 게 몇 번째지……? 두 번째? 세 번째?"

"아마, 두 번째일 걸…… 하와이가 처음이었고, 크리스마스 땐 따로 했으니까."

"그랬구나. 보상으로 같이 목욕하자고 한 것도 결국 못 했고……. 가끔은 같이 들어가고 싶네."

"그건 동의하지만, 현실적으로 어렵지."

어쨌든 부모님 댁에 함께 사니까, 같이 목욕하는 건…… 이런 때가 아니고서는 불가능할 것이다. 아니, 이런 때라도 원래는 안 되는 거지만.

애초에…….

"나나미, 왜 같이 노천탕에 들어가자고 한 거야?"

"그야 모처럼 노천탕이 있으니까. 들어가고 싶잖아?"

"아니, 수영복이 없어서 포기했었잖아. 근데 왜 갑자기……."

그것이 제일 큰 의문이었다.

나나미는 처음엔 나와 함께 노천탕에 들어가는 것을 포기했었다. 애초에 들어갈 생각 자체가 아예 없어 보였다.

그런데 밤이 되자마자 갑자기 적극적으로 바뀌었다. 거절할 새도 없이 밀어붙이는 느낌이었다.

뭐, 휩쓸린 나도 기대가 전혀 없다고 하면 거짓말이다. 입으로는 괜찮다 뭐다 했지만, 저항 의지는 실로 약했다.

최근 들어 가장 최약체였다고 해도 좋을 정도로.

그래서 더더욱, 왜 들어가기로 마음먹었는지가 무척 궁금했다.

"그게……."

나나미가 살짝, 아주 살짝 입술을 삐죽 내밀었다. 마치 토라진 아이처럼. 하는 짓도, 육체적으로도 아이와는 거리가 멀지만.

"아까…… 요신, 헌팅당했잖아?"

"아, 그 사람들? 뭐, 헌팅이라는 생각 자체를 하지 못했지만. 그렇긴 하지."

"나도 방심하고 있었어. 요신은 헌팅당하지는 않을 거라고 생각해서……."

아까와 비슷한 이야기를 꺼내려는 건가 싶었는데, 조금 결이 다르다. 뭐, 그건 어쩔 수 없지 않나? 왜냐하면 난 애초에 헌팅을 당할 스타일이 아니니까.

흔히 세상에서도 남자가 여자를 유혹하는 인상이다. 내가 당할 거란 생각을 못 한 건 당연한 이야기다.

"요신은 분명 연상의 누님들에게 인기가 많을 타입이라는 걸 알면서도…… 정말로, 방심했어."

분하다는 얼굴로, 나나미가 기지개 켜듯 팔을 길게 뻗어 내 목덜미 언저리를 만졌다.

재주가 좋다고 생각하면서도, 그 탓에 밀착도가 올라가

서 심장이 더 두근거렸다.

"게다가, 그 세 사람이 이런저런 걸 은근슬쩍 보여줬다며?"

"아니, 아까도 말했지만, 딱히 보지는 않았……."

"그래도, 나 말고 다른 사람의 알몸을 기억에 남기고 싶지는 않아. 그래서 이렇게 같이 들어온 거야. 일종의 덮어쓰기."

"내가 상대에게 관심이 없다고 해도?"

"관심이 없다고 해도. 이건 내 자존심도 걸린 문제니까."

벌거벗은 채로 가슴을 쫙 펴고 나온 솔직한 대답에, 나는 납득할 수밖에 없었다. 확실히 자기 일이 되면 필사적으로 될 수밖에 없겠지.

그보다 덮어쓰기라……. 아니, 이제 덮어쓰기는 충분히 됐다. 아까 그 사람들의 얼굴도 기억이 안 난다.

계획 자체로 보면 대성공이었다. 다만…….

"다른 사람한테 두근거려도 화 안 낸다고 하지 않았어?"

"화는 안 낼 거지만 열받는 건 열받는 거라고도 했잖아?"

순식간에 모순됐던 그 말 말이지. 응, 확실히 그런 말을 했다. 소녀의 마음은 정말이지 복잡하다.

"앞으로, 내가 다른 여자에게 두근거리는 일이 생긴다고 해도, 나나미 이외에는 관심 없어."

"그렇다면 됐어. 하지만 이런 스킨십은 가끔 하고 싶어."

그것도 자존심의 문제냐고 물었더니, 나나미는 그것보

다는 요신 성분을 보충하고 싶어서라고 했다.

나도 이러고 있으면 나나미 성분을 더 듬뿍 흡수할 수 있어서 좋은 것 같았다.

다만 돌아갔을 때 어떻게 하느냐에 대해서는 난제. 그건 뭐…… 그때 가서 생각하자.

함께 온천에 들어가자고 한 수수께끼도 풀리니 속이 후련……까지는 아니라도, 최소한 이해는 할 수 있었다. 그러면 한동안은 서로의 성분을 보충해 둘까.

"………………여기서 야한 짓 할까?"

"묻기 전 여백이 엄청난데? 안 되지. 매너 위반이기도 하고."

"여기라면…… 안 들킬 것 같지 않아?"

아니, 안 된다. 안전장치도 없고, 애초에…….

"그런 건 대부분 들킨대. 생각보다 사람은 예민하다더라고."

"정말? 누구한테 들었는데……?"

"바론 씨의 뼈 있는 조언. 몰래 시도해도 반드시 들키니까 그만두래."

인간이 뭔가 한 흔적을 완벽히 지우는 것은 절대 불가능하다고 한다. 다 숨기고 은폐했다고 생각해도, 전혀 예상치 못한 무언가가 남는다고.

냄새일 수도 있고, 눈에는 보이지 않는 흔적일 수도 있다.

어쨌든 여러 부분에서 밝혀진다고 한다. 그러니까 료칸에서 그런 짓은 절대로 하지 마, 부모님께도 폐가 되니까, 라는 진지한 조언을 들었다.

바론 씨의 과거 경험이나 전해 들은 지식 같은 것들을 참고한 것 같았다.

"그럼, 어쩔 수 없나. 들키면 곤란하니까."

"그래. 그러니까…… 그런 건 들켜도 괜찮을 때 하자."

나나미의 몸이 움찔 반응하더니, 그 후 나를 뚫어져라 바라본다. 상당히 놀란 눈이다.

"요신 입에서 하자는 말을 분명하게 들은 건…… 처음인 것 같아."

"……그랬나?"

아마 그럴지도 모른다. 지금까진 그런 얘기 나오면 얼버무리거나 돌려서 말했으니까. 아마 이 온천이 주는 해방감 때문이 아닐까. 응, 나도 관심이 없는 건 아니니까.

하지만 지금은, 참아야 한다. 책임질 수 있게 되면, 반드시…….

내가 다시 한번 약속을 입에 올리자, 나나미는 만족스러운 미소를 지으며 내 양손에서 벗어나 크게 기지개를 켰다.

"그럼, 이번 여행은 같이 목욕하는 걸로 만족할까. 더 붙어도 돼?"

"아니, 그 이상 달라붙으면 내가 곤란해."

"응? 왜? 앗……."

뒤를 돌아본 그녀의 시선이 아래로 향했고, 어떤 장소를 본 순간…… 납득해 준 것인지 그 이상은 아무 말도 하지 않았다.

그녀의 얼굴이 새빨갛게 달아오른 것은 분명 뜨거운 물 때문만은 아닐 것이다.

진정될 듯 진정되지 않는 혼욕은 그 후에도 한동안 이어졌다.

아이의 일요일 아침은 빠르다.

그와 마찬가지로, 료칸에서 묵은 다음 날 나의 아침도 빠르다. 아니, 료칸에 묵은 적이 그렇게 많지는 않지만.

공통점이라면, 일찍 일어나서 뭔가를 하고 싶다는 마음이 아닐까. 나도 목적이 있어서 일찍 눈을 떴다.

지금의 내가 하고 싶은 것은…… 아침 목욕이다. 그것도 대욕장에서 하는 목욕이 아니라, 방에 딸린 노천탕에서 하는 아침 목욕이다.

설경을 보며 아침 햇볕을 쬐고, 조금 땀을 흘린 몸을 씻어내고…….

어젯밤 나나미와 함께 들어갔을 때 문득, 아침과 밤의 풍경이 어떻게 다른지 궁금해진 것이다.

평소라면 딱히 그런 것에 관심이 없었겠지만, 우리가 이 방에 묵게 된 것도 작은 해프닝 덕분이고, 이 정도로 비싼 방에 묵는 일도 흔치 않은 경험이니까.

그러니까 할 수 있는 건 다 해보자는 마음이었다.

어제의 혼욕은 뜻하지 않게 벌어진 일이긴 하지만. 뭐, 망상을 한 적은 있었다. 나나미랑 같이 들어가면 어떨까

하고. 나도 남자니까. 결과적으로 어제 체험했다.

아침 목욕은 혼자다. 나나미는 옆에서 새근새근 자고 있다. 아침부터 혼욕할 용기는 없다.

참고로 옆이란 옆 침대를 말한다. 오해 없기를.

아무리 나라도 어젯밤 혼욕 이후 바로 동침까지는 무리였다. 여러 의미로 무리다. 분명 자제하지 못했을 것이다.

혼욕 이벤트만으로도 감지덕지다.

가장 위험했던 순간은 함께 탕에서 나올 때였다. 탕에 있을 땐 나나미가…… 딱 붙은 채로 있었다. 거기까진 괜찮았다. 하지만 어지러움을 느낀 뒤에야 깨달았다.

어떻게 나가야 하지? 같이 올라오면 무조건 다 보일 테니 위험하다.

……뭐, 어떻게 같이 올라왔는지는 또 다음에 이야기할 기회가 있을지도 모르지. 그건, 우리만의 비밀이다.

어젯밤 일을 떠올리며, 나는 나나미를 깨우지 않게 조심조심 침대에서 내려왔다. 그리고 천천히, 아주 느린 속도로 준비를 시작했다.

최대한 소리를 내지 않고, 닌자의 마음으로. 지금만큼은 닌자가 된 기분이었다.

수건은 거의 다 말라 있어서 어제 쓰던 걸 다시 사용하기로 했다. 대신 나나미의 수건과 헷갈리지 않게 조심했다. 그리고 마실 것도 준비.

이럴 때를 대비해서 미리 시원한 탄산음료를 준비했다.

준비 완료. 자…… 들어가 볼까?

겉옷에 손을 걸친 순간, 나나미의 목소리가 들렸다. 내 손이 얼어붙은 듯 딱 멈췄다.

순간 깬 건가 싶었는데, 뒤척이는 것을 보니 아무래도 잠꼬대인 듯했다.

그때 나는 문득 깨닫고 말았다.

자는 나나미 옆에서 옷을 벗다니…… 이건 변태 행위가 아닐까? 도중에 만일 일어나기라도 하면, 굉장히 난처해질 것이다.

밖에서 벗을까? 기억상으로는 탈의실처럼 벗은 옷을 따로 놔두는 장소가 있었다……. 어제는 귀찮아서 방에서 벗었는데, 지금은 거기서 벗는 편이 나을 것 같았다.

밖으로 나가려고 문고리를 잡자, 아침 이슬이 얼어붙었는지 바삭거리는 기분 좋은 소리가 났다. 이런 소리는 별거 아닌데 은근히 기분이 좋았다.

가벼운 소리를 내며 문이 천천히 열렸다.

으, 역시 춥다…….

피부를 찌르는 바람이 어젯밤보다 더 차갑게 느껴졌다. 아직 아침이라 기온이 충분히 오르지 않은 것일까. 햇살이 있는데도 어젯밤보다 춥다니 좀 신기했다. 나는 이런 현상들에 관해서는 지식이 거의 없다. 나중에 찾아볼까.

한숨을 내쉬자 입김이 하얗다. 연기처럼 하얗게 피어오르는 입김을 바라보며 나는 재빨리 옷을 벗기 시작했다. 당연하지만 벗을 때마다 점점 더 추워졌다. 잠에서 깨자마자 바깥바람을 쐬는 건 몸에 안 좋을 것 같았다.

벗은 곳부터 피부가 꽉 조여드는 감각. 추운 게 아니라 아프다.

찌르는 듯한 냉기를 견디며 알몸이 되고…… 재빠르게 달려 탕까지 이동했다. 빠르게 이동하자 점점 더 추워졌다.

그리고 발이 시리다. 탕에서 넘친 물은 바깥 공기로 인해 금세 차가운 물로 변해버렸다. 수영장 물보다 더 차갑다.

자연스럽게 다리를 움직이는 속도도 빨라졌다. 이대로는 발부터 얼어붙을 것 같다.

게임에서 얼음 마법에 맞으면 얼어붙는 것처럼, 나도 그렇게 될 것 같다. 얼음이 아니라 물이지만, 그래도 충분히 얼음이라고 해도 될 정도의 온도였다.

춥다는 혼잣말을 연신 중얼거리며, 첨벙 소리와 함께 온천에 몸을 담갔다. 그리고 온천 가장자리에 음료수 페트병을 올려두었다.

뜨거운 물이 넘칠 때마다 흐르니 오래 놔두면 따뜻해질 것 같지만…… 짧은 시간이라면 괜찮겠지.

짧은 시간, 짧은 거리……. 방에서 노천탕까지는 정말 코앞이었는데, 이 짧은 거리만으로도 몸이 상당히 식어 있었는지 온천에 들어가는 순간 서서히 몸에 따뜻함이 스며들었다.

으아…… 따뜻하다……. 몸이 너무 차가웠던 탓에 물속에서도 여전히 차갑지 않을까 생각했는데, 다행히도 천천히 따뜻해지고 있다.

그래도 끝부분은 아직 차가우니까 천천히 몸을 데워나가야지.

가만? 급격한 온도 변화는 몸에 나쁘다고 들었는데? 어쩐지 머리가 좀 어지러운 것 같기도 하고…….

좀 더 천천히 들어갈 걸 그랬나 생각하면서도, 점점 따뜻해지는 몸에 나도 모르게 신음이 새어 나왔다. 완전 아저씨 같네…….

근데 기분이 좋아서 그런지 무심코 나오는 소리를 막을 수 없었다. 어제도 들어간 온천인데, 아침이라 그런지 또 신선한 기분으로 들어갈 수 있었다.

기온이 낮아서 그런지, 아니면 습도가 낮아서 그런지, 이런 아침에는 유독 공기가 더 맑게 느껴진다.

청량한 공기에 감싸인 채 아침 햇살이 반짝이는 경치를 바라보고…… 거기서 차가운 탄산음료를 한 모금 마셨다.

달아오른 몸에 차가운 탄산을 넣자, 치이익 하고 입안을 가득 채우는 자극과 함께 음료가 목 너머로 천천히 내려갔다.

톡톡 터지는 기포 소리가 몸속에서 울려 퍼지는 기분이다.

차가운 액체가 목을 지나 스며드는 감촉을 만끽하며 위장에 흘려보냈다. 바깥쪽은 따뜻한데 안쪽은 서서히 차가워졌다.

왠지 그런 요리가 된 기분이다. 그런 거 있지 않나, 겉은 뜨겁고 속은 차갑게 내는 요리. 자세히는 모른다.

아침부터 혼자 호사스럽구나. 그래도 나나미가 일어나기 전에 나가야겠지.

일어나서 내가 없으면 당황할까? 아니면 나나미도 혼자만의 시간을 즐길까…….

혹시 몰라서 목욕하고 있다는 메시지는 보내두었으니 당황해서 찾으러 나올 일은 없을 것이다.

아…… 그나저나 정말 좋다……. 아침 목욕…… 살짝 감동이다.

아저씨를 넘어서 약간 할아버지 같은 느낌이다. 그래도 기분 좋은 건 어쩔 수 없다.

슬슬 배도 고픈 것 같다. 몸이 따뜻해지면 혈액순환이 잘 돼서 그런 걸까?

그런 잡생각을 하며 한동안 나는 느긋하게 온천을 즐겼다.

혼자 탄산음료를 마시면서, 이 얼마나 호사스러운가. 하지만 좀…… 너무 열이 오른 느낌이다. 음료로도 바깥 공기로도 더는 체온이 내려가지 않는다.

그런데 여기서 한 가지 문제가. ……따뜻한 물에서 나가는 것이…… 괴롭다.

일단 어깨까지 푹 담가 몸을 최대한 데운 다음 전력질주를 해서 방으로 들어가자. 몸을 닦는 건 안에서 해도 되겠지.

딱 방과 노천탕 사이에 있는 공간까지만 들어가면 승리다. 넘어지지 않게 서두르자.

……좋아!

첨벙, 하는 소리를 내며 물에서 몸을 일으켜, 가능한 한 재빠르게 이동했다.

아침 바람은 차갑지만, 아직은 몸에 온기가…… 으 추워!

온도 차이가 커진 만큼 더 춥게 느껴지는 건가? 얼른 방에 들어가서 몸을 닦지 않으면 감기에 걸릴 것 같았다.

밖에서 몸을 닦고 옷을 입을 생각이었지만 안 되겠다. 나나미는 아직 자고 있을 테니까 괜찮겠지.

……굳이 말해두자면, 노천탕과 방 사이의 벽면은 거의 전부 유리로 되어 있어서 안팎이 잘 보인다. 다만, 문 부분만 조금 흐려서…… 그쪽에서는 안쪽을 보기가 조금 어렵다.

말 그대로 문 앞에 누가 서 있어도 눈치채지 못할 정도로.

내가 조금 더 냉정했더라면 방 안쪽을 주의 깊게…… 아니, 탕 안에서 미리 살폈을 것이다.

하지 않았기 때문에 그 일이 일어났다.

문손잡이에 손을 대고, 안으로 들어가기 위해 힘차게 열었다. 무게감이 느껴져야 할 문이, 저항 없이 쉽게 열렸다.

나는 그것에 위화감을 느끼지 못했다. 당황해서 힘을 너무 준 것인가, 정도로만 생각했다.

마치 문이 안에서 당겨지는 것처럼 활짝 열렸고…….

"어?"

멍한 듯하면서도 사랑스러운 목소리가 들렸다.

인간의 오감에는 우선순위와 비중이 있다. 청각은 시각보다 먼저 반응하지만, 그 시각 정보가 80%라고 한다.

즉, 지금의 나는 귀로 먼저 그 소리를 들었고, 그다음 시야에 그 모습을 담았다.

반대로 말하면 눈으로 보고 있었음에도 정보가 되어 머리로 들어오기까지 지연이 있었다는 뜻이다.

……한마디로, 무슨 일이 있었는지 순간적으로 이해하지 못했다는 말인데.

그곳에는 나나미가 있었다.

노천탕에 들어가기 위해서인지 어젯밤과는 달리 목욕 수건을 몸에 두르지 않고…… 작은 손수건 같은 수건 한 장만 든, 거의 알몸의 나나미가.

나 역시 탕에서 튀어나와 방을 향해 전력질주로 돌아가는 길이었으니 당연히 수건 같은 것은 감고 있지 않았다.

그런 두 사람이, 등을 맞대는 것도 같은 방향을 보는 아니고, 처음으로…… 마주 보았다.

"——?!"

둘 다 소리가 되지 못한 비명을 질렀고, 그 후 어떻게 되었는지는…… 우리 두 사람만의 비밀이다.

마지막의 마지막 순간, 욕실에서 흔히 벌어진다는 고전적인 사고를 저지르고 말았다.

◇◇◇◇◇◇◇◇◇◇◇

즐거운 시간은 늘 눈 깜짝할 새에 지나간다. 끝나고 나서 항상 드는 생각이다.

이번 여행도 결코 예외는 아니었다. 끝나고 보니 고작 몇 시간뿐인 일처럼 느껴진다……라고 말하면, 역시 좀 과장인가.

굵직굵직한 일들이 그렇게나 많았는데 몇 시간으로 느꼈다는 것은 무리가 있다. 속이 더부룩해질 정도로 여러 가지 일들이 있었으니까.

그래도 정말 즐거워서 순식간에 시간이 흘러갔다.

1박 2일의 여행…… 규모는 작은 편이겠지만, 우리 입장에서는 아주 큰 여행이었다. 많은 발견이 있었던 결실 풍성한 즐거운 여행이었다.

결실이 풍성하다고 하니, 오늘 아침에 있었던 일이 살짝 떠올랐다. 결실이 풍성하다는 말로 연상하지 마라, 나. 최악이다.

"요신이 야한 생각 하고 있어."

"아니거든요~. 아침 풍경을 떠올린 것뿐이거든요~."

너무 순간적으로 받아친 나머지 엄청 애 같은 말투가 되어버렸다. 게다가 '바깥 풍경'이라고 말하려던 것이 번뇌가 섞여 '오늘 아침 풍경'으로 튀어나왔다.

변명조차 안 됐잖…… 아니, 내가 떠올린 건 노천탕에서 본 아침의 아름다운 풍경이다.

"역시 야한 거였네……."

"죄송합니다."

"용서할게♡"

덜컹덜컹 기차가 흔들리는 동안, 나나미는 즐거운 표정으로 내 손 위에 자기 손을 포개었다. 숙소 체크아웃도 끝났고, 우리는 돌아가는 기차에 몸을 싣고 있었다.

여기서부터 또 몇 시간…… 집에 돌아갈 무렵에는 밤이 되어 있겠지.

"있지, 이번 여행에서 요신이 책임져야 한다는 건 확정 사항이 됐네."

"뭔가 매번 여행이나 이벤트 때마다 내가 책임져야 할 항목들이 늘어나는 기분인데?"

"싫어?"

마다할 이유가 없으니까 싫지는 않다. 이번 일은 예외적으로 결정적이긴 했지만…….

새삼스러운 이야기인가. 정확히 표현하자면 '이번에도'가 맞을 것이다.

"애초에 하와이에서 했던 일도 있고, 크리스마스 때 일도 있었으니까."

"그리고 이번에는 둘만의 여행……."

아, 왠지 나나미도 먼 곳을 바라보고 있다.

사실 이렇게 먼 곳을 보는 데는, 체크아웃할 때 있었던 일도 한몫했다.

나나미도 아침 목욕을 하고, 둘이 아침도 먹고, 빠진 거 없나 확인하며 짐 정리를 모두 마치고…… 체크아웃하고 있을 때, 종업원에게 들은 말이 있었다.

"손님, 이번 일은 정말 죄송했습니다."

"아니에요. 방도 깨끗했고, 식사도 맛있었고, 정말 즐거웠어요. 감사합니다."

"그렇다면 다행입니다만……. 앞으로는 재발 방지에 더 힘쓰겠습니다."

미안한 표정을 짓는 종업원의 모습에 우리 쪽이 더 어찌

할 바를 몰라 당황했다. 처음에는 분명 트러블이 있긴 했지만, 그 뒤로 세심하게 신경 써줬으니까.

이번에 우리가 묵었던 방도 굉장히 좋은 곳이었고, 조사해 보니 꽤 비싼 객실…… 적어도 고등학생들이 편하게 묵을 수 있는 방은 아니었다.

그럼에도 종업원분들은 우리를 어린애 취급하지 않고 평범하게 대해 줘서 정말 좋았다. 서비스도 감사했고…….

"저희 숙소에 와주신 분들은 감사하게도 오래오래 이용해 주시는 분들이 많답니다. 특히 커플 손님들께서……."

"혹시 징크스 같은 건가요?"

"그런 느낌이죠. 결혼 후에 다시 오시기도 하고, 몇 년 후에 아이와 함께 오기도 하시니까…… 징크스 같은 걸지도 모르겠네요."

종업원은 부드러운 미소를 지으며 나와 나나미를 번갈아 보았다.

나도 나나미도, 그 행복해 보이는 미소에 이끌려 절로 따라 웃고 말았다.

"다음에 꼭 다시 들러주세요."

그 한마디에 얼마나 많은 마음이 담겨 있었을까. 고개를 숙이는 그 모습을 보며 가슴이 뭉클해졌다. 아마 나나미도 그랬을 것이다.

그래서, 우리는 자연스럽게 이렇게 대답했다.

"다시 올게요. 그때도 잘 부탁드립니다."

"그땐…… 우리가 직접 그 방을 예약해서 묵고 싶네."

"네, 기다리고 있겠습니다."

그렇게 우리는, 종업원분의 따뜻한 미소와 함께 배웅받으며 숙소를 떠나게 되었다.

회상 종료. 지금은 돌아가는 기차에 몸을 싣고 있다. 여기 올 때도 장시간의 기차 여행이었는데, 갈 때도 길겠지…….

돌아갈 길에 살짝 몸을 떨면서도, 나나미와 다시 오자고 약속했던 장소 목록에 그 숙소가 추가된 것은 솔직히 기뻤다. 이런 식으로 추억이 하나하나 늘어가는 거겠지.

……결혼이니 아이니, 그런 이야기를 꺼낸 건 다른 의도는 없었겠지?

먼 곳을 보던 나나미도, 나처럼 다시 현실로 돌아왔는지 크게 한숨을 내쉬었다.

"아직 집에 가기 싫다……."

"나도……. 이제 곧 개학이네……."

"말하지 마…… 으아앙……."

무심코 사람 인(人)자를 만들듯이 서로에게 몸을 기댔다.

딱히 학교가 싫은 것은 아니지만, 그래도 부정적인 말이 나오는 것은 어쩔 수 없다.

나나미의 말대로 아직 돌아가고 싶지 않다는 아쉬운 마음이 가슴에 남아있는 걸까? 료칸 밖으로 나설 때, 이제 다시 일상으로 돌아간다는 것을 실감했다.

이 느낌이 있기 때문에 또다시 나나미와 여행을 가고 싶어지는 거겠지.

즐거운 일이 있으니 분명 일상의 힘든 일도 견딜 수 있는 걸 테고 말이다. 학교가 힘들다는 이야기가 아니다.

여행이 끝났으니까, 이제 일상으로 돌아와야지.

어떤 이야기든, 엔딩은 중요하다. 코스 요리도 마지막 디저트를 망치면 전체가 망한다는 말이 있을 정도고, 만화의 최종회 같은 것도 마찬가지다.

반대로 마지막이 훌륭하면…… 그거 하나만으로도 인상은 훨씬 더 좋아진다. 그런 말을 어딘가에서 들은 적이 있었다. 그렇다면 우리의 이번 여행은 어땠을까? 내 머릿속에 여행 중의 일들이 주마등처럼 스쳐 지나갔다. 어제의 이동부터 시작해서 어젯밤의 일, 오늘 아침의 일. 그리고 지금, 마지막의 마지막 순간 돌아가는 기차에 몸을 싣고 있다.

돌아가기 싫다고 말하면서도, 막상 집에 도착하면 역시 집이 최고라고 말하지 않을까? 아니면 또 여행을 가고 싶다고 말하게 될까?

적어도 지금 돌아가고 싶지 않다고 느끼는 건…… 아주 즐거운 여행이었다는 증거겠지.

창밖으로 흘러가는 바깥 풍경을 보며, 식상한 말이지만 정말 좋은 여행이었다는 생각을 했다.

"나나미, 또 여행가고 싶다."

"응, 나도. 다음은 여름인가? 아, 하지만 수험 공부가 있네."

"갑자기 현실을 들이미는구나……."

나나미의 말 한마디에 단번에 현실로 되돌아왔다. 이어서…… 스마트폰에는 한층 더 현실이 느껴지는 알림이 한 도착했다.

나도 모르게 입에서 '헉' 하는 소리가 나왔다. 아까 이제 돌아간다는 연락을 넣어둬서 그런 것일지도 모르지만…….

"……아빠한테서 역으로 마중 나가겠다는 연락이 왔어."

"요신도? 우리 집도 왔어……."

서로 연락을 맞춘 거겠지. 문득 예전 생일 데이트 때 부모님이 마중을 나왔던 게 생각났다.

그땐 통금이니 뭐니 하는 이야기도 있었고, 목적지도 이미 다 알려져 있던 터라 결국 차로 돌아갔다. 뭐, 늦은 시간이기도 해서 어쩔 수 없긴 했지만.

그래도 그때는 선택지가 없었고, 거의 강제로 가야 했었다.

이번에도 분명 역에 도착할 무렵에는 캄캄해져 있을 것이다. 그러니 마중 나오겠다는 연락을 해준 거겠지만, 이번만큼은 어디까지나 배려였다.

하지만 이번에는…….

"거절할까?"

"그래, 이번엔 거절하자."

나도 나나미도 그 자리에서 거절의 문자를 보냈다. 마중을 나오는 것이 더 편한 것은 맞지만, 편한 만큼 여행도 더 빨리 끝나버리는 기분이 드니까.

"……내리는 역, 살짝 바꿔볼래?"

"……모처럼이니까, 그것도 재밌겠다."

"내친김에 어디 들러서 저녁 먹고 갈까? 어제 저녁값을 아껴서 예산도 좀 남았는데."

"좋네, 살짝 사치 부려볼까? 요신은 뭐 먹고 싶어?"

"뭐가 좋을까? 어제는 일식이었으니까…… 고기?"

"시간도 많으니까 한번 알아볼까?"

마지막의 마지막 순간, 우리는 아주 조금 나쁜 짓을 하는 기분을 느끼면서도, 앞으로의 이야기로 흥을 돋웠다.

여행이라는 경험은 사람을 성장시킨다. 그것은 어떤 의미에서 사람을 어른으로 만든다. 우리들도 한 단계 어른이 되었으니까, 이 정도 선택은 괜찮겠지.

그 결과와 책임은 스스로 지는 것이 어른이니까. 뭐, 그런 변명을 대면서도 그렇게 나쁜 짓을 할 생각은 없지만.

그리고 말이지, 이런 말도 있잖아?

집에 돌아갈 때까지가 여행이라고.

후기

이전 권을 집필하던 시기는 한겨울이라 기온도 영하였는데, 이번 권을 쓰는 시기는 무척 더워 어느새 한여름이 되었습니다. 그런 와중에 쓴 것은 한겨울의 이야기입니다.

계절을 앞서가는 것 같기도 하고, 반대로 늦어지는 것 같기도 한…… 그런 묘한 감각이 느껴집니다. 오랜만입니다, 유이시입니다.

무사히 12권을 낼 수 있어 기쁩니다.

여기까지 이어올 수 있었던 것은 전부 독자 여러분 덕분입니다. 감사합니다.

12라는 숫자에는 애착이 조금 있는데, 개인적으로 여러 가지 인연이 있는 숫자입니다.

제 생일이 12일이라는 것도 이유이긴 하지만, 그 외에도 12라는 숫자가 유난히 주변에 많았습니다.

처음 핸드폰을 샀을 때 번호에도 1과 2가 유달리 많아 여기저기 '12'가 보였고, 처음 맡은 일도 매달 12일에 처리하는 일이었고…….

차 번호도 12와 연관이 있고, 그렇게 제 주변엔 유독 많은 숫자였습니다. 요즘엔 그런 새로운 '12' 일화가 드물었는데……

이번 권을 무사히 내면서 제 안의 '12' 에피소드를 하나 갱신할 수 있을 것 같습니다.

그런 12권이지만, 앞서 말했듯이 한여름이 한창일 때 한겨울 이야기를 쓰고 있었습니다. 행선지는…… 홋카이도 동쪽입니다.

이번에 처음으로 주인공들이 홋카이도에 거주하고 있다는 점을 대놓고 암시했습니다. 1권 때부터 그런 느낌으로 써오긴 했지만, 명확히 언급한 것은 이번이 처음입니다. 다만 어디까지나 실제 장소를 모티브로 만든 가상의 장소……라는 느낌으로 봐주시면 감사하겠습니다. 아시는 분은 알 법한 장소들을 많이 적어오긴 했지만…….

현실과 다른 점도 많으니, 어디까지나 모티브입니다.

그리고 알아봐 주시는 것도 무척 기쁩니다. 실제 장소와의 차이를 비교해 보는 재미도 기회가 된다면 즐겨보시길 바랍니다.

그것이 만약 여행의 계기 중 하나가 된다면 그보다 더 기쁜 일도 없을 겁니다.

요신과 나나미도 이번에는 둘만의 온천 여행을 갔습니다. 고등학생이 즐길 수 있을까 걱정했는데, 막상 뚜껑을 열어보니 평소 이상으로 아주 알차게 즐기더군요.

이 두 사람은 이제 이렇게 쭉 알콩달콩 지내면 될 것 같습니다.

이번 권도 카가치 사쿠 선생님께서 이어서 일러스트를 맡아 주셨습니다.

멋진 기모노 일러스트, 그리고 조금 섹시한 온천 여행 일러스트까지, 선생님 팬분들께도 기쁨이 되었으리라 생각합니다.

칸나 나고미 선생님의 만화화도 순조롭게 진행 중입니다. 제가 먼저 네임을 검토하고 있는데, 마침 원작 2권 파트가 끝나갈 무렵입니다.

바람이 있다면 이대로 쭉 연재가 이어졌으면 좋겠습니다. 만화화 역시 독자 여러분의 응원에 힘입어 나가고 있으니 계속해서 잘 부탁드립니다.

그리고 담당자 S님, 디자인 · 교정 등 관계자 여러분, 해외판 번역자 여러분…… 모든 분께 이 자리를 빌려 감사의 말씀을 드립니다.

앞서도 적었듯이 작품이 이어질 수 있는 것은 독자 여러분 덕분입니다. 덕분에 무사히 13권도 나올 수 있을 듯하니…… 계속해서 잘 부탁드립니다.

13권에 관해서는…… 이 뒤에 있는 다음 권 예고를 확인해 주세요.

다음은 그들의 첫 발렌타인입니다.

2025년 9월

올해 홋카이도의 늦더위도 상당할 것 같아

벌써 전전긍긍 중인 유이시로부터

초콜릿보다 달콤한
두 사람의 달달한
에피소드 한가득!
소길
연애
때가 무르익었으니
나아감이 길하다
늘 그렇듯 전부 신규 스토리!
새로운 13권!

다음 권 예고
나나미와 함께하는 크리스마스와 정월이 지나고,
이벤트로 가득했던 겨울 방학이 끝난다.
3학기를 마치고 일상으로 돌아온 것도 잠시,
거리에 달콤한 향기가 퍼지기 시작하고……
커플들의 빅이벤트인 '밸런타인 데이'를 맞이하며
두 사람의 달달함도 한계 돌파?!

아싸인 내게 벌칙 게임으로 고백해 온 갸루가 아무리 봐도 나한테 반한 것 같다 12

2025년 12월 15일 1판 1쇄 발행

저 자 유이시
일러스트 카가치 사쿠
옮긴이 이소정
발행인 유재옥
이 사 조병권
편집부 정영길 박치우 조찬희 이소의 정지원 최유정 김혜주
디자인랩팀 김보라 전세연
디지털사업팀 김지연 윤희진 장혜원
라이츠사업팀 김정미 유아현 이지현
영업마케팅팀 최원석
물류팀 백철기
경영지원팀 최정연
인쇄제작처 ㈜코리아피엔피
발행처 ㈜소미미디어
등 록 제2015-000008호
주 소 서울시 마포구 토정로222, 502호 (신수동, 한국출판콘텐츠센터)
판매 및 마케팅 (070) 8822-2301

ISBN 979-11-384-8870-9
ISBN 979-11-384-1250-6 (세트)